天使と悪魔 上

ANGELS
&
DEMONS
Dan Brown

ダン・ブラウン
越前敏弥 訳

角川書店

天使と悪魔

上

Translated by Toshiya Echizen
Published in Japan by
Kadokawa Shoten Publishing Co., Ltd.

ブライズに

事実

世界最大の科学研究機関である、スイスのセルン（欧州原子核研究機構《CERN》）が、反物質粒子の生成に先ごろはじめて成功した。反物質は、通常とは逆の電荷を帯びた粒子からなるという点を除けば、正物質となんら変わらない。

反物質は人類にとっての最強のエネルギー源とされている。そのエネルギー効率は百パーセントである（核分裂のエネルギー効率は一・五パーセントにすぎない）。公害も放射線も生み出さず、ほんの微量でニューヨーク市全体にまる一日ぶんの動力を供給できる。

しかし、ひとつ落とし穴がある。

それは、非常に不安定な物質だという点である。どんな物質とでも――空気とでさえ、接触すれば発火する。反物質一グラムが有するエネルギーは、二十キロトンの核爆弾に相当する。これはヒロシマに投下されたものとほぼ等しい。

最近まで、反物質はほんの少量（一度に原子数個）しか生成できなかった。だがセルンは、新型の反陽子減速器の開発に着手した。この高度な製造施設が完成すれば、はるかに多量の反物質の生成が可能になる。

ここで、ある疑問が浮かびあがる。このきわめて不安定な物質は、世界を救うのだろうか。それとも、歴史上最も凶悪な兵器を生み出すために利用されるのだろうか。

著者注記

ローマの美術品、墓所、地下道、建築物に関する記述は、その位置関係の詳細も含めて、すべて事実に基づくものである。これらは、今日でも目にすることができる。

イルミナティに関する記述もまた、事実に基づいている。

現代ローマ

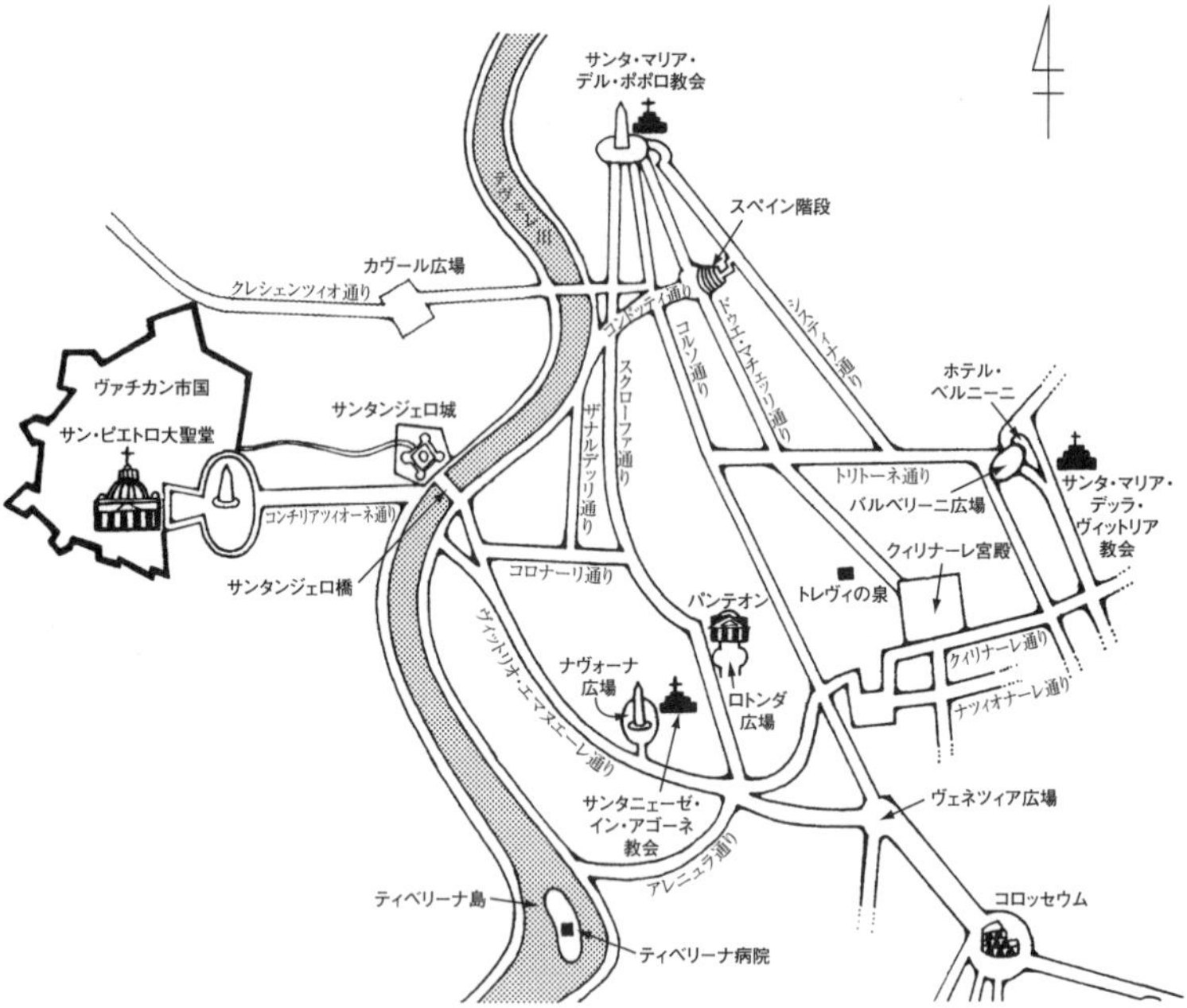

サンタ・マリア・
デル・ポポロ教会
スペイン階段
カヴール広場
クレシェンツィオ通り
コンドッティ通り
コルソ通り
ドゥエ・マチェッリ通り
システィーナ通り
ヴァチカン市国
サン・ピエトロ大聖堂
サンタンジェロ城
スクローファ通り
ザナルデッリ通り
ホテル・
ベルニーニ
サンタ・マリア・
デッラ・
ヴィットリア
教会
トリトーネ通り
バルベリーニ広場
コンチリアツィオーネ通り
サンタンジェロ橋
コロナーリ通り
クィリナーレ宮殿
トレヴィの泉
パンテオン
クィリナーレ通り
ナツィオナーレ通り
ヴィットリオ・エマヌエーレ通り
ナヴォーナ
広場
ロトンダ
広場
サンタニェーゼ・
イン・アゴーネ
教会
ヴェネツィア広場
アレニュラ通り
ティベリーナ島
ティベリーナ病院
コロッセウム

ヴァチカン市国

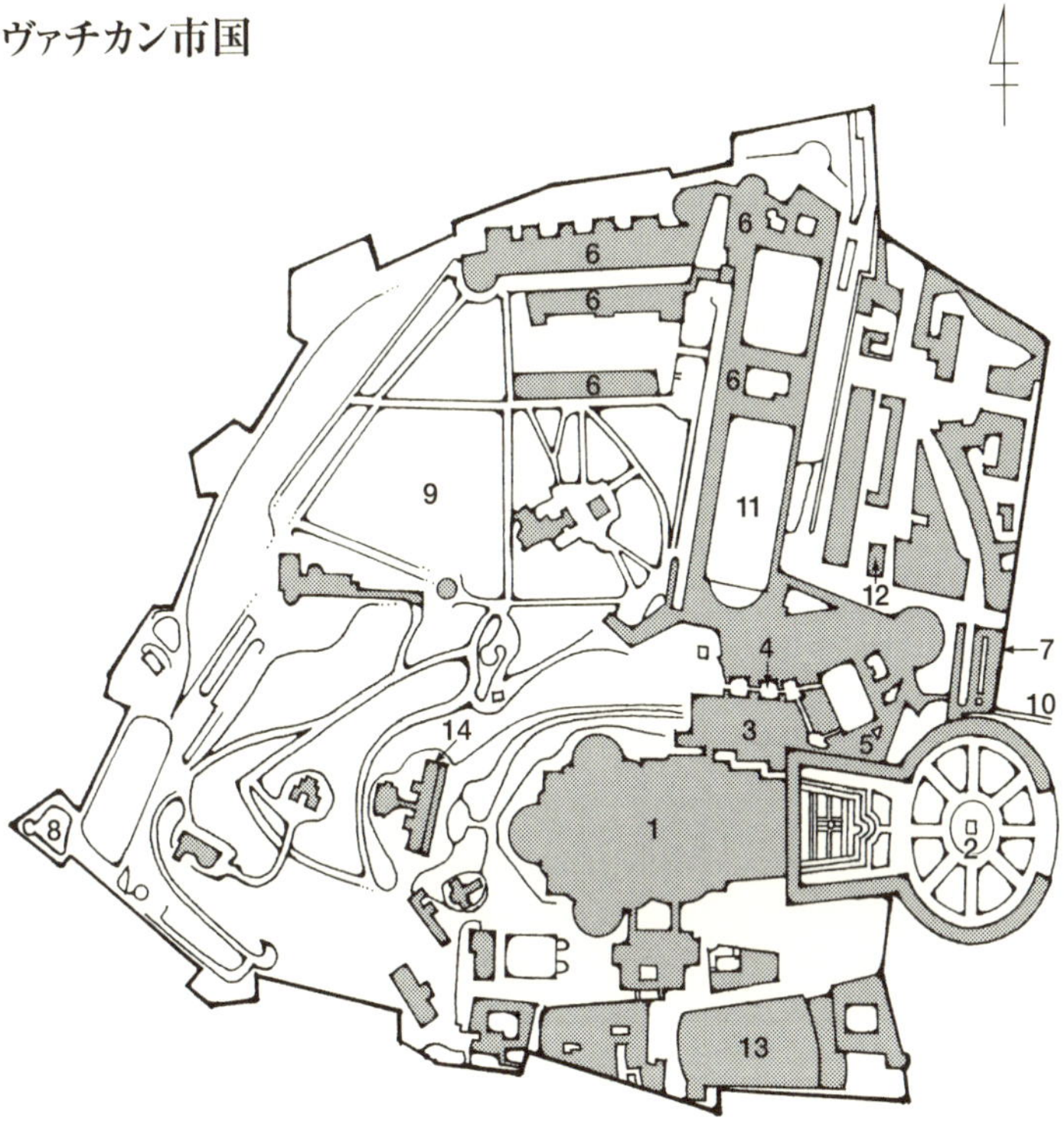

1 サン・ピエトロ大聖堂	6 ヴァチカン美術館	11 ベルヴェデーレの中庭
2 サン・ピエトロ広場	7 スイス衛兵隊警備本部	12 中央郵便局
3 システィナ礼拝堂	8 ヘリポート	13 謁見用ホール
4 ボルジアの中庭	9 庭園	14 行政庁
5 教皇執務室	10 パセット(小道)	

《主な登場人物》

ロバート・ラングドン　ハーヴァード大学教授　宗教象徴学専門
マクシミリアン・コーラー　セルン（欧州原子核研究機構）所長
レオナルド・ヴェトラ　セルンの科学者　カトリック司祭
ヴィットリア・ヴェトラ　セルンの科学者　レオナルドの娘
オリヴェッティ　ヴァチカン市国　スイス衛兵隊隊長
ロシェ　スイス衛兵隊副隊長
シャルトラン　スイス衛兵隊少尉
カルロ・ヴェントレスカ　前教皇侍従（カメルレンゴ）
モルターティ　枢機卿　コンクラーベ（教皇選挙会）の進行役
ガンサー・グリック　BBC記者
チニータ・マクリ　BBCカメラマン

プロローグ

物理学者レオナルド・ヴェトラは、肉の焼けるにおいに気づいた。それが自分の体から発せられているのも知っていた。のしかかる黒い影を、ヴェトラは恐怖のまなざしで見あげた。「何が望みだ」

「ラ・キアーヴェ」かすれた声が答えた。「パスワードを」

「しかし……それは――」

侵入者はまたのしかかり、白く熱い物体をさらに強くヴェトラの胸に押しつけた。肉の焦げる音がした。

ヴェトラは苦悶《くもん》の叫びを漏らした。「パスワードなどない！」意識が遠のくのがわかる。

相手の目が光った。「ネ・アヴェーヴォ・パウラ。それは残念だ」

ヴェトラは懸命に意識を保とうとしたが、ますます闇が迫った。襲撃者がここに来た目的を果たすことはあるまいという確信だけが、せめてもの慰めだった。一瞬ののち、相手はナイフを取り出し、ヴェトラの顔へ近づけた。ナイフが宙を舞った。慎重に。正確に。

「神よ、お助けください！」ヴェトラは叫んだ。だが、遅きに失した。

1

ギザの大ピラミッドのはるか頂上から、若い女が笑いながら呼びかける。「ロバート、さっさとして！　まったく、もっと若い男と結婚すればよかったわ」その笑みは魔術だ。

追いつこうとするが、両脚が石のようだ。「待ってくれ。頼む……」

のぼるうちに、視界がかすみはじめる。雷鳴が耳に響く。早く追いつかなくては。ところが、目をあげると、女の姿がない。そこには、歯の落ちかけた老人が立っている。老人はこちらを見おろして、わびしげに口をゆがめる。やがて苦しげに叫び、その声が砂漠に響きわたる。

ロバート・ラングドンは悪夢からはっと目を覚ました。ベッド脇の電話が鳴っている。ぼんやりしたまま、受話器をとった。

「もしもし」

「ミスター・ロバート・ラングドンとお話ししたい」男の声だ。

ラングドンはひとりきりのベッドに起きあがり、頭をはっきりさせようとつとめた。「わたしが……ロバート・ラングドンですが」デジタル時計に目を走らせる。午前五時十八分。

「いますぐお会いしなくてはなりません」

「どなたですか」

「マクシミリアン・コーラー。離散粒子の研究にたずさわる物理学者です」

「離散——なんです？」なかなか頭がまわらない。「相手をおまちがえではありませんか」

「ハーヴァード大学で宗教図像解釈学の教授をしておられますね。象徴学に関する著作が三冊あって——」

「いま何時かご存じですか」

「申しわけない。お見せしなくてはならないものがありまして。電話では話せないのです」

ラングドンは悟りきったため息を漏らした。こうした経験は以前にもある。宗教図像解釈に関する本を執筆する弊害のひとつは、狂信家たちから電話がかかってきて、最近見た神のしるしが本物かどうか教えろとせがまれることだ。先月も、生涯最高のセックスを保証するから自分のシーツに魔法のごとく現れた十字を見にきてくれと、オクラホマのストリッパーに頼まれたばかりだった。ラングドンはそれを〝タルサの聖骸布《せいがいふ》〟と呼ぶことにした。

「どうやって電話番号を調べたんですか」こんな時間ではあるが、つとめて礼儀正しく尋ねた。

「ワ《W》ールドワ《W》イド・ウ《W》ェブです。お書きになった著書のサイトを見ました」

ラングドンは眉《まゆ》をひそめた。あのサイトには電話番号など記されていない。この男は明らかに嘘をついている。

「なんとしてもお会いしたい」相手は執拗《しつよう》だった。「謝礼はじゅうぶんにいたします」

だんだん腹が立ってきた。「お気の毒ですが、わたしは——」

「いますぐ発《た》てば、こちらには遅くとも——」

「どこへも行くつもりはない。朝の五時ですよ！」ラングドンは電話を切って、ベッドに倒れこんだ。

無駄なことだった。先刻の夢が脳裏に焼きついている。ラングドンはしかたなくローブをはおり、階下へ向かった。

マサチューセッツ州にあるヴィクトリア様式の閑散とした家を素足で歩きまわりながら、ラングドンは眠れないときのお定まりの特効薬――湯気の立ちのぼるネスレのココアをゆっくり飲んだ。四月の月明かりが張り出し窓から差しこんで、東洋風の絨毯《じゅうたん》の上で躍っている。ここは自宅というより人類学の博物館のようだ、と同僚たちによくからかわれる。ガーナのアクアバ人形、スペインの金の十字架、エーゲ文明時代のキクラデス諸島の偶像、そして永遠の若さの象徴である戦士をかたどったボルネオの貴重な編み細工など、世界各国の宗教工芸品が棚を埋めつくしているからだ。

ラングドンは真鍮《しんちゅう》製のマハリシのチェストに腰かけ、ココアのぬくもりを味わった。自分の影が張り出し窓に映っている。ゆがんで、青白く……まるで亡霊だ。衰えゆく亡霊。青年の心も死すべき肉体に宿るという事実を、否応《いやおう》なく思い知らされた。

昔ながらの意味では図抜けた美男子と言えないまでも、四十五歳のラングドンには、女の同僚が〝理知的〟と評する魅力があった。豊かな茶色の髪に交じる幾房かの銀髪、好奇心に満ちた青い瞳《ひとみ》、人の心をつかむ深い声、運動部の学生のように力強く屈託のない笑顔。高校と大学で飛びこみ競技の代表をつとめ、いまなお水泳選手並みに引きしまった六フィートの体を、大学のプールを一日に五十往復することで油断なく維持している。

友人たちからは、時代の狭間《はざま》に生きる謎の人物と考えられていた。週末には、青いジーンズ姿で学内の中庭をそぞろ歩きしながら、学生を相手にコンピューター・グラフィックスや宗教史について議論する姿が見られる。ハリス・ツイードの上着とペイズリー柄のヴェストに身を包んで、美術館の創立式典で講演をしている写真が、高級美術雑誌のページを飾ったことも何度かある。

秩序を重んじる厳格な教育者でありながら、ラングドンは〝清らかな楽しみをともなう古きよき芸術〟とみずから賞賛するものを何より大切にしていた。人を釣りこむほどの情熱をもって趣味に興じるところは、学生たちから兄のように慕われる。学内でのニックネームである〝イルカ〟は、その気さくな人柄と、水球の試合でプールの底にもぐって相手チーム全員を出し抜いたという伝説との両方からつけられたものだ。

ひとりでぼんやりと闇を見つめるうちに、ふたたび静寂が乱された。こんどはファクシミリの音だ。疲れて腹を立てる気にもなれず、ラングドンは苦笑を漏らした。

まるで神の民だな。二千年のあいだ救世主を待ちつづけ、いまでもくそがつくほど辛抱強い。

空になったマグカップをキッチンにもどし、オーク材の羽目板張りの書斎へ重い足どりで歩いていった。ファクシミリのトレーに、送信された紙がおさまっている。ラングドンはため息をついて紙をすくいあげ、それに目を向けた。

その瞬間、吐き気の波に襲われた。

それは人間の死体の写真だった。いっさいの衣服を剝《は》ぎとられ、首がねじ曲がって真後ろを向いている。胸にはひどい火傷《やけど》がある。それは焼き印であり、ひとつの単語が見てとれる。ラングドンがよく知っていることばだった。いや、よく知るどころではない。信じられない思いで、ラングドンはその凝ったデザインの文字を見つめた。

「イルミナティ」ラングドンはことばを詰まらせた。心臓が早鐘を打っている。まさか、そんな……どう見えるかと不安を覚えつつ、ラングドンは紙をゆっくりと百八十度回転させた。そして、逆さになった文字を凝視した。

一瞬、呼吸が止まった。トラックに激突されたかのようだ。わが目を信じられぬまま、ふたたび紙を回転させて文字を確認し、それからまた逆さにした。

「イルミナティ」もう一度つぶやいた。

ラングドンは呆然《ぼうぜん》と椅子に倒れこみ、衝撃のあまりしばらく動けずにいた。やがて、ファクシミリ受信機の明滅する赤ランプに目を引かれた。何者であれ、この写真を送りつけた相手はまだ電話の向こうにいて、話をしようと待っている。ラングドンは明滅する光を見据えた。

そして、身震いしつつ、受話器をとった。

2

「興味を持っていただけましたね」ようやく電話に出たラングドンに、男の声が言った。

「ああ、大成功ですよ。用件を話してください」

「先ほども言いましたが」機械を思わせる硬い声だ。「わたしは物理学者で、ある研究機関の運営にたずさわっております。当方で人が殺されましてね。いまご覧になったのが遺体です」

「わたしをどうやって探し出したんですか」なかなか会話に集中できない。ファクシミリの写真を見たせいで、気持ちが高ぶっている。

「それも申しました。ワ《W》ールドワ《W》イド・ウ《W》ェブです。『イルミナティの芸術』のサイトで」

ラングドンは考えをまとめようとつとめた。あの本は学界ではほとんど無名だが、オンラインではかなりの支持を得ている。それでも、この男の言うことは筋が通らない。「あのサイトには連絡先を載せていない」ラングドンは反論した。「まちがいありません」

「当方には、ウェブからユーザー情報を拾い出す技術に長《た》けた者がおりましてね」

ラングドンは納得できなかった。「そちらの研究所は途方もなくウェブにくわしいようですね」

「当然です」相手は反撃した。「われわれが発明したのだから」

その声に含まれる何かが、冗談ではないと物語っていた。

「ぜひともお会いしたい」男は言い張った。「電話で話せることではありません。ボストンからこちらまでは、飛行機でわずか一時間です」

書斎のほの明かりに包まれて、ラングドンは手にした紙を念入りに見た。あまりに鮮烈なこの写真は、世紀の大発見につながるものかもしれない。自分の十年に及ぶ研究の正しさが、ただひとつの紋章によって立証される。

「急を要するのです」語気が強まった。

ラングドンの視線は焼き印に釘《くぎ》づけになっていた。イルミナティ。何度も繰り返し唱える。これまでは、化石に等しいもの――古文書や伝承に基づいて研究をおこなうしかなかったが、この写真はいま現在のものだ。現在時制。生きた恐竜と対面する古生物学者の気分だった。

「勝手ながら、飛行機を迎えにやらせました。二十分もすれば、ボストンに到着します」男は言った。

ラングドンは口が渇くのを感じた。飛行機で一時間……

「失礼をお許しください。なんとしてもお会いしたい」

ラングドンはふたたび紙に目をやった。モノクロの写真に実を結んだ古来の伝説。そこにこめられた意味は恐ろしいものだ。ラングドンは窓の外をぼんやりとながめた。裏庭の白樺《しらかば》の木立から夜明けの気配が忍び寄ってきたが、けさの風景はどことなくいつもとちがっている。不安と興奮が入り混じった妙な感覚に包まれ、ラングドンは選択の余地がないと悟った。

「あなたの勝ちだ」ラングドンは言った。「どこで飛行機に乗ればいいんですか」

3

数千マイル離れた場所で、ふたりの男が落ち合っていた。中世風の、暗い石造りの部屋だ。

「よく来た《ベンヴェヌート》」主《あるじ》は言った。陰にすわっているため、姿が見えない。「うまくいったか」

「ああ《スイ》」黒い人影が答えた。「完璧だ《ペルフエッタメンテ》」岩壁のごとく揺るぎない口調だ。

「疑われる可能性はないだろうな」

「ない」

「すばらしい。例のものは?」

暗殺者の目が黒い油のように光った。重い電子装置を取り出し、テーブルに置いた。

暗がりにいる男は満足した様子だった。「よくやった」

「組織のために働けるだけで光栄だ」暗殺者は言った。

「まもなく第二の段階にはいる。少し休んでくれ。今夜、われわれの手で世界を変える」

4

ロバート・ラングドンのサーブ900Sはキャラハン・トンネルを走り抜け、ボストン港の東側に出て、ローガン国際空港の入口へと近づいた。方向を確認してアヴィエーション・ロードを見つけ、旧イースタン航空ビルを横目に左折した。連絡通路を三百ヤード走ると、闇のなかに格納庫が現れた。〝4〟の文字が大きく描かれている。ラングドンは駐車場に乗り入れ、車からおりた。

青いフライトスーツを着た丸顔の男が、建物の裏から出てきて言った。「ミスター・ロバート・ラングドン？」愛想のよい声だ。どこのアクセントかはわからない。

「そうだが」ラングドンは言って、車に鍵《かぎ》をかけた。

「最高のタイミングです」男は言った。「わたしもいま着いたところですよ。さあ、こちらへ」

格納庫の周囲を歩きながらも、ラングドンは緊張していた。謎めいた電話や見知らぬ人間との密会には慣れていない。何が待ち受けているかわからなかったので、チノパンツにタートルネックのセーター、ハリス・ツイードの上着という、ふだんの講義用のいでたちだった。歩きながら、ポケットに入れてあるファクシミリの写真のことを考えた。そこに写っているものがいまだに信じられなかった。

ラングドンの不安を感じとったのか、パイロットが言った。「飛ぶのは問題ありませんね」

「だいじょうぶだ」ラングドンは答えた。問題があるのは、焼き印を押された死体だ。空を飛ぶぐらいなんでもない。

パイロットは格納庫の横を進んだ。角を曲がると、そこは滑走路だった。

ラングドンはその場に立ち止まり、アスファルトの滑走路に停まっている飛行機を見て、口をあんぐりあけた。「あれに乗るのか」

パイロットはにやりとした。「気に入りましたか」

ラングドンは長々とそれを見つめた。「気に入ったかって？　いったいなんだ、あれは？」

眼前の飛行機は思いのほか大きかった。先端が切り落とされて平らであることを除けば、どことなくスペースシャトルと似ている。滑走路に停まっているさまは、まるで巨大な楔《くさび》だ。夢を見ているにちがいない、とラングドンはまず思った。これが飛ぶならビュイックでさえ飛ぶのではないか。翼はないに等しく、機体の後方にずんぐりしたフィンが二枚ついているだけだ。そのあいだから、一対の短い安定板が上へ突き出している。あとは全長約二百フィートに及ぶ機体があるばかりだ。窓ひとつない、ただの機体でしかない。

「燃料満載時で二百五十トンです」パイロットは言った。生まれたばかりのわが子を自慢する父親のようだ。「燃料はスラッシュ水素。機体材料はチタン合金とシリコンカーバイド繊維。推力重量比は二十対一。たいがいのジェット機は七対一です。所長はえらく急いでいるにちがいない。ふだんならこんな大物をよこしたりしませんから」

「これがほんとうに空を飛ぶと？」ラングドンは言った。

パイロットは笑みを浮かべた。「そうですよ」そして、滑走路を横切り、ラングドンを飛行機のもとへ連れていった。「驚かれたようですね。でも、慣れておいたほうがいい。五年もすれば、だれもがこの手のものにお目にかかりますから。うちの研究所は最初に所有した機関のひとつです」

さぞご立派な研究所なんだろうよ、とラングドンは思った。

「これはX－33の試験機なんですよ」パイロットはつづけた。「だけど、ほかにもたくさん種類があります。NASAと国防総省の宇宙航空機、ロシアなどのスクラムジェット・エンジン、イギリスのホトル《HOTOL》。未来はすぐそこまで来ている。まあ、民間で使うには少々時間がかかりますけどね。昔ながらのジェット機には別れのキスをすることになるでしょう」

ラングドンは警戒の目で飛行機を見あげた。「昔ながらのジェット機のほうが好きだが」

パイロットはタラップをのぼるよう手で示した。「どうぞお進みください、ミスター・ラングドン。足もとに気をつけて」

数分後、ラングドンはだれもいない客室の座席に腰かけた。パイロットは最前列の席にラングドンをくくりつけ、機首へ姿を消した。

客室そのものは広胴型の旅客機の内部に驚くほど似ている。唯一のちがいは窓がないことで、それには不安を覚えた。ラングドンは子供のころから軽度の閉所恐怖症に悩まされてきた。幼い日の事故の名残であり、どうしても完全には乗り越えられない。

障害となるほどではないものの、閉ざされた空間への嫌悪感には苛立《いらだ》たしい思いをさせられてきた。それはなんとも微妙な形で顔を出すことがある。ラケットボールやスカッシュといった閉所でのスポーツを避けるし、教員住宅なら簡単に安く住めるにもかかわらず、天井が高く風通しのよいヴィクトリア様式の住居を、大枚をはたいて借りている。自分が子供のごとく芸術の世界に惹《ひ》かれるのは、美術館の開放的な空間が好きだからではないかと感じることがよくある。

足もとでエンジンがうなりをあげ、機内に重い震動が走った。ラングドンは唾《つば》を呑《の》んで待ち構えた。飛行機が滑走を開始したのがわかる。頭上から機内放送のカントリー・ミュージックが低く流れてきた。

壁の電話が二度鳴った。ラングドンは受話器をとった。

「はい？」

「乗り心地はいかがですか」

「最悪だよ」

「まあ、ゆっくりなさってください。一時間で現地に到着します」

「現地というのは？」ラングドンは尋ねた。そう言えば、行き先を聞かされていなかった。

「ジュネーヴです」パイロットは答えて、エンジンの回転をあげた。「研究所はジュネーヴにあります」

「ジュネーヴ」少し気が楽になった。「ニューヨーク州の北部だな。セネカ湖の近くに家族が住んでいたことがある。ジュネーヴに物理学研究所があったとは知らなかったよ」

パイロットは笑った。「ニューヨークじゃありません。スイスのジュネーヴです」

その意味を理解するのにしばらくかかった。「スイスだって？」脈が速まるのが感じられる。「研究所までほんの一時間と言ったじゃないか！」

「ええ、一時間です」パイロットは小さく笑った。「この飛行機はマッハ十五で飛びますから」

5

ヨーロッパのとあるにぎやかな街角で、暗殺者は人ごみを縫って歩いていた。たくましい男だ。浅黒く、力強い。身のこなしは見かけ以上に敏捷《びんしょう》だ。先刻の面会で味わった興奮で、いまなお体じゅうの筋肉がこわばっていた。

うまくいった、と暗殺者はひとりごとを言った。雇い主は一度も顔をはっきり見せないが、間近にいられるだけでもこちらは光栄だ。最初の連絡があった日から、ほんとうにまだ十五日しかたっていないのだろうか。あの電話のことは、いまも一言一句まで覚えている……

「ヤヌスという者だ」相手は名乗った。「われわれはある意味で血族だと言える。敵を同じくする同志だ。おまえの腕は金で雇えるそうだな」

「そちらが何者かによる」暗殺者は答えた。

相手は身分を明かした。

「冗談のつもりか」

「われわれの名は耳にしたことがあるだろう」

「もちろん。伝説の組織だ」

「それでも本物かどうか疑っているのか」

「あの組織が塵《ちり》と消えたのはだれもが知っている」

「人を欺くための策略だよ。だれにも恐れられない敵こそ最も危険だ」

暗殺者は疑っていた。「いまでも組織は存続しているのか」

「以前にまして地下深くに隠れている。われわれはいたるところに足掛かりを作ってある……最大の宿敵の聖なる要塞《ようさい》にさえも」

「まさか。あそこを侵すことなど不可能だ」

「われわれの力は絶大だ」

「そこまでの力を持つ者など、いるはずがない」

「すぐにわかる。組織の力を疑いなく実証する行為はすでになされた。裏切りと証明の行為が」

「なんのことだ」

電話の主は打ち明けた。

暗殺者は目を見開いた。「ありえない」

翌日、世界じゅうの新聞に同じ見出しが躍った。暗殺者は納得した。

十五日を経たいま、その信念は揺るぎないものとなり、いささかの曇りもない。暗殺者は思った。組織は存続している。今宵《こよい》その姿を見せ、力を示すだろう。

街を歩きながら、黒い瞳が不吉な予感に輝いた。仕事を依頼してきたのは、世界史上最も隠密で、最も恐れられている結社だ。賢明な人選だと思った。自分の口の固さは折り紙つきで、それをしのぐ評価を得ているのは残忍さだけだ。

これまでのところ、つとめはしっかり果たしている。獲物を仕留め、依頼されたものをヤヌスのもとへ届けた。あれを確実に設置するためにこちらの力を使うかどうかは、ヤヌスしだいだ。

設置……

あのとんでもない任務をヤヌスはどう遂行するつもりなのか。あの男は内部に通じているにちがいない。組織の力は無限に思える。

ヤヌス。明らかにコードネームだ。古代ローマの双面神ヤヌスのことなのか、それとも土星の衛星ヤヌスか。どちらでもかまうまい。ヤヌスの力は計り知れない。それははっきり立証された。

歩きながら、暗殺者は自分に微笑みかける先人たちの顔を思い浮かべた。この戦いは、彼らの戦いだ。自分は、彼らが長きにわたって戦いつづけた相手と戦っている。それは十一世紀にさかのぼる。十字軍はわれらが土地を奪い、民を辱め、殺し、邪悪な者と決めつけ、寺院や神々を冒瀆《ぼうとく》した。

先人たちは小規模ながらきわめて破壊的な軍隊を組織して、自衛にあたった。その軍隊は自衛団、すなわち辺境をさまよって敵を片端から惨殺する腕利きの処刑集団として、広くその名をはせた。その残虐な手口だけでなく、殺しを讃《たた》える儀式を麻薬による恍惚《こうこつ》状態でおこなうことでも知られた。彼らが特に好んだのは〝ハシシ〟と呼ばれる強力な麻薬だった。

悪名が高まると、これらの危険な男たちにひとつの呼び名がつけられた。〝ハサシン〟――〝ハシシに仕える者〟。〝ハサシン〟は、地球上のほぼすべての言語において、死を意味するようになった。それはいまなお使われ、現代英語にも残っているが、殺しの技術と同様、そのことばも進化をとげた。今日では、暗殺者《アサシン》と発音されている。

6

六十四分ののち、少し飛行機に酔ったラングドンは、いまだ疑念を捨てきれぬまま、タラップから日に焼けた滑走路へおり立った。さわやかな微風が上着の襟を揺らす。広々とした空間がすがすがしい。ラングドンは目を細め、木深い緑の谷が雪を戴いた周囲の山へせりあがるさまをながめた。

夢を見ているのだろう。すぐに目が覚めるはずだ。

「スイスへようこそ」パイロットが言った。X-33の気化燃料による高エネルギー密度物質《HEDM》エンジンの轟音《ごうおん》が背後で響くのに負けじと、声を張りあげている。

ラングドンは腕時計に目を走らせた。午前七時七分。

「時間帯を六つ越えましたから」パイロットは言った。「現在、午後一時少し過ぎです」

ラングドンは時計を合わせた。

「気分はいかがですか」

ラングドンは胃のあたりをさすった。「発泡スチロールでも食べたみたいだ」

パイロットはうなずいた。「高空病です。高度六万フィートの上空にいましたからね。その高度だと体重が三十パーセント軽くなります。ほんのひとっ飛びで好運でしたよ。行き先が東京なら、百マイル浮上することになります。いまごろ胃がひっくり返っているところだ」

ラングドンは弱々しくうなずいてみせ、自分が好運だと思うことにした。だいたいにおいて、この飛行は驚くほど平凡だった。離陸の際に骨が砕けるほど加速したのを別とすれば、動きはごくふつうだった。途中で何度か小さな乱気流や、上昇にともなう気圧の変化があったが、時速一万一千マイルという頭がおかしくなりそうなスピードで空を猛進していると感じさせるものは何もなかった。

数人のエンジニアが滑走路を小走りに駆け寄って、X－33の点検をはじめた。パイロットは、管制塔のそばの駐車場に駐《と》まっている黒いプジョーのセダンへラングドンを案内した。しばらくすると、車は谷底を突っ切る舗装道路を走っていた。建物の群れがかなたにぼんやり見える。窓の外を草深い平原が過ぎ去り、かすんでいく。

ラングドンはパイロットを不信の目で見つめた。スピードメーターの針は時速百七十キロのあたりに達している。この男といい、速度といい、いったいどうなっているのか。

「研究所まで五キロです」パイロットが言った。「二分でお連れします」

ラングドンはむなしくシートベルトを探した。二分を三分に延ばして、生きたまま連れていってもらうことはできないのか。

車は疾走する。

「リーバ・マッキンタイアはお好きですか」パイロットがカーステレオにカセットを差しこんで尋ねた。

女が歌いはじめた。〝ひとりになるのがこわいから——〟

よけいなお世話だ、とラングドンは上の空で思った。職場の女性たちは、ラングドンの博物館並みの工芸品コレクションは空っぽの住まいを満たそうというむなしい気持ちの表れだとしじゅうからかい、女性がいないと家は豊かにならないと決めつける。ラングドンはいつもこう言って笑い飛ばす。自分の人生には、すでに愛の対象が三つもある——象徴学、水球、独身生活。最後のひとつは自由そのもので、おかげで世界じゅうを旅したり、好きなだけ眠ったり、ブランデーと好きな本をかたわらに静かな夜を楽しんだりできる。

「小さな町みたいなものです」パイロットは言って、ラングドンを物思いから引きもどした。「ただの研究所じゃない。スーパーマーケットに病院、映画館までありますよ」

ラングドンはぼんやりとうなずき、前方に無秩序に立ち並ぶ建物を見やった。

「それどころか」パイロットは付け加えた。「世界最大の機械まであるんです」

「ほう」ラングドンは一帯へ目を走らせた。

「といっても、見ることはできません」パイロットは微笑んだ。「地下六階にあるんですから」

訊《き》き返す暇はなかった。なんの警告もなく、パイロットがブレーキをかけたからだ。車は頑丈な造りの守衛所の前に急に停まった。

ラングドンは前方の案内板を見た。〈厳戒《セキユリテ》〉。〈停止してください《アレテ》〉。ふいにここがどこかを思い出し、パニックの波に襲われた。「まずい！　パスポートを持ってこなかった」

「パスポートは要りません」パイロットは請け合った。「スイス政府と協定を結んでいますから」

ラングドンは、パイロットが警備員に身分証を差し出すのを呆然と見守った。身分証は電子識別装置にかけられた。ランプが緑色に光る。

「同乗者の氏名は？」

「ロバート・ラングドン」パイロットは答えた。

「招待者はどなたですか」

「所長だ」

警備員は眉をあげた。後ろを向き、コンピューターのプリントアウトと画面上のデータとを照らし合わせる。やがて窓口にもどって言った。「どうぞごゆっくり、ミスター・ラングドン」

車はふたたび急発進し、研究所の正面玄関へ通じる広大なロータリーをさらに二百ヤード走った。その目の前に現れたのは、きわめて現代的な、ガラスとスチールでできた四角い建造物だった。その透明な建物の印象深さにラングドンは目を瞠《みは》った。以前から建築物には格別の愛情をいだいている。

「ガラスの聖堂です」パイロットは言った。

「教会なのか」

「とんでもない。教会だけはありません。ここでの宗教は物理学ですから」パイロットは笑った。「神の名をみだりに口にするのはかまいませんが、クォークや中間子の名誉を傷つけることは許されないんです」

パイロットが方向転換をして、ガラスの建物の正面へと車を移動させるあいだ、ラングドンはとまどっていた。クォークや中間子？　国境検問がない？　マッハ十五のジェット機？　この連中はいったい何者だ？　その答は、建物正面にある御影石《みかげいし》の門札に刻まれていた。

(CERN)
Conseil Européen pour la
Recherche Nucléaire

「原子核の研究施設なのか」フランス語の解釈を誤っていないという確信を持って、ラングドンは尋ねた。

　パイロットは答えなかった。身を乗り出し、カーステレオをしきりにいじりまわしている。「着きましたよ。所長が入口へ参ります」

　ラングドンは車椅子に乗った男が建物から出てくるのに気づいた。六十歳代の前半ぐらいだろうか。やせこけて髪が一本もなく、顎《あご》を引きしめ、白の実験着をまとい、礼装用の靴を履いた足をしっかりと車椅子のフットレストに載せている。遠くから見てもその目には生気がなく、さながらふたつの灰色の石だった。

「あの人かい」ラングドンは尋ねた。

　パイロットは顔をあげた。「驚いたな」振り向いて不気味な笑みを投げた。「噂をすれば影だ」

何が待ち受けているのかわからぬまま、ラングドンは車をおりた。

車椅子の男がさっと近づき、湿っぽい手を差し出した。「ミスター・ラングドン？　電話では失礼した。マクシミリアン・コーラーだ」

7

セルン《CERN》の所長マクシミリアン・コーラーは、陰では〝帝王《ケーニヒ》〟と呼ばれている。敬意の表れというより、車椅子の玉座から権力をふるう姿への畏怖《いふ》の念からつけられた呼称である。本人を個人的に知る者は少ないが、歩けなくなった経緯についての恐ろしい物語はセルンの伝説となっている。その辛辣《しんらつ》さ、そして純粋科学への絶対の献身を非難する者はほとんどいない。

ほんの少しそばにいただけで、ラングドンは近づきがたさを感じた。コーラーの電動車椅子が正面玄関へ向かって音もなく走るのを、ラングドンは小走りに近い足どりで追った。こんな車椅子は見たこともない――マルチライン電話、ポケットベル、コンピューター・スクリーンといった電子機器が装備され、着脱可能な小型ビデオカメラまでついている。帝王コーラーの移動式司令室なのか。

ラングドンはコーラーにつづいて自動ドアを抜け、広大なメインロビーに足を踏み入れた。

ガラスの聖堂か。ラングドンは天を仰ぎ見て思った。

頭上では、午後の日差しにきらめいた薄青いガラス屋根が、幾何学模様の光線を空《くう》に放ち、壮麗な雰囲気を醸し出している。さまざまな形のとがった影が、白タイルの壁から大理石の床へと、葉脈を思わせる模様を描いている。空気は清潔で、消毒のにおいがする。数人の研究者が軽快に歩きまわり、足音があたりに響きわたっていた。

「こちらだよ、ミスター・ラングドン」コンピューターで処理したような声だ。そのいかめしい顔つきと同様、厳正なアクセントだった。コーラーは咳《せき》払いをして白いハンカチで口をぬぐうと、生気のない灰色の目をラングドンに向けて言った。「急いでくれ」車椅子はタイル張りの床を飛んでいくように見えた。

ラングドンはあとを追って、メインロビーから枝分かれした無数とも思える通路を進んだ。どの通路にも活気があふれている。コーラーに気づいた研究者たちは驚きに目を瞠り、所長に随伴するとは何様かとでも言いたげに、ラングドンを見つめた。

「お恥ずかしい話ですが」話のきっかけを作るべく、ラングドンは思いきって言った。「こちらのことはまったく知りませんでした」

「驚かないな」簡潔な物言いのせいで、とげとげしく聞こえる。「たいていのアメリカ人は、ヨーロッパを科学研究の世界の旗手とは見なさない。一風変わった商店街ぐらいにしか思っていないんだ——アインシュタインやガリレオ、ニュートンの国籍を考えれば妙な話だよ」

なんと答えてよいかわからず、ラングドンはポケットからファクシミリの紙を取り出した。「この写真の男性のことですが、できれば——」

コーラーは手を振ってさえぎった。「だめだ、ここでは。すぐに案内する」そう言って片手を差し出した。「その写真は預かろう」

ラングドンは写真を渡し、だまって歩きはじめた。

コーラーは急に左へ曲がり、賞や記念品のたぐいの飾られた広い通路へと進んでいった。すぐに、ひときわ大きな銘板が目についた。ラングドンは歩をゆるめ、銅板に彫られた文字を横目で見てとった。

アルス・エレクトロニカ賞
デジタル時代における文化革新の功労者である
ティム・バーナーズ・リーおよびＣＥＲＮに贈呈する
ワ《W》ールドワ《W》イド・ウェ《W》ブの発明に関して

なんということだ。ラングドンは読みながら思った。冗談ではなかったのか。これまでずっと、ワールドワイド・ウェブはアメリカで発明されたものとばかり思っていた。もっとも、自分が知っているのは、著書のサイトや、古いマッキントッシュでときどき見ているルーヴル美術館やプラド美術館のサイトのことぐらいだが。

「そもそもウェブは」コーラーは言いかけて、また咳《せ》きこんで口もとをぬぐった。「所内のコンピューター・サイト・ネットワークとして開発されたものだ。そのおかげで、さまざまな部門の研究者たちが日々の研究成果を共有できた。もちろん、ウェブは合衆国の技術だと全世界が思いこんでいるがね」

ラングドンは通路を進みながら尋ねた。「なぜまちがいを正さないのですか」

コーラーは無関心な様子で肩をすくめた。「些《さ》細《さい》な技術についての些細な誤解だからな。世界のコンピューターを結んだことは、セルンの功績のほんの一部にすぎない。ここの研究者は毎日のように奇跡を生み出しているよ」

ラングドンは怪《け》訝《げん》な顔でコーラーを見た。「奇跡？」ハーヴァードの科学研究棟界隈《かいわい》ではまず耳にしないことばだ。〝奇跡〟という単語は神学部のためにある。

「疑っているようだな」コーラーは言った。「たしか宗教象徴学が専門だったね。奇跡は信じないかね」

「なんとも言えません」科学研究所での奇跡となればなおさらだ。

「奇跡という言い方が悪かったのかもしれないな。理解してもらえることばで話そうとしただけなんだが」

「わたしに理解できることばですか」ラングドンは急に不快になった。「残念ながら、わたしの専門は宗教象徴学です。学者であって、聖職者じゃない」

コーラーはふいに速度を落として振り返った。まなざしが少し和らいでいる。「なるほど。わたしが浅はかだったよ。症状を分析するために、みずから癌を患う必要はない」

そんなたとえは聞いたこともなかった。

通路を進みながら、コーラーは満足げにうなずいた。「きみとは完全に理解し合える気がするよ、ミスター・ラングドン」

ラングドンには、なぜかそう思えなかった。

先を急ぐうちに、前方から低い轟音が聞こえてきた。その音は一歩進むごとに強くなり、周囲の壁に反響している。眼前の通路の奥から響いているらしい。

「なんの音ですか」やがてラングドンは声を張りあげて尋ねた。活火山に向かって歩いている気分だ。

「自由落下管だ」コーラーの乾いた声が空気を切り裂いた。それっきりなんの説明もない。

ラングドンもだまっていた。疲れ果てていた。それに、コーラーも接客のよさで賞をとる気はないらしい。ラングドンは自分がここへ来た理由を思い返した。イルミナティ。この巨大な施設のどこかに、死体が――胸に焼き印のある死体があるはずだ。その焼き印を見るために、自分ははるばる何千マイルも飛んできた。

通路の突きあたりへ迫るにつれ、轟音は耳を聾《ろう》するばかりになった。震動が足の裏から伝わってくる。角を曲がると、右側に観察用の廊下が現れた。曲線を描く壁に、潜水艦の窓のような厚いガラスがはめこまれた枠が四か所ある。ラングドンは立ち止まってそのひとつをのぞいた。

変わったものは少なからず見てきたつもりだが、これほどのものははじめてだった。幻でも見ているのだろうかと、ラングドンは二、三度まばたきした。巨大な円形の空間が目の前にひろがっている。無重力状態さながらに浮かんでいるのは、なんと人間だった。三人いる。ひとりが手を振り、空中でとんぼ返りをしてみせた。

なんだ、これは。ここはオズの国か。

床には鶏舎の金網のような網状の格子が張られている。その下で、巨大なプロペラが金属音を発してまわるのが見える。

「自由落下管だ」コーラーは言って、ラングドンが追いつくのを待った。「屋内スカイダイビングだよ。ストレス解消のためのもの。風洞を縦にしたものだ」

ラングドンは呆然とながめた。自由落下をしている三人のうちひとりは太った女で、窓のほうへ巧みに移動してきた。女は気流にもまれながらも笑顔を見せ、ラングドンに向かって親指を立てた。ラングドンは力なく微笑んで、同じしぐさをした。この女は、いまのしぐさが昔は男根と生殖能力を象徴していたことを知っているだろうか。

そのずんぐりした女だけが小型のパラシュートらしきものを身に着けていることにラングドンは気づいた。細長い布が、おもちゃのように女の頭上でふくらんだ。「あの小さいパラシュートはなんのためですか」ラングドンは尋ねた。「直径は一ヤードもないにちがいない」

「摩擦抵抗で女性の揚力が増すから、あのプロペラでも浮くわけだ」コーラーは管にもう一度目をやった。「一平方ヤードの抵抗物があれば、落下速度は二十パーセント近く減少する」

ラングドンはぼんやりとうなずいた。

今夜のうちに、ここから数百マイル離れた場所で、いま耳にした原理に命を救われるとは思いもしなかった。

8

コーラーとともに、セルンの本部棟の奥からスイスのまぶしい日差しのもとへ出たラングドンは、ハーヴァードに逆もどりした気分を味わった。目の前の風景はアイビーリーグの大学のキャンパスにそっくりだった。

芝に覆われた斜面をくだった先は、サトウカエデの木々が点在し、煉瓦《れんが》造りの宿舎や歩道が四方を取り囲む広大な中庭になっていた。何冊もの本をかかえた学者然とした人々が、建物から足早に出入りしている。大学風の雰囲気をさらに強調するかのように、ヒッピーまがいの長髪の男がふたり、宿舎の窓のひとつから大音量であふれ出るマーラーの交響曲第四番をバックに、フリスビーを投げ合っている。

「職員宿舎だ」コーラーは説明し、建物に向かって車椅子の速度をあげた。「この研究所には三千人を超える物理学者がいる。世界じゅうの粒子物理学者の半数以上をここでかかえているんだよ――ドイツ人、日本人、イタリア人、オランダ人などなど。地球上で最も優秀な頭脳集団だと言っていい。ここの物理学者は、五百以上の大学と六十以上の国の代表だ」

ラングドンは驚いた。「意思の疎通はどうしているんですか」

「むろん、英語だ。科学における共通語だから」

ラングドンは数学こそが科学の共通語だとつねづね聞かされていたが、疲労のあまり議論する気が起こらず、おとなしくコーラーについていった。

突きあたりの手前で、ひとりの若い男が駆け足で通り過ぎた。Tシャツにこんなメッセージが書かれている――〝根性《NO GUT》なくして、栄誉《NO GLORY》なし〟。

ラングドンは怪訝な顔で男を見送った。「根性《GUT》？」

「大統一理論《Grand Unified Theory》」コーラーは答えた。「万物の理論だ」

「なるほど」ラングドンはわけもわからずに言った。

「粒子物理学について知識はあるかね」

ラングドンは肩をすくめた。「一般的な物理学ならなんとかわかります——物体の落下だとか、その程度は」長年の高飛びこみの経験から、重力加速のすさまじさには深い畏怖の念をいだいている。

「粒子物理学というのは原子の研究ですね」

コーラーはかぶりを振った。「われわれが扱うものと比べたら、原子など惑星に見えるよ。われわれの興味は、原子の一万分の一の大きさしかない原子核にある」コーラーはまた咳きこんだ。かなりひどい。「セルンの研究者はみな、太古の昔から人類が問いつづけてきた疑問に答を出すためにここにいる。われわれはどこから来たのか。われわれの原点は何か」

「で、その答は物理学の研究所にあると？」

「驚いたかね」

「ええ。その問いは精神に関するように思えますから」

「ミスター・ラングドン、もとはと言えば、あらゆる疑問が精神に関するものだったんだよ。昔から精神と信仰は、科学が解明できない隙間を埋めることを求められてきた。日の出や日の入りは、かつてはヘリオスと炎の戦車が起こすとされた。地震や津波もポセイドンの怒りと考えられた。科学は、こうした神々が偽りの偶像だったとすでに証明している。まもなく、すべての神が偽りの偶像であると証明されるだろう。人が考えつく疑問のほぼすべてに、科学は答を出した。残された疑問はほんのわずかで、しかも難解なものばかりだ。われわれはどこから来たのか。なぜ生きているのか。生命と宇宙の意味とは何か」

ラングドンは仰天した。「では、そうした問題にセルンが答を出そうと試みているんですか」

「いや。答を出しつつある」

ラングドンは押しだまり、コーラーを追って宿舎の中庭をつぎつぎ通り抜けた。すると、フリスビーが頭上を舞い、目の前で滑るように落ちた。コーラーは無視して進んでいく。

庭の向こうから声がした。「すみません《スイル・ヴ・プレ》！」

ラングドンは周囲を見まわした。パリ大学のトレーナーを着た白髪の年輩男性が手を振っている。ラングドンはフリスビーを拾いあげて、巧みに投げ返した。男はそれを一本の指で受け、二、三回バウンドさせてから、振り向きざまに相棒へと投げた。そして叫んだ。「メルシ！」

「おめでとう」ようやく追いついたラングドンに、コーラーが言った。「きみはいま、ノーベル賞受賞者にフリスビーを投げたんだよ。ジョルジュ・シャルパク、多線式比例計数箱の発明者だ」

ラングドンはうなずいた。まったく、きょうはついている。


さらに三分歩いて、目的地に着いた。ポプラの木立のなかに建つ、広くて手入れの行き届いた宿舎だった。ほかの宿舎と比べて贅沢《ぜいたく》な造りになっているようだ。前面には〝C棟〟と彫られた石板が掛かっている。

ずいぶん想像力豊かな名前じゃないか、とラングドンは思った。

名前の味気なさとは裏腹に、C棟なる建物の伝統的で堅実なたたずまいは、建築様式に対するラングドンの興味をそそった。赤煉瓦のファサード、凝った装飾のついた手すり。左右対称の形の生垣に取り囲まれている。石畳の歩道をのぼって玄関へ向かう途中、二本の大理石の円柱で形作られた門をくぐった。柱の一本に貼り紙がされている。

〝この柱はイオニア式《Ionic》なり〟


物理学者も落書きをするのか。ラングドンは柱をじっと見つめて含み笑いをした。「優秀なる物理学者も誤りを犯すと知って、ほっとしましたよ」

コーラーはあたりを見まわした。「なんのことだね」

「だれが書いたか知らないが、あの落書きはまちがっています。あの柱はイオニア式じゃない。イオニア式なら太さが均一です。あれは先のほうが細い。ドーリア式――イオニア式と似たギリシャの建築様式ですよ。よくある勘ちがいだ」

コーラーはにこりともしなかった。「冗談のつもりで書いたんだよ、ミスター・ラングドン。あのことばには〝イオンを含む〟という意味もある。電気を帯びた粒子のことだ。たいていの物質に含まれている」

ラングドンは柱を振り返り、ため息を漏らした。


C棟の最上階でエレベーターをおりたとき、ラングドンはまだ自分がまぬけになった気がしていた。コーラーにつづいて、設備の整った廊下を進んだ。内装は意外にも古典的なフレンチ・コロニアル様式で、サクラ材の長椅子、磁器の床置きの花瓶、渦巻き模様の木細工などがしつらえられている。

「終身在職の研究者には快適に過ごしてもらいたいからな」コーラーは説明した。

それはそうだろう、とラングドンは思った。「写真の男性はここに住んでいたんですか？　すると、こちらの上級職員ですね」

「そのとおり」コーラーは言った。「彼はけさ、わたしとの会合に現れず、ポケットベルで呼び出しても返事がなかった。捜しにきてみると、居間で死んでいた」

死体を見にいくのだと悟ったラングドンは、ふいに戦慄《せんりつ》を覚えた。胃はあまり丈夫なほうではない。その弱点を知ったのは美術専攻の学生だったときで、レオナルド・ダ・ヴィンチが人体に関する知識を得るために墓を掘り返して死体の筋組織を解剖したという話を教師から聞かされたのがきっかけだった。

コーラーは廊下を奥まで進んだ。そこに一枚の扉があった。「言うなれば、ペントハウスだ」コーラーは言って、額に浮かんだ玉の汗を軽く押さえた。

ラングドンは目の前に孤立したオーク材の扉を見つめた。名札にはこう書かれている。

レオナルド・ヴェトラ

「レオナルド・ヴェトラは」コーラーは言った。「来週五十八歳になるはずだった。現代における最も優秀な科学者のひとりだったよ。その死は科学にとって大きな損失だ」

その瞬間、コーラーのこわばった顔に感情が浮かんだ気がした。だがそれは表れたときと同じく、すぐに消えた。コーラーはポケットに手を入れて、大きなキーホルダーから鍵を選り出そうとした。

妙な考えがラングドンの脳裏をかすめた。この建物には人っ子ひとりいないのではないか。「だれもいないんですか」これから向かうのが殺人現場だとしたら、この静けさはどうも解せない。

「住人はそれぞれの研究室にいる」コーラーは鍵を探しながら答えた。

「警察ですよ」ラングドンははっきり言った。「もう帰ったんですか」

一瞬、コーラーは黙した。鍵は途中まで差しこまれている。「警察？」

互いの視線がぶつかり合った。「そうです。あなたは殺人現場の写真をファクシミリで送ってくださった。当然、警察に通報なさったはずだ」

「いや」

「なんですって？」

コーラーの灰色の瞳が鋭くなった。「状況は複雑なんだよ、ミスター・ラングドン」

不安の波がラングドンを襲った。「しかし……ほかにも知っている人はいるんでしょう？」

「ああ。レオナルドの養女が知っている。彼女もセルンの物理学者だ。親子で研究室を共有して、いっしょに研究を進めている。ミズ・ヴェトラは今週、野外調査で留守にしていた。父親が亡くなったと知らせておいたから、こうしているあいだにも帰るだろう」

「でも、人がひとり殺され――」

「いずれは公式な捜査がおこなわれる」コーラーは硬い声で言った。「しかし、そうなれば、ヴェトラ親子が秘密裡に使っていた研究室もまちがいなく捜査の対象になる。だから、ミズ・ヴェトラがもどるまで伏せておきたいんだ。少なくともその程度の自由は与えるべきだろう」

コーラーは鍵をまわした。

ドアがさっと開くや、冷たい突風がうなりをあげて廊下へ漏れ出し、ラングドンの顔に吹きつけた。ラングドンは動揺してあとずさった。そして、異郷の入口に目を凝らした。目の前の部屋は、分厚く白い霧に満たされている。霧は家具のまわりで渦を巻き、部屋全体を不透明に染めている。

「これはいったい……」ラングドンは口ごもった。

「フロン冷却装置だ」コーラーは答えた。「遺体の保存のために部屋を冷やしておいた」

ラングドンは寒気《さむけ》を覚え、ツイードの上着のボタンをかけた。ここはやはりオズの国だ、と思った。魔法の靴は履いてこなかったが。

9

眼前の床に転がった死体は、見るも無惨だった。死んだレオナルド・ヴェトラは、いっさいの衣類を剥ぎとられ、青みがかった灰色の肌をさらして、仰向けに倒れていた。首の骨は折れた部分から外へ突き出し、頭部はねじ曲がって半回転している。顔は床に押しつけられ、こちらからは見えない。凍った小便の水たまりに身を横たえ、萎《な》えた性器を霜のついた陰毛が蜘蛛《くも》の巣さながら包んでいる。

押し寄せる吐き気の波と闘いつつ、ラングドンは死体の胸に視線を落とした。その上下対称の傷痕《きずあと》をファクシミリで何十回も見たにもかかわらず、現実の焼き印はラングドンを圧倒した。焼け焦げて盛りあがった部分がみごとに形をなし、完璧《かんぺき》な紋章を描いている。

ラングドンは思った。全身を走るこの激しい悪寒は空調のせいだろうか。それとも、目の前のものが持つ意味に恐れおののいているせいなのか。

心臓を高鳴らせつつ、ラングドンは死体のまわりを歩いてその単語を反対側から読み、そのみごとな対称性を再確認した。実際に目にしたいま、ますます信じられなくなった。

「ミスター・ラングドン」

　耳にはいらなかった。ラングドンは別世界にいた。自分だけの世界、本来の居場所、歴史と神話と現実がぶつかり合う世界で、ひとりきりの感覚に浸《つ》かっていた。歯車がまわっている。

「ミスター・ラングドン」コーラーは探るような視線を投げかけた。

　ラングドンはなおも顔をあげなかった。ふだんの性向がさらに強まって、関心事で頭がいっぱいになっている。「どの程度ご存じなんですか」

「きみの著書のウェブサイトから仕入れた知識だけだ。〝イルミナティ〟なることばには〝啓示を受けた者たち〟という意味があること。それは遠い昔に存在した一種の友愛結社の名称であること」

　ラングドンはうなずいた。「名前は聞いたことがありますか」

「いや、ミスター・ヴェトラの焼き印を見るまではなかった」

「それで、ウェブを検索してみたわけですね」

「そうだ」

「関連するサイトが何百も出てきたはずです」

「何百どころか、何千だ」コーラーは言った。「しかし、きみのサイトには、ハーヴァード、オックスフォード、それに信頼できる出版社の名前があり、さらに関連書籍のリストも掲載されていた。情報の価値は情報源によってのみ決まるということを、わたしもひとりの研究者として学んできたからな。きみの経歴は信頼できると思った」

ラングドンの視線はなおも死体に釘づけになっていた。

コーラーはそれっきり何も言わなかった。ラングドンが眼前の光景になんらかの解釈を加えるのを、目をそらさずに待っているようだ。

ラングドンは顔をあげ、冷えきった室内を見まわした。「もっとあたたかい場所で話しませんか」

「この部屋がいい」コーラーは寒さを気に留めていないらしい。「ここで話そう」

ラングドンは顔をしかめた。イルミナティの歴史はけっして単純なものではない。説明しているうちに凍え死にしてしまうではないか。いま一度焼き印を見つめると、畏怖の念がよみがえってきた。

イルミナティの紋章にまつわる話は現代の象徴学では伝説となっているが、実物を目にした学者はひとりもいない。過去の資料では、その紋章はアンビグラムだと説明されている。〝アンビ〟とは〝双方〟の意味であり、その紋章は双方向から読める。鉤《かぎ》十字や陰陽、ダヴィデの星、あるいはただの十字のように、アンビグラムは象徴学ではごくふつうのものだが、ひとつの単語をアンビグラムにするのはきわめてむずかしいという。長年にわたって、現代の象徴学者は〝イルミナティ〟という単語を完全な対称図形に作りあげようと試みてきたが、みな無惨に失敗した。いまでは、多くの学者がその紋章の存在自体が伝説だと結論づけている。

「それで、イルミナティとは何者なんだ」コーラーは尋ねた。

そう、いったい何者なのか。ラングドンは語りはじめた。

「太古からずっと」ラングドンは説明した。「科学と宗教のあいだには深い溝が存在しました。コペルニクスのように率直な科学者は、多くが――」

「殺害された」コーラーが口をはさんだ。「科学的真実を明らかにしたために処刑されたんだ。宗教はつねに科学を迫害してきた」

「そうです。しかし十六世紀、ローマのある団体が教会に反旗をひるがえしたことがありましてね。物理学者、数学者、天文学者などの、イタリアで最も知性ある人々の一部がひそかに集まって、教会の誤った教理についての懸念を話し合うようになりました。教会による〝真理〟の独占が世界全体の啓蒙《けいもう》を阻害するのではないかという不安をいだいたのです。そこで彼らは世界で最も古い科学のシンクタンクを創設し、みずから〝啓示を受けた者たち〟と称しました」

「それがイルミナティか」

「ええ」ラングドンは言った。「ヨーロッパ最高の頭脳……科学的真実の探求に生涯を捧《ささ》げた人々です」

コーラーは沈黙した。

「当然のごとく、イルミナティはローマ・カトリック教会から過酷な迫害を受けました。科学者たちが生き延びたのは、固く秘密を守る慣《なら》わしがあったからこそです。噂は学者たちのあいだでひそかに広まり、イルミナティに加わる学者の輪はヨーロッパ全土に及ぶようになりました。科学者たちはローマに〝啓示の教会《チャーチ・オブ・イルミネーション》〟と名づけた極秘の集会所を構え、定期的に会合を持ちました」

コーラーは咳きこんで、車椅子のなかで体を動かした。

「イルミナティのなかには」ラングドンはつづけた。「暴力をもって教会の専制と戦うことを望む者も多かったのですが、いちばんの尊敬を集めていた会員がそれに反対しました。その会員は、歴史上最も有名な科学者のひとりであると同時に、平和主義者でもありました」

コーラーもその会員の名前に気づくはずだとラングドンは思った。科学者でなくても、太陽系の中心は地球ではなく太陽だと主張したかどで教会に捕まって処刑されかけた、その不運な天文学者のことは知っている。否定しようのない根拠を並べたにもかかわらず、それでは神がみずから創造した宇宙の中心に人類を据えなかったことになるため、その天文学者はきびしく罰せられた。

「名前は、ガリレオ・ガリレイ」ラングドンは言った。

コーラーは顔をあげた。「ガリレオ?」

「そうです。ガリレオはイルミナティの会員でした。そして、敬虔《けいけん》なカトリック教徒でもありました。ガリレオは、科学は神の存在を脅かすものでなく、むしろそれに説得力を与えるものだと訴えて、科学に対する教会の立場を軟化させようと試みたのです。たとえば、望遠鏡で惑星の自転を観察していたら、天空の音楽のなかに神の声を聞いたという話を書き記しています。ガリレオの主張は、科学と宗教とは敵ではなく友である、ひとつの物語を紡ぎ出すふたつの言語であるというものでした。天国と地獄、夜と昼、熱さと冷たさ、神と悪魔……そんな均整と調和に満ちた物語であり、科学と宗教は、神の与えたもうた調和を――光と闇との果てなき葛藤《かっとう》を享受できるのだと」ラングドンはことばを切り、足踏みをして寒さをこらえた。

コーラーは車椅子にすわったまま、視線を動かさずにいた。

「残念ながら」ラングドンはつづけた。「科学と宗教の統一は、教会の望むところではありませんでした」

「それは当然だ。統一すれば、教会こそ神を理解するための唯一の存在であるという主張が腰砕けになってしまう。だからこそガリレオを異端者として裁き、有罪と認定し、自宅監禁の刑を科した。わたしも科学の歴史にはかなり通じているんだよ。しかしそれはみな、何世紀も昔の話だ。それがレオナルド・ヴェトラとどんな関係があるんだ」

百万ドルの質問だ。ラングドンは追撃に取りかかった。「ガリレオが捕らえられたことで、イルミナティには大混乱が起きました。いくつかの過ちが重なって、四人の会員が教会に身元を突き止められ、拘束されて尋問を受けました。しかし、その四人の科学者は口を割りませんでした……拷問にかけられても」

「拷問に？」

ラングドンはうなずいた。「四人は生きながら焼き印を押されました。胸に、十字の紋章を」

コーラーは目を見開き、ヴェトラの死体へ不安げな視線を走らせた。

「やがてその科学者たちは惨殺され、イルミナティに加わろうと考える人々への戒めとして、死体がローマの街路に放置されました。教会の手はいよいよ迫り、残った会員はイタリアから脱出しました」

話の核心にふれるために、ラングドンはそこで間《ま》をとった。そして、コーラーの生気のない瞳をまっすぐに見据えた。「イルミナティは地下深く潜伏し、神秘論者、錬金術師、イスラム教徒、ユダヤ教徒といった、カトリックの粛清から逃れる人々と親交を結びはじめました。そして何年もかけて、新たなメンバーを吸収していったのです。こうしてイルミナティは生まれ変わりました。より謎に満ちたイルミナティ。反キリスト教色の強いイルミナティ。彼らは秘儀を採り入れ、固く秘密を守り、いつの日かふたたび立ちあがってカトリック教会に復讐《ふくしゅう》することを誓いながら、力を蓄えていきました。そして、この世で最も危険な反キリスト教勢力と教会から見なされるまでに成長したのです。ヴァチカンはイルミナティが〝シャイタン〟であると断じました」

「シャイタン？」

「イスラムのことばで、敵……神の敵という意味です。教会が呼称としてイスラムの言いまわしを選んだのは、それが卑しい言語だと考えていたからでした」ラングドンは一瞬ことばを切った。「〝シャイタン〟と同根の単語が英語にもあります……〝サタン〟です」

　コーラーの顔を不安の影がよぎった。

　ラングドンは険しい声で言った。「ミスター・コーラー、どうやって……そしてなぜ、この男性の胸にこんな紋章が焼きつけられたのか、わたしにはわかりません。しかし、あなたがいま目にしているのは、世界で最も古く、最も強力な悪魔的集団の、長らく失われていた紋章です」

10

路地はせまく、閑散としていた。暗殺者《ハサシン》は歩を速めた。黒い両目は期待に満ちている。目的地へ近づくにつれ、別れ際にヤヌスに言われた台詞《せりふ》が頭によみがえった。〝まもなく第二の段階にはいる。少し休んでくれ〟。

ハサシンはほくそ笑んだ。ゆうべは一睡もしていないが、眠ろうなどとはまるで考えていなかった。眠りは弱者のためのものだ。自分は先人たちと同じ戦士であり、いったん戦いがはじまれば睡眠をとらない。戦いはたしかにはじまり、自分には最初の血を流させる栄誉が与えられた。ふたたび任務にもどるまでに、栄誉を讃《たた》える時間がまだ二時間ある。

眠る？　気分を落ち着かせたいなら、はるかにいい方法がある……。

快楽への嗜好《しこう》も、先人から受け継いだもののひとつだ。先祖たちはハシシに溺《おぼ》れたが、ハサシンは別の形で欲求を満たすことを好んだ。鍛えあげた凶器である自分の肉体に誇りを持っており、先人から受け継いだものがどうあろうと、その肉体を麻薬で穢《けが》すのはごめんだった。そのかわりに、麻薬より滋養の高い嗜癖を見つけ出していた。麻薬よりはるかに健康的で、充足の得られる報酬を。

なじみの高揚感がこみあげるのを感じつつ、ハサシンは足早に路地を進んだ。目立たないドアの前に着くと、呼び鈴を鳴らした。ドアののぞき窓が開き、ふたつの褐色の瞳《ひとみ》がこちらを値踏みするように見つめる。やがてドアが開いた。

「いらっしゃいませ」身なりのよい女が言った。そして、照明を抑えた完璧《かんぺき》な内装の客間へハサシンを通した。高価な香水と麝香《じゃこう》のにおいがほのかに漂っている。「ごゆっくりどうぞ」女は言い、写真を綴《つづ》った冊子を手渡した。「お決まりになりましたら、ベルでお知らせください」女は姿を消した。

ハサシンは微笑んだ。

ビロード張りのソファーに腰かけて冊子を膝《ひざ》に置くと、肉欲が突きあげてくるのが感じられた。自分たちにはクリスマスを祝う習慣はないが、キリスト教徒の子供がプレゼントの山を前にして、これからまさに驚きの品を見つけようとするときは、きっとこんな気分だろう。ハサシンは冊子を開き、写真をじっくり観察した。みだらで甘美な夢の数々がこちらを見つめ返している。

マリサ。イタリアの女神。燃える肉体。若き日のソフィア・ローレン。

サチコ。日本のゲイシャ。しなやかな肉体。腕はたしか。

カナラ。黒き絶世の美女。引きしまった肉体。異国情緒満点。

冊子を最後まで二度見てから、決断をくだした。脇のテーブルについたボタンを押す。一分後、先刻迎えてくれた女がふたたび現れた。ハサシンは選んだものを伝えた。女はにっこり笑った。「こちらへどうぞ」

金のやりとりがすむと、女は低い声で電話をかけた。数分待ったのち、ハサシンをともなって大理石の螺旋《らせん》階段をのぼり、贅沢《ぜいたく》にしつらえられた廊下へ出た。「突きあたりの金の扉です」女は言った。「お目が高いですわ」

あたりまえだ、とハサシンは思った。こちらは玄人なのだから。

遅れに遅れた食事にありつこうとする豹《ひょう》のごとく、ハサシンは足音を忍ばせて廊下を奥まで進んだ。ドアの前に立ったとき、笑みがこぼれた。ドアはすでに細く開き、客の到着を待ち受けている。ひと押しすると、音もなく全開した。

　選んだものを見たハサシンは、賢明な選択だったと思った。まさに注文どおりの女だ……全裸で仰《あお》向《む》けに横たわり、太いビロードの縄で両腕をベッドの柱に縛りつけられている。

　ハサシンはベッドに歩み寄り、象牙《ぞうげ》色をした女の腹部に黒っぽい指先を這《は》わせた。ゆうべ、ひと仕事すませた。その褒美がおまえだ。

11

「悪魔的？」コーラーは口をぬぐい、落ち着かなげに体を揺すった。「これは悪魔的集団の紋章だと？」

　ラングドンは冷えきった部屋を行きつもどりつして体をあたためた。「たしかにイルミナティは悪魔的でした。もっとも、現代の感覚ではそうも言えませんが」

　ラングドンは手短に説明した。悪魔的《サタニック》な集団というと、悪魔《サタン》を崇《あが》める凶暴な手合いだとたいていの人が考えるが、歴史的に言ってサタニストとは、教会の敵の立場にある知識人のことだった。つまりシャイタンだ。残忍な黒魔術で動物を生け贄《いにえ》にしたり、五芒星形《ペンタグラム》を用いた儀式をおこなったりするという風説は、教会が敵を中傷するために広めた虚言にほかならない。やがてイルミナティの向こうを張ろうとする教会の敵対者たちは、そのでたらめを信じ、実践するようになった。かくして、現代の悪魔主義《サタニズム》が生まれた。

コーラーが無愛想に言った。「それはみな大昔の話だ。わたしが知りたいのは、なぜこの紋章がここに現れたかということだよ」

ラングドンは深く息を吸った。「この紋章は、対称性を愛したガリレオへの敬意の印として、十七世紀にイルミナティに所属していた名もない芸術家が作ったものです。いわば聖なるロゴですね。イルミナティはこの紋章の存在を秘密にしていたのですが、いつの日か力を蓄えてふたたび表舞台に立ち、最終目標を果たせるようになったら明るみに出す計画だったと伝えられています」

コーラーは動揺を見せた。「つまり、イルミナティはふたたび表舞台に立ちつつあるということかね」

ラングドンは眉《まゆ》をひそめた。「それはありえません。イルミナティの歴史には、まだお話ししていない一幕があるのです」

コーラーの語気が強まった。「教えてくれ」

ラングドンは両手をこすり合わせながら、これまでに読んだり書いたりした何百もの文書を頭のなかで整理した。「イルミナティは生き残った者たちの集団です。ローマから逃れた彼らは、組織を立てなおすための安全な場所を求めて、ヨーロッパじゅうをめぐり歩きました。そして、別の秘密結社に受け入れられました……バイエルンの裕福な石工《いしく》の組合、フリーメイソンです」

コーラーは驚愕《きょうがく》の表情を浮かべた。「フリーメイソン？」

ラングドンはうなずいた。コーラーがこの団体を知っていても、まったく不思議はない。フリーメイソンは現在世界各国に五百万人を超える会員を有し、半数が合衆国に、百万人以上がヨーロッパに住んでいる。

「フリーメイソンは悪魔的な団体ではないはずだが」コーラーは急に疑わしげな口調になった。

「そのとおりです。フリーメイソンはみずからの寛容さの犠牲になりました。一七〇〇年代に落ち延びてきた科学者たちをかくまって以来、フリーメイソンは知らず知らずイルミナティの隠れ場と化したと言えるでしょう。イルミナティの人間は組織の内部で力をつけ、各支部で徐々に高い地位につきました。フリーメイソンの奥深い場所で、ひそかに科学者の友愛組織を再結成したわけです。秘密結社のなかにもうひとつ秘密結社ができたようなものですね。やがてイルミナティは、世界じゅうに及ぶフリーメイソンの人脈を利用して影響力を広めていきます」

ラングドンは凍える息を吐いて、語りつづけた。「カトリシズムを壊滅することがイルミナティの主目標でした。教会が吐き散らす迷信に満ちた教義こそ人類最大の敵であると考えていたからです。宗教が偽善的な作り話を絶対の真実として普及させれば、科学の進歩はとどこおり、人類は愚かな宗教戦争を繰り返すばかりの愚かな未来を迎えるのではないか、と懸念していたのです」

「現にそうなっているじゃないか」

ラングドンは眉を寄せた。コーラーの言うとおりだ。いまなお、いくつもの宗教戦争が新聞の見出しになっている。おれの神はおまえの神よりすぐれている、というわけだ。忠実な信者と戦死者の数には、つねに密接な相関関係があるらしい。

「つづけてくれ」コーラーは言った。

ラングドンは考えをまとめてから、話をさらに進めた。「イルミナティはヨーロッパで勢力を強め、やがてアメリカに照準を定めました。誕生したばかりの合衆国政府では、ジョージ・ワシントンやベンジャミン・フランクリンなど、多くの指導者がフリーメイソンの会員でした。彼らは実直で敬虔《けいけん》な会員にすぎず、組織がイルミナティに牛耳られているとは思いもしなかったのです。イルミナティはその立場を巧みに利用し、銀行や大学や諸事業の設立に手を貸して、究極の目標を達成するための資金を作ろうとしました」ラングドンは間をとった。「究極の目標とは、唯一無二の世界国家——宗教から切り離された新世界秩序の創造です」

コーラーは身動きひとつしない。

「新世界秩序」ラングドンは繰り返した。「科学による啓蒙《けいもう》に基づくものです。イルミナティはそれを〝ルシファーの教義《ルシフエリアン・ドクトリン》〟と呼びました。ルシファーとは悪魔のことだと教会が断じたのに対し、イルミナティはラテン語の本来の意味で使っていると主張しました——〝光をもたらす者〟、もしくは〝啓示を与える者〟だと」

コーラーはため息を漏らした。その声が急に重々しさを帯びた。「ミスター・ラングドン、すわってくれ」

ラングドンは霜に覆われた椅子に軽く腰をおろした。

コーラーは車椅子を寄せた。「いま聞いたことをすべて理解できたかどうかは自信がないが、これだけははっきり言える。レオナルド・ヴェトラはセルンの最大の宝だった。そして、ひとりの友でもあった。イルミナティを捜し出すために、なんとしてもきみの力を借りたいと思う」

ラングドンは答に窮した。「イルミナティを捜し出す？」冗談じゃない。「残念ながら、それはぜったいに不可能です」

コーラーは眉間《みけん》に皺《しわ》を寄せた。「どういうことだ。まさか——」

「ミスター・コーラー」ラングドンは身を乗り出した。どうすればいまからする話を理解させることができるのか。「まだつづきがあります。見かけはどうあれ、この焼き印をイルミナティが押したとはとうてい信じられないんです。イルミナティが存続している証拠は、半世紀以上前からひとつもありません。イルミナティは何十年も前に消滅したということで、ほとんどの学者の意見が一致しています」

そのことばが静寂のなかに響いた。コーラーは靄《もや》の向こうを見据えた。顔には茫然《ぼうぜん》自失とも怒りともつかぬ表情が浮かんでいる。「現にこうして名前が焼きつけられているのに、なぜ消滅したなどと言える」

ラングドンも朝からそれを自問しつづけていた。イルミナティのアンビグラムが現れたのは驚くべきことだ。世界じゅうの象徴学者が目を奪われるだろう。とはいえ、学者としてのラングドンは、紋章が出現したからといって、イルミナティの現存が証明されたことにはまったくならないと承知していた。

「紋章は、その創造者の存在を裏づけるものではありません」

「どういう意味だ」

「イルミナティのような思想集団が消滅しても、その紋章が別の集団に受け継がれる可能性はあります。転移とでも言いましょうか。象徴学ではよくあることです。ナチスの鉤《かぎ》十字は古代インドから採り入れたものですし、キリスト教の十字は古代エジプトから、それに――」

「けさ、イルミナティという単語をコンピューターに打ちこんだら、何千という現代の資料が出てきた。組織が現存すると考えている人間が多いのはたしかだ」

「陰謀マニアです」ラングドンは言った。現代の大衆文化に蔓延《まんえん》する過剰なまでの陰謀説には、つねづね腹立たしい思いをさせられてきた。マスメディアは凶事を予言する見出しに飢えている。そのため、イルミナティはいまも健在で新世界秩序を形成しつつあるなどというほら話を、自称〝カルト研究家〟がぶちあげ、ミレニアムの騒ぎに乗じて儲《もう》けている。つい最近も、数多くの著名人が不気味なフリーメイソンの絆《きずな》で結ばれているという記事が《ニューヨーク・タイムズ》紙に掲載され、アーサー・コナン・ドイル、ケント公、ピーター・セラーズ、アーヴィング・バーリン、フィリップ殿下、ルイ・アームストロングらとともに、当代の著名な実業家や銀行家の名前が列挙されていた。

コーラーは憤然とヴェトラの遺体を指さした。「これを見れば、陰謀マニアの言い分にも一理あると思うが」

「どう感じられるかはわかります」ラングドンとしては精いっぱい丁重な表現だった。「しかし、別の組織がイルミナティの焼き印を掌中におさめて、自身の目的のために利用していると考えるほうが現実的です」

「目的とは？　この殺人は何を物語っているんだね」

困った質問だ、とラングドンは思った。四百年もたってから、何者かがどこかでイルミナティの焼き印を発見したというのは、自分でも無理があると感じる。「これだけは言えます。まずありえないことですが、たとえイルミナティが現存しているとしても、レオナルド・ヴェトラの死とは無関係です」

「そうなのか？」

「ええ。イルミナティはキリスト教の壊滅をめざしていたわけですが、その力を行使するにあたって、政治上、金融上の手段を利用することはあっても、テロ行為に訴えることはありませんでした。それにイルミナティは、だれを敵と見なすかについて、厳格な倫理上の掟《おきて》を持っていました。とりわけ、科学者には最高の敬意を払っています。同じ科学者であるレオナルド・ヴェトラのような人物を殺すはずがありません」

コーラーの目が氷に変わった。「レオナルド・ヴェトラがふつうの科学者とはまったくちがうということを話しそびれていたようだな」

ラングドンは辛抱強く息をついた。「ミスター・コーラー、レオナルド・ヴェトラがさまざまな点で逸材だったのはわかります。しかし、それでも……」

コーラーは突然車椅子を回転させるや、すばやく居間をあとにし、渦巻く霧の跡を残して廊下へと姿を消した。

やれやれ、とラングドンはつぶやいて、あとを追った。コーラーは廊下の突きあたりの、壁がへこんだ部分で待っていた。

「レオナルドの書斎だ」コーラーは言って、引き戸を手で示した。「ここを見れば、考えも変わるだろう」ぎこちないうめき声とともに力をこめると、ドアは音もなく開いた。

書斎をのぞきこんだとたん、ラングドンは全身が総毛立つのを感じた。信じられない、と胸のなかで言った。

12

とある国では、ずらりと並んだテレビモニターを前に、若い警備官ががまん強くすわって、目まぐるしく変わる画面に目を凝らしていた。果てしなくひろがるこの施設を監視する何百ものビデオカメラから送られてきた、生の映像だ。映像は途切れることなく流れる。

凝った装飾の施された通路。

執務室。

業務用の厨房《ちゅうぼう》。

つぎつぎと移りゆく映像を見ながら、警備官は白昼夢を懸命に振り払った。まもなく交替の時間だが、まだ気をゆるめるわけにいかない。職務に忠実であることこそが名誉だ。いつの日か自分にも、究極の報奨が与えられるだろう。

あてどなく思いをめぐらせていると、目の前の映像が警鐘を鳴らした。その瞬間、自分でも驚くほど速く片手が反射的に動き、コントロールパネルのボタンを叩《たた》いた。映像が凍りついた。

全身の神経を逆立たせながら、警備官はもっとよく見ようとスクリーンへ身を乗り出した。モニターの文字から、その映像が八十六号機のカメラから送られていることがわかった。ある通路を監視しているはずのカメラだ。

だが、目の前にある映像は、通路とは似ても似つかないものだった。

13

ラングドンは目の前の書斎を呆気《あっけ》にとられて見つめた。「なんだ、この部屋は?」顔に吹きつける暖気の歓迎を受けながらも、戦慄《せんりつ》を覚えつつ足を踏み入れた。

　コーラーは無言のままあとにつづいた。

　ラングドンは何をどう考えたものかまったくわからぬまま、室内に目を走らせた。さまざまな品が、これまで見たこともないほど奇妙な形に配されている。突きあたりの壁では、十四世紀のスペインのものとおぼしき巨大な木製の十字架が部屋全体を見おろしている。上方へ目をやると、天井からぶらさがっているのは、軌道をめぐる惑星をかたどった金属製のモビールだ。左手には聖母マリアの油彩画、その横にはラミネート加工を施した元素周期表が飾ってある。側面の壁には、さらにふたつの真鍮《しんちゅう》の十字架に脇を固められたアルバート・アインシュタインのポスターが貼られ、かの有名なことばが引用されている——〝神は世界を相手にサイコロ遊びなどなさらない〟。

　ラングドンは驚いてあたりを見まわしながら、さらに奥へ進んだ。革装丁の聖書が置かれたヴェトラの机のかたわらに、プラスチック製のボーア原子モデルとミケランジェロのモーセ像のミニチュアが飾られている。

　折衷主義とはまさにこのことだ、とラングドンは思った。あたたかいのは心地よいが、この部屋に漂う何かが全身に新たな寒気《さむけ》を送りこんだ。思想界の巨人ふたりの衝突を目《ま》のあたりにしている気分になり、相対《あいたい》する力が渾然《こんぜん》となった光景に心が騒いだ。ラングドンは書棚に並んだ本の背表紙に目を走らせた。


『神がつくった究極の素粒子』

『タオ自然学』

『神、その証《あかし》』

ブックエンドのひとつには、こんなことばが刻まれていた。


真の科学は神を見つけ出す。

あらゆる扉の陰に神が待ち受けていたかのように。

ローマ教皇　ピウス二世

「レオナルドはカトリックの司祭だった」コーラーが言った。

ラングドンは振り返った。「司祭？　物理学者だとおっしゃったでしょう？」

「その両方だ。科学者兼聖職者という例は、歴史上皆無ではない。レオナルドもそのひとりだ。彼は物理学を〝神の自然律〟と考えていたんだよ。われわれを取り巻く自然界の秩序のなかに、神の筆跡を見いだせると公言していた。レオナルドの望みは、科学によって神の存在を立証し、疑り深い連中を説き伏せることだった。みずから神学的物理学者だと名乗ってもいた」

神学的物理学？　あるまじき矛盾語法だとラングドンは思った。

「粒子物理学の分野では」コーラーは言った。「最近、いくつか衝撃的な発見がなされた。精神性にかなり深くかかわる発見だ。その多くを手がけたのがレオナルドだった」

ラングドンはコーラーを見つめながら、この部屋の異様な状況を分析しようとつとめた。「精神性と物理学ですか」自分が宗教史の研究に捧《ささ》げたこれまでの年月で、絶えず繰り返されてきたテーマがあるとすれば、それは、科学と宗教とは原初から一貫して水と油――大いなる仇敵《きゅうてき》――けっして相容《あいい》れないものだということだった。

「レオナルドは粒子物理学の世界の最前線にいた」コーラーは言った。「科学と宗教を融合させつつあり、そのふたつが思いも寄らぬ形で補い合うことを証明しようとしていた。そして、この分野を〝新物理学〟と名づけた」書棚から一冊の本を抜きとり、ラングドンに手渡した。

ラングドンはその表紙を見つめた。『神、奇跡、および新物理学』――レオナルド・ヴェトラ著。

「まだ小規模だとはいえ、この分野は古くからの疑問のいくつか――宇宙の根源や、われわれを結合する力についての疑問に清新な答をもたらしている。自分の研究が何百万もの人生をより精神性豊かなものに変えうると、レオナルドは信じていた。そして去年、万物を連係するエネルギーの存在をはっきりと証明した。あらゆるものが物理的に結びついていることを実証したわけだ。きみの肉体の分子とわたしの肉体の分子が互いにつながっていることを……生きとし生けるものの内部で働くひとつの力が存在することを」

ラングドンは面食らった。神の力がわれらを結びつけるというわけか。「ミスター・ヴェトラは、粒子のつながりを立証する方法をほんとうに発見したんですか」

「決定的な証拠だ。《サイエンティフィック・アメリカン》誌の最近の号に、新物理学は宗教そのものより確実に神に近づける道だと賞賛する記事が掲載された」

この発言は効いた。ラングドンはふいにイルミナティの反宗教性に思いを致した。気が進まないながらも、ありうべからざることを少し考えてみた。もしイルミナティが現存するとしたら、ヴェトラが大衆に宗教的なメッセージをもたらすのを阻止すべく、殺害した可能性もあるのではないか。ラングドンはその考えを振り払った。ばかばかしい。イルミナティは歴史上の存在にすぎない。そんなことは、学者ならだれでも知っている。

「レオナルドには科学の世界に大勢の敵がいた」コーラーはつづけた。「純粋主義者の多くに忌みきらわれていたよ。ここセルンでも事情は同じだ。物理学を利用して宗教の原理の裏づけをするなど、科学への裏切りだというわけだ」

「しかし現代の科学者は、以前ほど教会を警戒していないんでしょう？」

コーラーは不満げに言った。「そうだろうか。いまでは教会も科学者を火あぶりにはしないだろう。しかし、教会が科学への締めつけをゆるめたというなら、きみの国にある学校の半数で進化論を教えることが認められていないのはなぜだ。米国のキリスト教連合が、世界で最も影響力のある圧力団体として科学の発展を阻害しているのはなぜだ。科学と宗教とはいまも戦っているんだよ、ミスター・ラングドン。戦場から会議室へと舞台を移しはしたが、戦いは終わっていない」

ラングドンにも、その正しさが実感できた。つい先週も、ハーヴァードの神学部の人間が生物学部棟をデモ行進し、大学院のカリキュラムに遺伝子工学が組みこまれていることに抗議した。著名な鳥類学者であるリチャード・アーロニアン生物学部長は、カリキュラムを守るべく、自室の窓の外に巨大な垂れ幕を掛けた。そこには、キリスト教のシンボルである魚に四本の短い肢《あし》を加えた絵が描かれていた。アーロニアンいわく、それは陸地への進化をとげたアフリカの肺魚に敬意を表したものであり、絵の下には〝キリスト〟ではなく〝ダーウィン！〟と記されていた。

鋭い呼び出し音が空気を切り裂き、ラングドンは顔をあげた。コーラーは車椅子に搭載されている電子機器の列に手を伸ばした。ポケットベルをホルダーから抜きとり、送信されてきたメッセージを読んだ。

「よし。レオナルドの娘からだ。ミズ・ヴェトラはまもなくヘリポートに着く。迎えにいくとしよう。父親のこんな姿は見せないほうがいいだろう」

ラングドンは同意した。だれであれ、こういう衝撃にさらされるのはあまりに酷だ。

「父親といっしょに手がけていた研究について、ミズ・ヴェトラから説明させよう。殺された理由がわかるかもしれない」

「研究内容が原因で殺害されたとおっしゃるのですか」

「その可能性は高い。レオナルドは何か草分け的な研究をしていると言っていた。聞いたのはそれだけだ。近ごろは研究について固く口を閉ざすようになっていたからな。レオナルドは専用の研究室を持っていて、だれも近づけるなと要求していた。優秀な男の望みだから、わたしも喜んで承諾したよ。ここのところ、膨大な電力を消費するようになっていたが、あえて口を差しはさみはしなかった」コーラーは方向転換し、書斎のドアへ向かった。「ところで、ここを出る前にきみが知っておくべきことがもうひとつある」

知りたいかどうか、ラングドンにはよくわからなかった。

「レオナルドを殺した犯人によって、あるものが盗まれた」

「あるもの?」

「来てくれ」

コーラーはふたたび靄に覆われた居間へと車椅子を走らせた。何が待ち受けているのか知らされぬまま、ラングドンはあとを追った。コーラーは車椅子をヴェトラの遺体へあと数インチのところまで寄せ、そこで停めた。手招きをされたので、ラングドンはしぶしぶ近づいた。死者の凍りついた尿のにおいが鼻を突き、喉《のど》に酸っぱいものがこみあげた。

「顔を見てくれ」コーラーが言った。

顔を？ ラングドンは眉をひそめた。何かが盗まれたと言ったじゃないか。

ラングドンはためらいがちに膝を突いた。顔を見ようにも、首が百八十度ねじ曲げられ、顔面は絨《じゅう》毯《たん》に押しつけられている。

コーラーは不自由ながら必死に手を伸ばし、硬直したヴェトラの頭部を注意深くひねった。大きな音を立てて首がまわり、苦悶《くもん》にゆがんだ顔があらわになった。コーラーはそのまましばらく頭部を支え持っていた。

「なんてことだ！」ラングドンは叫び、恐怖にあとずさった。ヴェトラの顔は一面血に覆われていた。生気のない薄茶色の片目がこちらを見つめている。もう一方の眼窩《がんか》はずたずたに裂け、中身がなかった。「目玉を盗んだのか」

14

ラングドンはヴェトラの部屋から脱出できたことに感謝しつつ、C棟の外へ歩み出た。脳裏に焼きついたうつろな眼窩の映像を、日差しが掻《か》き消してくれた。

「こっちだ」コーラーは言って、急な坂道をのぼりはじめた。電動の車椅子は楽々と加速するらしい。

……

「もうすぐミズ・ヴェトラが着く」

ラングドンは急いであとを追った。

「ところで」コーラーは言った。「イルミナティは関与していないと、いまも思っているのかね」

どう考えたものか、ラングドンはもうわからなくなっていた。たしかにヴェトラの宗教とのかかわりは厄介だが、過去の研究で得た理論上の根拠を捨て去る気にもなれなかった。それに、あの眼球は……

「やはり信じられません」ラングドンは意図したよりも強い口調で言った。「イルミナティはこの殺しに関係していないと思います。眼球が奪われたことが証拠です」

「というと？」

「あんなふうにでたらめに切り刻むのは、あまりに……イルミナティらしからぬ手口です。気まぐれに物を傷つける行為は、経験の浅い末端の教派――行きあたりばったりにテロ行為を犯す狂信者たちのものだと、カルトの専門家は言っています。しかしイルミナティはもっと計算ずくでした」

「計算ずく？　人の眼球を正確に抜きとるのが、計算ずくの行為ではないと言うのかね」

「明確なメッセージが伝わってきません。より高い目標を達成する助けになりませんし」

車椅子が坂の頂でしばし停まった。コーラーは振り向いた。「ミスター・ラングドン、なくなったあの眼球はまちがいなく助けになるんだ……はるかに高い目標を達成するための」

草深い丘を横切っていくと、西からプロペラの回転する音が聞こえてきた。谷の上を、一機のヘリコプターが弧を描いて近づいてくる。機体を大きく傾けて速度を落とし、草地にペンキで記されたへリポートの上空で停止した。

ラングドンは気のないていでそのさまを見守った。頭がプロペラよろしくまわっている気がする。ひと晩たっぷり眠れば、この混乱も少しはおさまるだろうか。なぜか、怪しいものだと思った。

ヘリコプターのスキッドが着地し、パイロットが飛びおりて積み荷を外へ出しはじめた。実にたくさんの積み荷だ――いくつものダッフルバッグ、ビニールの防水バッグ、水中呼吸用のタンク、ダイビングのハイテク機材とおぼしき箱。

ラングドンは啞然《あぜん》とした。「あれはミズ・ヴェトラの荷物ですか」エンジンの轟音《ごうおん》に負けじと声を張りあげて尋ねた。

コーラーはうなずいて叫び返した。「バレアレス諸島で生物学の調査をしていたんだ」

「物理学者だとおっしゃったでしょう?」

「ああ。生物物理学者だ。生活系の相互連絡性を専門にしている。父親が手がけていた粒子物理学の研究と密接に関連する研究だ。先日は、原子レベルで同調させた複数のカメラでマグロの群れを観察して、アインシュタインの基本的学説のひとつに反証をあげた」

からかい半分の笑みが浮かんでいるのではないかと、ラングドンは相手の顔つきをうかがった。アインシュタインとマグロ? X-33宇宙航空機から、誤って別の惑星に落とされたのではないかと思えてきた。

しばらくして、ヘリコプターの胴体部分からヴィットリア・ヴェトラが現れた。きょうは果てしない驚きの一日になる、とラングドンは思った。袖《そで》なしの白いシャツとチノクロスのショートパンツという恰好《かっこう》でヘリコプターからおりてくるヴィットリア・ヴェトラは、予想していた堅苦しい女性物理学者の姿とはまったくかけ離れていた。体つきはしなやかで背が高く、栗色の肌を持ち、長い黒髪をプロペラの風になびかせている。まぎれもないイタリア系の顔立ちだ。図抜けた美人とは言わないまでも、目鼻の作りがしっかりしていて、二十ヤード離れたところにいても肉感がにおい立つようだった。風になぶられて服が体にまとわりつき、すらりとした胴と小ぶりな胸を際立たせている。

「ミズ・ヴェトラは強靭《きょうじん》な女性だ」見とれているラングドンに気づいたのか、コーラーが言った。「数か月にわたって危険な生態系での実地調査にたずさわることもある。厳格な菜食主義者で、セルンおかかえのハタヨーガのグルでもある」

ハタヨーガ？　ラングドンは考えこんだ。古くからヒンドゥー教徒に伝わる瞑想《めいそう》体操の技術は、カトリックの司祭の娘でもある物理学者には、あまりに不似合いな特技ではないか。

近づいてくるヴィットリアをラングドンは観察した。泣いていたのは明らかで、漆黒の瞳にあふれている感情は計り知れない。それでもなお、その姿からは情熱と抑制が感じられる。腕や脚は力強く張りがあり、長時間にわたって日差しの恩恵に浴したと思われる、地中海人種特有の健康的な輝きを発している。

「ヴィットリア」コーラーが声をかけた。「心からお悔やみを申しあげる。レオナルドの死は重大な損失だ……科学界にとっても、セルンの一同にとっても」

ヴィットリアは感謝をこめてうなずいた。やがて口を開いたが、それはかすれ声の――喉の奥から発せられた、独特な訛《なま》りがある英語だった。「犯人がだれか、もうおわかりですか」

「調査中だ」

ヴィットリアはラングドンを見て、すらりとした手を差し出した。「ヴィットリア・ヴェトラです。

インターポールのかたですね？」

潤んだまなざしの深さにしばし心を奪われつつ、ラングドンはその手をとった。「ロバート・ラングドンです」ほかに言うべきことばが思いあたらなかった。

「ミスター・ラングドンは当局のかたではない」コーラーが説明した。「アメリカからお呼びした専門家だ。犯人捜しに協力してくださる」

ヴィットリアはいぶかしげだった。「それで、警察は？」

コーラーはため息をついただけで、答えなかった。

「父の遺体はどこですか」ヴィットリアは問いただした。

「処置を受けているところだ」

悪意はないとはいえ、その嘘にラングドンは驚いた。

「会わせてください」ヴィットリアは言った。

「ヴィットリア」コーラーは強い口調で言った。「お父さんは無惨な殺され方をした。生前の姿を記憶にとどめておくほうがいい」

ヴィットリアは何か言いかけたが、そこに邪魔がはいった。

「やあ、ヴィットリア」遠くから何人かの声がした。「お帰り！」

ヴィットリアは振り返った。ヘリポートの近くを通りかかった科学者の一団が陽気に手を振っている。

「またアインシュタインの学説を論破するのかい」ひとりが叫んだ。

つづけてもうひとりが言った。「お父さんもさぞ鼻が高いだろうな」

歩き去る男たちに、ヴィットリアはぎこちなく手を振った。やがてコーラーに向きなおったその顔は、困惑で曇っていた。「まだだれも知らないんですか」

「何よりも慎重を期すべきと思ったからな」

「父が殺されたことを職員に話していないの？」当惑気味の声には、いまや怒りがにじんでいる。

コーラーは急に語気を荒らげた。「忘れているようだが、レオナルドが殺されたと公表すれば、即刻セルン全体に捜査の手がはいる。研究室も徹底的に調べられるはずだ。わたしはこれまで、レオナルドのプライバシーをつとめて尊重してきた。進行中の研究について、本人から聞かされていたのは二点だけだ。ひとつは、今後十年のうちに、何百万フランものライセンス契約料をセルンにもたらす可能性があること。もうひとつは、まだ危険の大きい技術で、一般に公表する段階にはないということだ。その二点を考慮して、わたしは部外者を研究室に近づけない方針をとった。研究の内容を盗まれたり、事故死でも出てセルンが非難の的になったりしては困るからだ。わかってくれるだろうか」

ヴィットリアは何も言わなかった。不承不承ながらもコーラーの主張に敬意を払い、受け入れたことがラングドンにも感じとれた。

「当局に報告する前に」コーラーは言った。「きみたち親子が何を手がけていたのかを知っておく必要がある。研究室に案内してくれ」

「研究室は関係ないわ」ヴィットリアは言った。「父とわたしの研究は、ほかのだれも知らなかったんです。あの実験が父の死に関係しているはずがありません」

コーラーは苦しげに荒い息をついた。「証拠がそうではないと語っている」

「証拠？　どんな証拠ですか」

ラングドンも同じ疑問をいだいていた。
コーラーはまた口をぬぐった。「とにかく信じてくれ」
怒りに燃える瞳を見れば、ヴィットリアが信じていないのは明らかだった。

15

ラングドンは、この奇妙な訪問がはじまった建物へもどっていくヴィットリアとコーラーのあとを無言で追った。ヴィットリアの足どりはなめらかで無駄な動きがなく、飛びこみ競技のオリンピック選手を思わせる。ヨーガの柔軟性と抑制が培ったものにちがいない。静かで慎重な息づかいは、深い悲しみをどうにか取り除こうとしているかのようだった。

何か声をかけて思いやりを示したい気がした。ラングドン自身にも、突然親に死なれて虚無感に襲われた経験がある。雨の降る灰色の日におこなわれた葬儀のことは、おおかた覚えている。十二歳の誕生日の翌々日だった。灰色のスーツを着た職場の人々、自分の手をやたらと強く握る人々で、わが家は埋めつくされた。だれもが口々に〝心臓病〟や〝ストレス〟といったことばをささやいていた。母は涙にくれながらも冗談を言った。あの人の手を握れば、株式市況がすぐにわかったわ……あの人の脈拍は、わたし専用の相場情報受信機だったの。

父が生きていたころ、母が「たまには足を止めてバラの香りでも嗅《か》いでね」と乞《こ》うたのを聞いたことがある。その年のクリスマスに、ラングドンは父に小さな吹きガラスのバラを贈った。日の光をとらえて壁に虹の七色を投げかけるさまは、見たこともないほど美しいものだった。「こいつはすてきだ」父は包みをあけながら言い、ラングドンの額にキスをした。「安全な場所に飾っておこう」それから、居間のどこよりも暗い隅で、そのバラをほこりだらけの棚の高みに注意深く置いた。数日後、ラングドンは椅子にのぼってそれを棚からおろし、店へ返品した。なくなったことに、父はついぞ気づかなかった。

エレベーターの鋭い金属音が、ラングドンを現実へ引きもどした。目の前で、ヴィットリアとコーラーが乗りこもうとしている。ラングドンは開いたままのドアの前でためらった。

「どうかしたのかね」コーラーが言った。気づかいより苛立《いらだ》ちの響きがある。

「なんでもありません」気分が乗らないものの、ラングドンはせま苦しい箱へと進みはじめた。ふだんは、やむをえない場合しかエレベーターを使わないことにしている。階段の広々した空間のほうが好ましい。

「ヴェトラの研究室は地下にある」

上等だよ、とラングドンは思いながら、エレベーターと床の隙間をまたいだ。シャフトの奥底から冷たい風が湧きあがる。ドアが閉まり、エレベーターは下降をはじめた。

「地下六階だ」コーラーの口調は解析エンジンのように淡々としていた。

足もとにひろがるシャフトのうつろな闇が目に浮かぶ。変わっていく階数の表示を見つめて、その映像を頭から締め出そうとした。妙なことに、このエレベーターには停止階の表示が二か所しかない。一階とＬＨＣだ。

「ＬＨＣとはなんですか」ラングドンは緊張を声に出さないようにつとめた。

「大型ハドロン衝突型加速器《Large Hadron Collider》」コーラーが言った。「粒子加速器のことだ」

粒子加速器？　おぼろげに聞き覚えのあることばだった。はじめて耳にしたのは、ハーヴァード大学のダンスター・ハウスで数人の同僚と食事をしていたときだ。共通の友人である物理学者ボブ・ブラウネルが憤懣《ふんまん》やるかたない様子で席についた。

「建設中止ときた！」ブラウネルは毒づいた。

「何が建設中止だって？」みな口をそろえて尋ねた。

「ＳＳＣだよ」

「ＳＳＣ？」

「超伝導超大型粒子加速器《Superconducting Super Collider》のことだ」

仲間のひとりが肩をすくめた。「ハーヴァードがそんなものを造ってるとは知らなかったね」

「ハーヴァードじゃない！」ブラウネルは叫んだ。「合衆国だ。世界最大の粒子加速器になるところだったんだ。今世紀で最も重要な科学プロジェクトのひとつだったよ。二十億ドルも投資したのに、上院が叩きつぶした。いまいましい聖書地帯《バイブル・ベルト》（注　米国南部から中西部にかけての、保守派キリスト教徒の勢力が強い地域）のロビイストどもめ！」

ようやく落ち着きを取りもどすと、ブラウネルは説明をはじめた。粒子加速器というのは巨大な円形の管で、原子より小さい粒子がそこを通って加速される。管内の磁石をすばやく作動させたり止めたりして粒子を〝押し〟、途方もない速度で周回させる。じゅうぶんに加速した粒子は、毎秒十八万マイルを超える速度で管内を走る。

「それじゃ、光速とほとんど同じじゃないか」教授のひとりが大声で言った。

「そのとおり」ブラウネルは言い、さらに説明した。ふたつの粒子を管内で逆方向へ高速で進めて衝突させると、粒子をその構成要素にまで分解して、自然界の最小単位の様相を垣間見《かいま》ることができる。「粒子加速器は科学の未来に不可欠なものだ。粒子を衝突させることは、宇宙を成り立たせている材料を理解する鍵《かぎ》なんだよ」

ハーヴァード大学の専属詩人であるチャールズ・プラットという物静かな男が、つまらなそうに言った。「わたしには科学への原始的アプローチのように聞こえるね……時計同士をぶつけて粉微塵《こなみじん》にして、内部構造を調べるのと大差ないじゃないか」

ブラウネルはフォークを取り落とし、憤然と部屋を出ていった。

では、セルンには粒子加速器があるのか。下降するエレベーターのなかでラングドンは思った。粒子を砕くための円形の管。なぜ地下に隠されているのだろう。

エレベーターが鈍い音を立てて停止し、ラングドンは足の裏に地面の硬さを感じてほっとした。しかしドアが開いた瞬間、安心感は消え去った。またも自分が完全な別世界にいることに気づいた。

通路が左右両方へ果てしなく伸びている。なめらかなコンクリートの地下道で、道幅は大型トレーラートラックが通れるほど広い。三人のいるあたりは明るく照らされているが、かなたは真っ暗だ。その闇から湿った風が吹いてきて、地中深くにいることが思い出され、心が掻き乱される。頭上にのしかかる土や岩の重みが感じられるほどだ。その瞬間、ラングドンは九歳の少年になっていた。周囲の暗さが過去へと――いまだに記憶から消えない、闇に押しつぶされそうになったあの五時間へと自分を誘っている。こぶしを握りしめて、その思いを振り払った。

ヴィットリアは無言でエレベーターから出て、ためらいもせずに闇のなかへ進んだ。歩くにつれ、頭上の蛍光灯が光って、行く手を照らす。どうも落ち着かない、とラングドンは思った。まるでこの地下道が生きていて、ヴィットリアの一挙手一投足を先読みしているようだ。ラングドンとコーラーは少し離れてついていった。背後で、照明が自動的に消えた。

ラングドンは声を落として言った。「その粒子加速器は地下道のどこかにあるんですか」

「それだ」コーラーは左を指さした。磨かれたクロム管が地下道の内壁に沿って走っている。

ラングドンはわけがわからずに管を凝視した。「これが加速器?」想像していたものとまるでちがう。その管は完全な直線で、直径約三フィート、地下道のなかを目の届くかぎり水平に伸び、闇のかなたへ消えていく。最高の技術を駆使した下水設備のたぐいに見えた。「粒子加速器は円形だと思っていました」

「円形だ」コーラーは言った。「まっすぐに見えるが、それは目の錯覚だよ。円周が非常に長いから、曲がっているように見えないだけだ――地球のまるみと同じで」

ラングドンは面食らった。これが円形だって?「しかしそれでは……とてつもない大きい機械だということになる」

「このLHCは世界最大の装置だ」

ラングドンははっとした。セルンのパイロットが、地下にある巨大な機械について何やら言っていたのを思い出した。それにしても――

「直径は八キロメートルを超える。全長二十七キロだ」

ラングドンは首をぐいとひねった。「二十七キロ?」コーラーの顔をまじまじと見、それから前方に伸びる真っ暗な地下道に目をやった。「この地下道が二十七キロもあるって?」

コーラーはうなずいた。「正確な円形に掘られているんだよ。フランスまで行って、ぐるりとまわってここまでもどってくる。じゅうぶんに加速された粒子が、この管を一秒に一万回周回したうえで衝突する」

両脚がゴムになったかと感じつつ、ラングドンは大きく口をあける地下道を見つめた。「ちっぽけな粒子を衝突させるためだけに、セルンは何百万トンもの土を掘り返したとおっしゃるんですか」

コーラーは肩をすくめた。「真理の探求のためには、ときに山を動かす必要もある」

16

セルンから数百マイル離れた場所で、割れた声が無線機から響いた。「よし、こっちは通路に着いたぞ」

テレビモニターを見ていた警備官は、送話器のボタンを押した。「捜してもらうのは八十六号機のカメラだ。突きあたりにあるはずだが」

長い沈黙が流れた。待っているうちに、うっすらと汗ばんでくる。ようやく空電音が聞こえた。

「カメラはない」相手は言った。「設置されていた場所はわかるんだがな。だれかが持ち去ったんだ」

警備官は重い息を吐いた。「ありがとう。そのまましばらく待ってくれ」

ため息を漏らしつつ、眼前に並ぶモニターの列に意識を集中させる。施設のかなりの部分が一般人に公開されているため、ワイヤレスカメラがなくなったことは以前にも何度かある。たいていの場合、記念品を求めた不届きな訪問客のしわざだ。だがカメラが施設の外へ持ち出されれば、すぐに信号が途絶えて、スクリーンには何も映らなくなる。警備官は困惑しきって、モニターを見あげた。八十六号機のカメラからは相変わらず鮮明な映像が送られている。

カメラが盗まれたのなら、信号はなぜこうして届いているのか。むろん、答はひとつだとわかっていた。カメラはまだ施設の内部にある。何者かが移動しただけだ。しかし、だれが？　なんのために？

警備官はしばしモニターを見つめた。やがて無線機を取りあげた。「その階段のあたりに小部屋のようなものはないか？　戸棚や、壁のくぼみなどは？」

返事をする声は混乱していた。「ないな。なぜそんなことを？」

警備官は眉を寄せた。「いや、いい。協力ありがとう」無線を切り、唇を引き結んだ。

カメラが小型のワイヤレス式であることを考えれば、八十六号機の信号は、警備の厚い一帯——直径一マイルにわたって三十二の建物がひしめき合う一帯のどこから送られていてもおかしくない。唯一の手がかりは、カメラが暗い場所に置かれているということだ。もちろん、それだけではたいした助けにならない。暗い場所など、この施設には無数にある。管理用の物置、暖房の通風路、庭園作業用の納屋、寝室の衣装戸棚。そして、迷路のようにめぐらされた地下道。カメラの場所を突き止めるには、数週間かかるかもしれない。

けれども、そんなことは些細《ささい》な問題だ。

カメラが動かされて窮地に立たされたのはたしかだが、それよりはるかに大きな不安がある。警備官は消えたカメラから送られている映像を見据えた。映っているのは静止した物体で、見たこともない新型の装置らしい。底部の電子ディスプレイが明滅している。

緊迫した事態に備えてきびしい訓練を受けてきたにもかかわらず、脈拍が速まるのを感じた。取り乱さないよう自分に言い聞かせた。答はあるはずだ。見たところこの物体は小さいし、たいした危険があるとは思えない。それでも、施設内にこんなものがあるのは問題だ。重大な問題だ。

よりによってこんな日に、と警備官は思った。

自分の雇い主はつねに安全を最優先にする。だが、きょうはここ十二年間のいつにもまして、安全が至上命題となる日だ。その物体をしばらく見つめるうちに、勢いを増す嵐のとどろきが遠くに聞こえた気がした。

やがて、汗をにじませながら、指揮官の番号をダイヤルした。

17

父親に出会った日を覚えていると言いきれる子供は多くないが、ヴィットリア・ヴェトラにはそれができた。ヴィットリアは八歳で、フィレンツェにあるカトリック系のシエナ孤児院に住んでいた。自分を捨てた両親のことは、まったく覚えていなかった。その日は雨が降っていた。夕食にいらっしゃいと修道女たちに二度呼ばれたけれど、いつものように聞こえないふりをした。中庭に寝そべって雨粒をながめ、それらが体を打つのを感じながら、つぎのしずくがどこへ落ちるかをあてようとしていた。修道女たちはまた叫び、あのどうしようもないわがままっ子も、肺炎になれば自然への興味をなくすでしょう、と毒づいた。

聞こえないわよ、とヴィットリアは思った。

骨までずぶ濡《ぬ》れになったころ、若い司祭が呼びにきた。知らない男だった。新顔だろう。男が自分をつかまえて室内へ引きずっていくのを、ヴィットリアは待ち構えた。ところが、そうはならなかった。それどころか、驚いたことにその司祭は、ローブが泥まみれになるのもかまわずに、ヴィットリアと並んで横たわった。

「きみはみんなにいろんな質問をするんだってね」

ヴィットリアは顔をしかめた。「質問するのはいけないこと？」

司祭は笑った。「いけなくないと思うよ」

「こんなところで何してるの？」

「きみとおんなじさ……雨粒はなぜ落ちるのか考えてる」

「どうして落ちるかなんて考えてない！　もう知ってるもの」

司祭は驚きのまなざしを投げた。「知ってるのかい？」

「シスター・フランチェスカは、雨粒はあたしたちの罪を洗い流すために降ってくる天使の涙だって言うの」

「ほう！」司祭は仰天したように言った。「なら、そのとおりなんだろう」

「ちがう！」少女は興奮して言い返した。「雨粒が落ちるのは、どんなものでも落ちるからよ！　どんなものでも落ちるのよ、雨粒だけじゃなくて」

司祭は弱りきったふうに頭を掻いた。「そうだよ、きみが正しい。万物は落下する。それが重力だ」

「それが——何？」

司祭はあきれた顔をした。「重力を知らないのかい」

「知らない」

司祭は悲しげに肩をすくめた。「それはひどい。重力はいろんな疑問を解決してくれるのに」

ヴィットリアは起きあがった。「重力ってなんなの？　教えて！」

司祭はウィンクをした。「食事をしながら話すってのはどうかな」

その若い司祭がレオナルド・ヴェトラだった。大学時代に図抜けて優秀な物理学科の学生だったにもかかわらず、別の天命を感じて神学校へ進んでいた。修道女と規則ばかりの孤独な世界で、ふたりは思いがけず親友となった。ヴィットリアはレオナルドから笑いを引き出した。レオナルドはヴィットリアを庇護《ひご》し、虹や川などの美しいものに多くの意味があることを教えた。光や惑星や恒星や、自然界のあらゆるものについて、神と科学の両方の立場から語り聞かせた。ヴィットリアは持ち前の理解力と好奇心で、魅力あふれる生徒となった。レオナルドは自分の娘を持ったかのように、愛情をもって接した。

ヴィットリアも幸せだった。父を持つ喜びをはじめて知った。ほかの大人が小言半分に答えるところを、レオナルドは何時間もかけて本をたくさん見せてくれた。ヴィットリアの意見に耳を傾けさえした。レオナルドと永遠にいっしょにいられることを、ヴィットリアは祈った。だがある日、最悪の夢が現実となった。孤児院を去ることになったとレオナルドは告げた。

「スイスへ行く。ジュネーヴ大学の奨学生として、物理学を勉強するんだ」

「物理学？」ヴィットリアは叫んだ。「神を愛してるんじゃなかったの！」

「愛してるさ、とっても。だからこそ、聖なる法則を勉強したいんだよ。物理の法則は、神が傑作を描くためのキャンバスなんだ」

ヴィットリアの心は沈んだ。ところが、レオナルドの話にはつづきがあった。ヴィットリアを養女にしたいと目上の聖職者に相談して、了解を得たということだった。

「わたしの養女になる気はあるかい」

「〝養女〟ってどういう意味？」。

レオナルドは説明した。

ヴィットリアは五分間レオナルドに抱きついて、喜びの涙にくれた。「なるわ！　もちろんよ！」

自分はひと足先に行って、スイスに新居を構える準備をしなければならないけれど、半年したらかならず連絡する、とレオナルドは約束した。それはヴィットリアの人生で最も長く感じられた半年となったが、レオナルドは約束を守った。九歳の誕生日の五日前に、ヴィットリアはジュネーヴへ移り住んだ。そして、昼間はジュネーヴのインターナショナル・スクールへかよい、夜は父から学んだ。

三年後、レオナルド・ヴェトラはセルンに職を得た。ふたりは、幼いヴィットリアが想像もできなかった不思議の国へと引っ越した。

LHCの地下道を足早に歩きながら、ヴィットリアは体が麻痺《まひ》したのではないかと感じていた。壁面にぼんやり映る自分の影を見ていると、父の不在が身にしみた。ふだんの自分は深い静けさに包まれて、周囲の世界との調和のなかにいる。ところがいまは、あまりにも突然、何もかもわけがわからなくなった。この三時間のことはよく覚えていない。

コーラーから連絡があったのは朝の十時、バレアレス諸島にいたときだった。〝お父さんが殺害された。すぐもどりなさい〟。ダイビングボートのデッキはうだるような暑さだったが、そのことばが骨の髄まで凍りつかせた。内容だけでなく、コーラーの冷たい口調にも慄然《りつぜん》とした。

そしていま、こうして帰った。しかし、なんのために？　十二歳からずっと世界そのものだったセルンが、急に見知らぬ場所に思えてくる。ここを魅惑の天地にしてくれた父はもういない。

深く息をして、とヴィットリアは自分に言い聞かせたが、気持ちは静まらなかった。いくつもの疑問が頭のなかを急旋回している。だれが父を殺したのか。理由は何か。このアメリカから来た〝専門家〟とは何者なのか。コーラーはなぜ研究室を見ることにこだわるのか。

父の殺害が現在の研究に関係している証拠がある、とコーラーは言った。どんな証拠だろう。研究の内容はだれも知らないはずなのに。そして、たとえだれかに知られていたとしても、なぜ父が殺されなくてはならないのか。

ＬＨＣの地下道を父の研究室へと歩きながら、ヴィットリアは自分が父の最大の功績を本人のいない場で明かそうとしていることに気づいた。発表する瞬間については、まったく別の想像をしていた。思い描いていたのは、父がセルンの科学者たちを研究室に招いて自分の発見を知らせ、一同の驚愕する顔を見守る姿だった。そして、父としての誇りに顔を輝かせ、この計画を実現するにあたってどれほどヴィットリアの助言が役立ったかを――自分の飛躍にとって、娘の存在がいかに重要であったかを語るのだ。喉に熱いものがこみあげてきた。この瞬間をふたりで分かち合うはずだったのに、自分ひとりで迎えることになってしまった。同僚はいない。満足そうな顔もない。見知らぬアメリカ人とマクシミリアン・コーラーがいるだけだ。

マクシミリアン・コーラー。帝王《ケーニヒ》。

幼いころでさえ、この男を好きになれなかった。コーラーのすぐれた頭脳にはいまでこそ敬意をいだくようになったものの、その冷たい言動にはまるで人間味が感じられず、思いやりに満ちた父とは正反対の存在だった。コーラーは完全なる論理を求めて科学を考究するが、父は精神の奇跡を求めていた。だが不思議なことに、両者のあいだには無言の敬意がかよい合っているように思えた。天才は無条件に天才を受け入れるものだと、以前だれかが説明してくれたことがある。

天才。わたしの父……パパ。いまはもういない。


レオナルド・ヴェトラの研究室にはいると、一面に白いタイルの敷き詰められた清潔な通路が伸びていた。ラングドンは、秘密の精神病院のたぐいに足を踏み入れつつある気分になった。側面には、額に入れられた何十枚もの白黒の絵が並んでいる。絵を鑑賞する経験は山ほど積んできたが、こんなものは見たことがなかった。さながら、線条や螺旋をでたらめに書きなぐった無秩序な陰画だ。モダンアートか。アンフェタミン中毒のジャクソン・ポロックか。

「散布図です」ラングドンの関心に気づいたらしく、ヴィットリアが言った。「粒子の衝突をコンピューターで描いたものです。あれはZ粒子」混沌《こんとん》としたなかの、ほとんど見えないほどかすかな飛跡に指を向ける。「父が五年前に発見しました。純粋なエネルギーで、質量はゼロです。自然界における最小の基本要素と言えるでしょう。物質とは、取りこまれたエネルギーでしかありません」

物質がエネルギーだって？　ラングドンは首をかしげた。まるで禅問答だ。そして、画像の小さな筋を見つめながら思った。Z粒子を鑑賞しながら大型ハドロン衝突型加速器の内側をぶらついて週末を過ごしたと話したら、ハーヴァードの物理学科の連中はなんと言うだろうか。

「ヴィットリア」堂々たる鉄製のドアに近づくと、コーラーが言った。「ひとつ言っておかなくてはならないが、けさ、わたしはレオナルドを捜しにここへ来た」

ヴィットリアの顔がかすかに上気した。「そうですか」

「ああ。セルンの通常のキーパッド式防犯装置が別のものに交換されているのを見たときの驚きを察してもらいたい」コーラーはドアの横に取りつけられた複雑な電子装置を指さした。

「申しわけありません。父がプライバシーに関してどう考えていたかご存じでしょう。本人とわたし以外を、ぜったいに近づけたくなかったんです」

「まあいい。あけなさい」

ヴィットリアはしばしその場を動かなかった。やがて深く息を吸い、壁面の装置へ近づいていった。

何が起ころうとしているのか、ラングドンは心の準備ができていなかった。

ヴィットリアは装置に歩み寄り、望遠鏡を思わせる凸レンズの前に右目が来るように姿勢を変えた。それからボタンを押した。装置の内部で、カチリと音がした。ひと筋の光が揺れ動き、コピー機さながらヴィットリアの眼球に投射された。

「これは網膜スキャン」ヴィットリアは言った。「絶対確実な防犯装置です。二種類の網膜しか登録されていません。父とわたしのものです」

いまわしい事実を突きつけられ、ラングドンは立ちつくした。身の毛もよだつレオナルド・ヴェトラの姿が、細部まで脳裏によみがえった――血にまみれた顔、こちらを見返す片方だけの薄茶色の眼球、うつろな眼窩。明白な事実をはねつけようとしたが、そのときあるものが見えた。スキャナーの下の白いタイルに、小さな赤い点が散っている。乾いた血だ。

ありがたいことに、ヴィットリアは気づかなかった。

鉄製のドアが滑るように開き、ヴィットリアは歩み入った。

コーラーはラングドンに揺るぎない視線を注いだ。何を語りかけているかは明らかだ——さっきも言ったとおり、なくなったあの眼球は、はるかに高い目標を達成するための助けになる、と。

18

女の両手は縛られ、手首がこすれて紫色に腫《は》れあがっている。マホガニー色の肌をしたハサシンは女のかたわらに横たわり、疲れを感じながらも、一糸まとわぬ褒美の品に見とれていた。ハサシンは思った。女のまどろみは単なるごまかしなのか。さらなる奉仕を拒むための哀れな演技なのか。

どうでもかまわない。報酬はじゅうぶんに得た。ハサシンは満ち足りた気分でベッドに起きあがった。

ハサシンの国で、女は所有物だ。弱者。快楽の道具。家畜のように売買される奴隷にすぎない。女たちも自分の立場をわきまえている。けれどもここヨーロッパでは、女が強さと自立を装っているため、それがハサシンを楽しませ、興奮させた。女たちに肉体の服従を強いることで、つねに欲望を充足させていた。

性欲は満たされているものの、別の欲求が頭をもたげていた。ゆうべ人を殺した。命を奪い、体の一部をえぐりとった。自分にとって、殺しはヘロインのようなものだ……出くわすたびにつかの間心が満たされるが、しばらくするとさらなる刺激がほしくなる。興奮はすでに消え、渇望がよみがえっていた。

ハサシンはかたわらに眠る女をながめ、その首に手のひらを滑らせた。瞬時にして息の根を止められると思うと、気持ちが高ぶった。問題はなかろう？　この女は人間ではない。快楽と奉仕の道具にすぎない。指を力強く女の喉にまわし、かすかに脈打つ感覚を味わった。やがて、欲望に抗《あらが》いつつ、指をはずした。自分には果たすべきつとめがある。おのれの欲望を抑えて、崇高な大義に仕えなくてはならない。

ハサシンはベッドを出て、待ち受ける仕事の気高さに思いをはせた。ヤヌスなる男と、彼が支配する古い組織の力のほどはまだわからない。不思議なことに、組織は自分を選んだ。この強い恨みを……そしてこの腕前を、なんらかの手だてで聞き知っていた。どうやって知ったのかはわからない。組織の足掛かりは広いということか。

そして自分は究極の名誉を授かった。組織の手となり、声となりたい。刺客となり、使者となりたい。同胞たちにマラク・アルハク――〝真実の天使〟として知られているものに。

19

ヴェトラの研究室は異様なほど進歩的だった。

真っ白で、四方の壁をコンピューターや特殊な電子機器が埋めつくすさまは、手術室のたぐいに似ている。この部屋に隠されているどんな秘密が、侵入するために人の眼球まで抜きとらせるのだろうか、とラングドンは思った。

コーラーは不安な顔つきで入室した。あたりに目を走らせ、侵入者の気配がないかと探っているらしい。しかし、だれもいなかった。ヴィットリアもゆっくりと進んだ。父のいなくなったこの部屋を、見知らぬ場所のように感じているのだろうか。

まもなくラングドンの視線は、部屋の中央の、背の低い柱が並んでいるあたりでとどまった。ストーンヘンジのミニチュアよろしく、一ダースほどの磨かれた鉄柱が、部屋の真ん中にぐるりと並んでいる。高さはおよそ三フィートで、美術館でよく見る高価な宝石の展示を思い起こさせる。だが、これが宝石を展示するためのものではないのは明らかだった。どの柱にも、テニスボールの缶ほどの大きさの透明な容器が載っている。すべて中空に見えた。

コーラーは当惑した顔つきで容器を見つめた。それから、当座はそのことを考えまいと決めたらしく、ヴィットリアに顔を向けた。「盗まれたものはあるかね」

「盗まれる？　どうやって？」ヴィットリアは食ってかかった。「網膜スキャン装置がありますから、父とわたししかはいれません」

「部屋を調べてみなさい」

ヴィットリアはため息をつき、しばらく室内を見まわした。やがて肩をすくめた。「どこも、父がいたときのままに見えます。秩序ある混沌」

コーラーが思案をめぐらせているのが、ラングドンには感じとれた。どの程度ヴィットリアを問い詰めるべきか、どこまで話を打ち明けるべきか。どうやら決断を先送りにすることにしたらしい。コーラーは部屋の中央へ車椅子を動かし、中空とおぼしき奇妙な容器の群れを観察した。

「秘密は、われわれがもはや持ちえない贅沢品だ」コーラーは言った。

ヴィットリアは黙したままうなずき、それがきっかけで思い出の奔流がよみがえったのか、感に堪えない顔つきになった。

少し待ってやってくれ、とラングドンは思った。

告白するための心の準備を整えるかのように、ヴィットリアは目を閉じて深呼吸をした。そして、もう一度深呼吸をした。もう一度。さらにもう一度……

見守っていたラングドンは、急に心配になった。だいじょうぶなのか。コーラーに目をやると、この儀式を以前も見たことがあるらしく、平然としていた。十秒が過ぎ、ヴィットリアは目を開いた。

その変貌《へんぼう》に、ラングドンは目を疑った。ヴィットリア・ヴェトラは別人と化していた。ふっくらとした唇はゆるみ、両肩が落ち、目は険がとれて穏やかになっている。全身の筋肉を再調整して、状況を受け入れようとしているかのようだ。怒りの炎や個人的な苦悩は、深くなめらかな静けさの奥底にしまいこまれている。

「どこからはじめましょう」ヴィットリアは落ち着いた口調で言った。

「最初からだ」コーラーは言った。「レオナルドの実験について聞かせてくれ」

「宗教で科学を正すことが、父の生涯の夢でした」ヴィットリアは言った。「科学と宗教はまったく共存可能な分野だと――ひとつの真実を見いだすための異なったふたつの方法であると証明するのが望みでした」そして、これから言うことが自分でも信じられないかのように、ことばを切った。「先日ついに……その方法を考案しました」

　コーラーは何も言わなかった。

「父はある実験を計画したんです。科学と宗教の歴史における最も激しい争いのひとつを解決したいと願って」

　どの争いのことだろう、とラングドンは思った。争いは山ほどある。

「創造論」ヴィットリアは言った。「天地万物がどのように現れたかをめぐっての争いです」

　なるほど、とラングドンは思った。その論争か。

「言うまでもなく、聖書には神が世界を創造したと記されています」ヴィットリアはつづけた。「〝光あれ〟と神が言って、この世のすべてが茫洋《ぼうよう》たる無から現れたのだと。しかし不幸なことに、物理学の基本法則のひとつによれば、物質は無から生じません」

　この決着なき争い《ステールメイト》については、ラングドンもどこかで読んだことがある。神が〝無から有〟を創造したとする考え方は、現代物理学の法則とまったく相容れない。したがって、創世記は科学的に無意味だと学者は主張している。

「ミスター・ラングドン」ヴィットリアが首をひねって言った。「ビッグバン宇宙論はご存じですね」

　ラングドンは肩をすくめた。「ええ、多少は」ビッグバンが、宇宙創成についての科学的に認められた仮説だということは知っている。あまりよく理解できないのだが、過去のある時点でエネルギーが凝集して大爆発が起こり、膨張して宇宙ができたというような理論ではなかったか。

　ヴィットリアはつづけた。「カトリック教会が一九二七年にはじめてビッグバン宇宙論を提唱したとき――」

「なんだって？」ラングドンはこらえきれずに口をはさんだ。「ビッグバンは、カ、ト、リ、ッ、ク、の考えだとおっしゃいました？」

尋ねられて、ヴィットリアは驚いた顔をした。「そうですよ。カトリックの修道士ジョルジュ・ルメートルが一九二七年に提唱したんです」

「でも、たしか……」ラングドンは口ごもった。「ビッグバンの提唱者は、アメリカの天文学者エドウィン・ハッブルではありませんか」

コーラーが憤然とした。「またか。科学に対するアメリカ人の傲慢《ごうまん》な態度の表れだよ。ハッブルが提唱したのは一九二九年、ルメートルの二年後だ」

ラングドンは顔をしかめた。世間ではハッブル宇宙望遠鏡と呼ばれているじゃないか——ルメートル宇宙望遠鏡なんて聞いたこともない。

「ミスター・コーラーのおっしゃるとおりです」ヴィットリアが言った。「この理論はルメートルのものです。ハッブルは、ビッグバンが科学的に正当である確証を集めて、裏づけただけでした」

「なるほど」ラングドンは言いつつ、こう思った。ハーヴァードの天文学科にいるハッブル信者たちは、講義でルメートルの名前を口にしたことがあるだろうか。

「ルメートルがビッグバン宇宙論を提唱したとき」ヴィットリアはつづけた。「世の科学者はまるで荒唐無稽《こうとうむけい》な理論だと切り捨てました。物質は無から生じないと科学が語っている、というわけです。ハッブルがビッグバン理論の科学的な正しさを立証して世界に衝撃を与えると、教会は勝ち鬨《かちどき》をあげ、聖書は科学的にも正しいと声を大にして訴えました。神の真理だと」

ラングドンはうなずいた。いまや一心に聞き入っていた。

「むろん科学者たちは、自分たちの発見が教会の布教活動に利用されることをよく思いませんでした。そのため、すぐにビッグバン理論を数式化してあらゆる宗教的な意味を取り除き、その理論が自分たちだけのものだと主張しました。けれど、科学にとって不幸なことに、その方程式にはいまだに重大な欠陥がひとつあり、教会はそれを槍玉《やりだま》にあげています」

コーラーは不機嫌そうに言った。「〝特異点〟の問題だ」まるでそれがおのれを破滅に導くことばであるかのような口ぶりだ。

「そう、特異点です」ヴィットリアは言った。「創造の瞬間。時刻ゼロ」ラングドンを見る。「いまでも、科学は創造の瞬間について解明していません。初期の宇宙については、方程式でもかなり効果的に説明できますが、時をさかのぼって時刻ゼロに近づくと、われらが数学は突然破綻《はたん》して、すべてが意味をなさなくなってしまう」

「そのとおり」コーラーがとげとげしい声で言った。「そして教会は、この欠陥こそ神の奇跡がかかわっている証拠だと主張した。それが言いたかったのかね」

ヴィットリアは遠くを見る目をした。「わたしが言いたかったのは、父が神とビッグバンの関連性を確信していたということです。神による創造の瞬間をいまは科学で理解できなくても、できる日がかならず来ると信じていました」父親の作業スペースの上方に貼られた、レーザープリンターで印刷したメモを、悲しげに手で示した。「わたしが疑うたび、父はこれを目の前に振ってみせたものです」

ラングドンはメモを読んだ。

科学と宗教は反目し合っているわけではない。

科学が若すぎるせいで、宗教を理解できないだけだ。

「父は科学をより高次元へ導こうとしていました。神の考えを支えきれるところまで」ヴィットリアはもの憂げに長い髪を手で梳《と》かした。「そして、どんな科学者も考えつかなかったことに着手しました。だれもが、実現するための技術さえ持っていなかったことに」つぎにどう切り出すべきかを考えあぐねているらしく、しばし間をとった。「父は創世記が現実にありえたと立証する実験を計画したのです」

創世記を立証する？ ラングドンは驚いた。光あれ、を？ 無から物質を生み出すことを？

コーラーは生気のない視線をさまよわせた。「何をしたって？」

「父は宇宙を創造しました……完全なる無から」

コーラーは頭を叩いた。「なんだと？」

「わかりやすく言うと、ビッグバンを再現したんです」

コーラーはいまにも飛びあがりそうだった。

ラングドンはすっかり当惑した。宇宙を創造する？ ビッグバンを再現する？

「もちろん、実験の規模ははるかに小さいものでした」ヴィットリアは早口になった。「手順は驚くほど単純です。ごく細い二種類の粒子ビームを、加速器の管の内部で正反対の方向へ加速させます。ふたつの粒子ビームは猛烈なスピードで正面衝突し、全エネルギーが一点に集約されます。父は極端に高いエネルギー密度を実現させました」ヴィットリアはよどみなく語り、コーラーは目をまるくした。

ラングドンはどうにか話についていこうとつとめた。つまり、レオナルド・ヴェトラは、宇宙が湧き出したとされるエネルギーの圧縮点を模擬的に再生していたということなのか。

「結果は」ヴィットリアは言った。「まさに驚嘆すべきものでした。発表すれば、現代物理学を根底から揺るがすことになるでしょう」自分の発言の持つ力を味わうかのような、ゆったりした口調だった。「加速器の管の内部でエネルギーが高度に凝集されると、突然どこからともなく物質の粒子が現れたんです」

　コーラーはなんの反応も示さない。ただ目を凝らしている。

「無から花を咲かせた物質。原子のなかで起こった摩訶《まか》不思議な花火のショー。ミニチュアの宇宙が生命の躍動を得たのです。父は、無から物質を創造できることだけでなく、ある強大なエネルギー源の存在を認めれば、ビッグバンと創世記の双方にたやすく説明がつくことも立証しました」

「それは神のことかね」コーラーはきびしい口調で言った。

「神、ブッダ、理力《フォース》、ヤハウェ、特異点。好きに言ってくださって結構です。結果は同じですから。科学と宗教は共通の真実を支えています――純然たるエネルギーが創造主であるという真実を」

　やがてコーラーは口を開いたが、その声は沈んでいた。「途方に暮れてしまったよ、ヴィットリア。きみはレオナルドが物質を創造したと言ったわけだな？　しかも無から」

「ええ」ヴィットリアは鉄柱に載せられたいくつかの容器を指さした。「あれが証拠です。あそこに、父が創造した物質のサンプルがはいっています」

　コーラーは咳《せき》払いして、容器へ近づいたが、その姿は本能的に危険を感じたものを避ける用心深い動物のようだった。「わたしが何か聞き漏らしたのかもしれないが、その容器のなかの粒子をレオナルドが実際に創造したと、だれが信じられるというんだ。その気になれば、どこからでも持ってこれるじゃないか」

「あいにく」ヴィットリアは自信に満ちた様子で言った。「そんなことはできません。この粒子は唯一無二のものです。地球上のどこにも存在しない種類の物質なのです。だから、創造されたことは疑う余地がありません」

コーラーの表情が暗くなった。「ヴィットリア、〝存在しない種類の物質〟とはどういうことだ。物質にはひとつしか種類が存在しない。それは――」そこで息を呑《の》んだ。

ヴィットリアは勝ち誇った顔をした。「所長、以前講演でおっしゃっていたのはご自分です。宇宙には二種類の物質が存在すると。それは科学的な事実であると」そう言ってラングドンに顔を向ける。

「ミスター・ラングドン、聖書は天地創造についてどう述べていますか。神は何を創られたと？」

それがどうしたというのか。ラングドンは当惑を覚えた。「ええと、神は……光と闇を、天と地を――」

「そうです」ヴィットリアは言った。「神はすべてについて、正反対のふたつのものを創られました。対称。完全な調和です」そこでコーラーに向きなおった。「科学も同じことを謳《うた》っていますね、所長。ビッグバンは宇宙のすべてを、相対するものとともに創ったと」

「物質そのものも例外ではない」コーラーは自分に言い聞かせるかのようにつぶやいた。

ヴィットリアはうなずいた。「父が実験したところ、果たせるかな、二種類の物質が現れました」

ラングドンは理解できなかった。レオナルド・ヴェトラは物質と相反するものを創造したのか？

コーラーは憤然としていた。「きみの言う物質が存在するのは、宇宙のどこかだ。それは断じて地球ではない。この銀河系ですらないだろう」

「ええ」ヴィットリアは答えた。「それこそ、容器のなかの粒子がまちがいなく創造された証拠です」

コーラーは顔をこわばらせた。「ヴィットリア、きみはまさか、あそこに実物がはいっていると言うのか」

「そのとおりです」ヴィットリアは誇らしげに容器を見つめた。「所長、あなたがいまご覧になっているのは、世界初の反物質のサンプルです」

20

第二段階だ。ハサシンはそう思いながら、暗い地下道へ足を踏み入れた。

手にしたたいまつは、あまりに大げさだ。自分でも承知している。とはいえ、これには威圧の効果がある。何より肝心なことだ。恐怖がおのれの盟友であることを、自分は経験から知っている。恐怖はいかなる兵器よりもすばやく相手の力を奪う。

通路には変装の出来映えをながめる鏡などないが、うねるローブの影から、完璧だと見てとれる。溶けこむことは計画の一部……この計画の邪悪さの一部だ。数々の残忍な夢のなかですら、自分がこれほどの役割を果たすことになろうとは想像だにしなかった。

二週間前ならば、この地下道の向こうで待ち受ける任務を不可能と考えたろう。自殺行為。素裸でライオンのねぐらへ突入するようなものだ。だが、ヤヌスが不可能ということばの定義を変えた。

この二週間でヤヌスと分かち合った秘密は数知れない。この地下道もそのひとつだ。古いものだが、いまでも完璧に通り抜けられる。

敵に向かって進みながらハサシンは思った。中で待ち受けるものは、ヤヌスが保証したほど扱いやすいのだろうか。内通者が必要な手筈《てはず》を整えると、ヤヌスは請け合った。内通者か。信じられないことだ。考えるほどに、この任務があまりにたやすい気がしてきた。

ワーヒド……イスナーン……サラーサ……アルバア……。アラビア語で数えながら、突きあたりへ向かっていく——一、二、三、四……

21

「反物質のことはご存じのようですね、ミスター・ラングドン」ヴィットリアの目がラングドンを見つめていた。真っ白な部屋と浅黒い肌が好対照をなしている。

ラングドンは顔をあげた。ふいに口がきけなくなった気がした。「はい、まあ……ある程度は」

ヴィットリアの口もとをかすかな笑みがよぎった。「〈スター・トレック〉を観ていらっしゃるのね」

ラングドンは顔を赤らめた。「ええ、学生が好きなものですから……」眉をひそめる。「反物質というのは、USSエンタープライズ号の燃料ですね」

ヴィットリアはうなずいた。「すぐれたSF作品は、すぐれた科学に基づいているものです」

「では、反物質は現実に存在するんですか」

「自然界の事実です。どんなものにも対立物があります。陽子には電子。アップクォークにはダウンクォーク。原子より小さなレベルでも、整然たる対称が存在します。反物質が陰、正物質が陽。そうでなければ、物理方程式は成立しません」

ラングドンは、ガリレオが考えた対称性のことを思い出した。

「ビッグバンの過程で二種類の物質が生み出されたことは、一九二八年以降科学者たちにもわかっていました。ひとつは地球上で実際に目にしている物質、つまり岩や木々や人間を形成する物質です。もうひとつはその正反対の物質――電荷が逆であることを除けば、あらゆる点で正物質となんら変わらない物質です」

コーラーは霧のなかから現れたかのように話しはじめた。にわかに乱暴な口調になっている。「だが反物質を実際に保存するには、大きな技術上の障害がある。中和はどうしたのかね」

「逆極性を持つ真空状態を作って、崩壊の前に反物質の陽電子を取り出しました」

コーラーは眉を寄せた。「しかし、真空状態では正物質も抽出してしまう。粒子を分離する方法はないはずだ」

「父は磁場を利用したんです。正物質は右に、反物質は左に弧を描いて移動します。極性が逆ですから」

その瞬間、コーラーの疑念の壁が崩れ落ちたようだった。コーラーは顔をあげて、驚きもあらわにヴィットリアを見た。そのとき、急に咳の発作に襲われた。「信じ……られない」口もとをぬぐいながら言った。「それにしても……」なおも論理が抵抗をつづけているらしい。「真空がうまく機能するとしても、その容器は正物質からできている。反物質を正物質でできた容器に保存することは不可能だ。すぐに反応を起こして――」

「このサンプルは容器と接触していません」ヴィットリアは言った。その質問を予期していたらしい。「真空中に浮いているんです。この容器は反物質トラップといいます。文字どおり、反物質を中心部で捕獲《トラップ》して、側面や底面からじゅうぶん離して浮かせておくからです」

「浮かせる?　しかし……どうやって?」

「ふたつの交差する磁場のあいだで捕らえるんです。さあ、ご覧ください」

ヴィットリアは部屋の奥へ行き、大型の電子装置を持ってもどってきた。その仕掛けを見たラングドンは、漫画に出てくる光線銃を思い出した。大砲のような銃身の先端に照準器がついていて、電子器具があれこれぶらさがっている光線銃だ。ヴィットリアは容器のひとつに照準を合わせ、接眼レンズをのぞいてつまみを調整した。それから後ろへさがり、コーラーに中を見るよう勧めた。

コーラーは当惑のていだった。「目に見えるほどの量を集めたのか?」

「五百ナノグラムあります」ヴィットリアは言った。「陽電子を数百万個含む液体プラズマです」

「数百万個?　これまでは、せいぜい粒子数個だったはずだが……場所がどこであれ」

「キセノンです」ヴィットリアは事もなげに言った。「キセノンを噴射して粒子ビームを加速し、電子を抽出しました。父はこの手順を秘密にすると主張していましたが、実は、電子をそのまま加速器へ送ることも同時に含まれていたんです」

ラングドンにはまったく意味が理解できなかった。ふたりの会話はまだ英語でおこなわれているのだろうか。

コーラーはだまりこんだ。眉間の皺が深くなっている。突然、短く息をし、銃弾を撃ちこまれたかのように肩を落とした。「となると、技術的には……」

ヴィットリアはうなずいた。「ええ。じゅうぶん可能です」

コーラーは目の前の容器へ視線をもどした。半信半疑の顔つきで体を起こし、片目をレンズにあててのぞいた。それからしばらく、無言のまま見つづけた。腰をおろしたとき、額には汗が浮かんでいた。眉間の皺は消えている。コーラーはささやき声で言った。「なんということだ……ほんとうに成功させたんだな」

ヴィットリアはうなずいた。「成功させたのは父です」

「なんと……なんと言ったらいいのか」

ヴィットリアはラングドンに顔を向けた。「ご覧になりますか」そう言って観察装置を手で示した。

何が待ち受けているのか見当もつかないまま、ラングドンは前へ進んだ。二フィート離れたところからでは、容器は中空にしか見えない。なんであれ、中にあるのはごく微小なものだ。ラングドンはレンズに目をあてた。しばらくして画像の焦点が合った。

そして、それが目に映った。

その物体は、予想とちがって容器の底にふれておらず、真ん中に宙ぶらりんの状態で浮いていた。かすかな光を発する、水銀に似た液体の球だ。魔法の力が加わったかのように、浮かんだままゆるやかに回転し、表面が波打っている。以前ビデオで観た無重力下での水滴の様子を思い出した。非常に小さな球体だが、浮遊するにつれ、溝や起伏が刻々と姿を変えるのが見てとれた。

「浮いてるんですか」ラングドンは言った。

「そのほうが好都合なんです」ヴィットリアは答えた。「反物質はきわめて不安定なものです。エネルギーの立場から言うと、反物質は正物質のいわば鏡像なので、両者が接触すれば、たちまち互いを打ち消してしまいます。反物質を正物質から分離してとどめるのはもちろん難題です。地球上のすべてが正物質からできていますから。このサンプルを保存するには、どんなものともぜったいに接触させてはいけません……空気とでさえ」

ラングドンは啞然とした。真空状態で作業するとでもいうのか。

「反物質トラップと言ったな」コーラーは驚き入った顔つきで言い、容器の土台の部分に青白い指を走らせた。「これはレオナルドが設計したのか」

「いいえ」ヴィットリアは言った。「実はわたしです」

コーラーは目をあげた。

ヴィットリアの口調は控えめだった。「父は反物質の粒子をはじめて生成したとき、その保存方法を考えつかずに行き詰まっていたんです。そこでわたしがこれを提案しました。両端に磁力が反対の電磁石をつけた、ナノ複合体製の密閉容器です」

「レオナルドの天賦の才もすり切れてしまったわけか」

「そんなことはありません。このアイディアは自然界から拝借しました。電気クラゲは刺胞の電荷を利用して、触手のあいだで魚を捕らえます。それと同じ原理ですよ。どの容器にも両端に電磁石がついています。逆方向の磁場が容器の中心で交差し、そこで反物質を真空状態に浮かせて保存するわけです」

ラングドンはもう一度容器をのぞいた。反物質がいかなるものとも接触せずに真空に浮かんでいる。

コーラーの言うとおり、これこそ天賦の才だ。

「磁石の電源はどこかね」コーラーが尋ねた。

ヴィットリアは指さした。「トラップの下の柱にあります。容器はドッキングポートに取りつけられ、絶えず充電されているので、磁石が作動しなくなることはありません」

「磁場が消滅したら？」

「言うまでもありません。反物質が落下してトラップの底にあたり、対消滅《つい》を見ることになります」

ラングドンは耳をそばだてた。「対消滅？」

ヴィットリアは平然と言った。「そうです。反物質と正物質が接触すると、両者が瞬時に消滅します。物理学ではそういった現象を〝対消滅〟というんです」

ラングドンはうなずいた。「なるほど」

「自然界における最も単純な反応です。正物質の粒子と反物質の粒子が結合して、新たなふたつの粒子が放出される──光子《フォトン》という粒子です。小さく噴き出す光と言ってもいいでしょう」

光子についてはどこかで読んだことがある。光の粒子、最も純粋な形のエネルギーだ。〈スター・トレック〉のカーク船長が、クリンゴン人に対して使ったのが光子魚雷ではないかと訊《き》きたかったが、自制した。「では、この反物質が落下したら、光が小さく噴き出すところが見えるということですか」

ヴィットリアは肩をすくめた。「〝小さく〟ということばをあなたがどう思っていらっしゃるかによりますね。ちょっと実演してみましょうか」ヴィットリアは容器に手を伸ばし、土台から取りはずそうとした。

突然、コーラーは恐怖の叫びをあげて車椅子を前進させ、ヴィットリアの両手をはたいた。「ヴィットリア！　気でも変になったのか！」

22

信じがたいことに、コーラーはやせた脚でよろめきながらも、そのまま立っていた。顔は恐怖で青ざめている。「ヴィットリア、やめろ！　はずすな！」

ラングドンはコーラーの突然の狼狽《ろうばい》ぶりにとまどった。

「五百ナノグラムだぞ！」コーラーは言った。「磁場を壊したら――」

「所長」ヴィットリアは請け合った。「危険はまったくありません。どのトラップにも安全装置が取りつけられています。充電器から脱落した場合に備えて、予備のバッテリーがついているんです。容器をはずしても、サンプルが落下することはありません」

コーラーはまだ納得できないようだった。やがて、ためらいがちに車椅子に腰をおろした。

「トラップがはずれると」ヴィットリアは言った。「バッテリーが自動的に作動します。そして、二十四時間継続します。ガスの予備タンクのようなものですね」ラングドンに顔を向け、不安を察したかのように言う。「反物質には驚くべき特性があり、そのせいできわめて危険です。たった十ミリグラム、砂粒ほどの大きさで、従来のロケット燃料二百トンぶんとほぼ同じエネルギーを有すると言われています」

ラングドンの頭はまたもぐるぐるとまわりはじめた。

「反物質は未来のエネルギー源です。威力は核燃料の千倍。エネルギー効率は百パーセント。副産物はありません。放射線を生み出さず、汚染とは縁がない。ほんの数グラムで、大都市に一週間ぶんの動力を供給できます」

数グラムで？　ラングドンは落ち着かなげに支柱から離れた。

「心配は無用です」ヴィットリアは言った。「このサンプルはほんの微量――数百万分の一グラムですから。まず害はありません」もう一度容器に手を伸ばし、支柱からはずした。

コーラーは身じろぎしたが、止めはしなかった。トラップがはずれると、ブザーの鋭い音とともに、トラップの底面近くにある小さなディスプレイ画面が動きだした。赤色の数字が点滅し、二十四時間から残り時間の秒読みをはじめた。

24:00:00……

23:59:59……

23:59:58……

刻々と減っていくカウンターの数字を見つめながら、ラングドンはあまりに時限爆弾に似ていると思って戦慄《せんりつ》した。

「このバッテリーは」ヴィットリアが説明した。「まる二十四時間稼動して、停止します。トラップを支柱にもどせば充電されます。安全重視の設計ですが、持ち運びしやすいようにもなっているんです」

「持ち運び？」コーラーの顔に愕然《がくぜん》とした表情が浮かんだ。「研究室から持ち出すのか」

「もちろん、そんなことはしません」ヴィットリアは言った。「しかし、移動できれば、研究を進めやすくなりますから」

ヴィットリアはラングドンとコーラーを部屋の奥へいざなった。一枚のカーテンを引くと窓が現れ、その向こうは大きな部屋になっていた。壁も床も天井も、一面にスチール板が張られている。パプアニューギニアのボディペイントを視察した折に乗っていった石油輸送船のタンクを、ラングドンは思い出した。

「対消滅タンクです」ヴィットリアは言った。

コーラーは顔をあげた。「実際に対消滅を観察するのか」

「父は物質の微小な粒から莫大《ばくだい》なエネルギーが生まれるという、ビッグバンの過程に魅せられていました」ヴィットリアは窓の下にあるスチールの抽斗《ひきだし》をあけた。そこにトラップをおさめてもとどおり閉め、それから脇にあるレバーを引いた。しばらくすると、トラップがガラス窓の向こうに現れ、大きく弧を描いて滑りながら金属の床面を進んで、部屋の真ん中で停止した。

ヴィットリアは硬い笑みを投げかけた。「おふたりはこれから、反物質と正物質の対消滅をはじめて目撃することになります。数百万分の一グラム。かなり微量です」

ラングドンは巨大なタンクの床面にただひとつ置かれた反物質トラップを見やった。コーラーもまた落ち着かない顔で窓のほうを向いた。

「通常の場合」ヴィットリアは説明をはじめた。「まる二十四時間待たなければバッテリーは停止しませんが、この部屋の床下には磁石が埋めこまれていますから、安全装置を解除して、反物質を落下させることができます。そして、正物質と反物質が接触すると……」

「対消滅だ」コーラーが低い声で言った。

「それだけではありません。反物質は純粋なエネルギーを放出します。質量の百パーセントが光子に転化するんです。だから、サンプルを直接見ないように。目を保護してください」

ラングドンは用心深い性質《たち》だが、大げさすぎると思った。容器を直接見るなだって？　装置はここから三十ヤード以上離れているし、分厚い色つきのプレキシガラスの壁の向こうにある。そのうえ、容器のなかのものは目に見えないほどの微量だ。目を保護しろ？　あのかけらがいったいどれだけのエネルギーを――

ヴィットリアがボタンを押した。

その瞬間、何も見えなくなった。鮮やかな光の点が容器のなかで輝くや、激しい光の波となって外へ噴き出し、四方にひろがって、すさまじい力でガラスを叩《たた》いた。爆音が部屋全体を揺るがし、ラングドンはよろめいた。光は一瞬まばゆく輝き、燃えさかったあと、収縮しつつすばやく引いていき、しぼんで小さなかけらになって、すっかり姿を消した。ラングドンは痛む目をしばたたきながら、徐々に視力を取りもどした。床にあった容器は完全に消滅していた。跡形もなく。

ラングドンは驚きに目を瞠《みは》った。「神よ……」

ヴィットリアはさびしげにうなずいた。「父も同じことを言ったわ」

23

コーラーは目にしたばかりの光景にすっかり驚いた様子で、対消滅の起こった部屋を凝視している。

かたわらにいるラングドンは、さらに呆然《ぼうぜん》としている。

「父に会わせてください」ヴィットリアは言った。「研究室はお見せしました。こんどは父に会わせてください」

そのことばが耳にはいらなかったらしく、コーラーはゆっくりと振り返った。「なぜずっとだまっていたんだ。このような発見なら、すみやかにわたしに知らせるべきなのに」

ヴィットリアはコーラーを見据えた。だまっていた理由をいくつあげろというのか。「所長、その話はあとにしましょう。すぐに父に会わせてください」

「きみはこの技術がどんな意味を持つかわかっているのか」

「当然です」ヴィットリアは言い返した。「セルンに利益をもたらします。それも多額の。さあ、すぐに――」

「だから秘密にしたのかね」コーラーは鋭い口調で言った。挑発しているのは明らかだ。「理事会やわたしがライセンスを売ることに決めると思ったのか」

「独占はすべきでありません」挑発に乗せられていると知りながら、ヴィットリアは激しく返した。「反物質は重要な発見です。しかし、非常に危険なものでもある。父とわたしは、もう少し時間をかけて手順を改良し、安全性を高めたかったんです」

「つまり、理事会が科学の良識より財政上の欲求を優先させると考えたわけだ」

ヴィットリアはコーラーの冷淡な口調に驚いた。「問題はほかにもありました。父は、じっくり準備して反物質にふさわしい場を作りたいと願っていたんです」

「というと?」

「エネルギーから物質が生まれるとは？　無から有を創造するとは？　これは創世記が科学的な真実でありうる証拠だとも言えます」

「この発見の宗教的な意味が、営利主義の大波に呑《の》まれるのを恐れていたのかね」

「まあ、そういうことです」

「きみも同意見なのか」

皮肉なことに、ヴィットリアの関心は、ある意味では正反対のところにあった。新たなエネルギー源を生み出すために、営利主義を避けることはできない。反物質には、経済的で汚染と無縁のエネルギー源としての底知れぬ可能性があるが、公表する時期を早まれば、原子力や太陽熱のエネルギーと同様、政策や宣伝上の失敗によって台なしにされかねない。原子力の場合は安全性を確立する前に量産され、事故が多発した。太陽熱の場合は効率を高める前に量産され、人々は金銭的な損害をこうむった。どちらも評判を落とし、うまく実を結ばなかった。

「わたしの関心は、科学と宗教の融合というほど高邁《こうまい》なものではありません」

「環境問題だな」コーラーは自信たっぷりに言った。

「無尽蔵のエネルギー。採鉱の必要がない。汚染もない。放射線もない。反物質は地球を救うかもしれません」

「あるいは破滅させるかもしれない」コーラーは皮肉っぽく言った。「だれがどんな目的で利用するかによる」不自由な肉体の発する冷気がヴィットリアにも伝わっていく。「ほかにこのことを知っている人間は？」

「いません」ヴィットリアは言った。「申しあげたでしょう？」

「では、レオナルドはなぜ殺されたんだ」

ヴィットリアは体をこわばらせた。「わかりません。ご存じのとおり、このセルンにも父をよく思わない人たちはいますが、反物質とはなんの関係もないはずです。父とわたしは、今後数か月間、準備が整うまではだれにも漏らさないと誓い合いました」

「そして、父親が沈黙の誓いを守ったと信じているわけだ」

ヴィットリアは憤然とした。「父はもっと固い誓いも守ってきました」

「で、きみも漏らしていないのだね」

「当然です」

コーラーは息をついた。そして、つぎのことばを慎重に選ぶかのように、しばし黙した。「仮に何者かが突き止めたとする。そして、この研究室に侵入できたとする。犯人の目的はなんだと思うね。レオナルドはここにメモのたぐいを置いていたのか。研究の過程を記したものを」

「所長、いいかげんにしてください。質問したいのはこちらです。侵入できたとおっしゃいますけど、網膜スキャンをご覧になったでしょう。父は秘密保持にかけてはひどく慎重でした」

「いいから答えろ」コーラーは声を荒らげ、ヴィットリアをはっとさせた。「何かなくなったものはないのか」

「わかりません」ヴィットリアは怒りに満ちた目で室内を見まわした。反物質のサンプルに異常はない。見たところ、研究室は整然としている。「だれも来ていません。この部分についてはだいじょうぶだと思います」

コーラーは驚いた顔をした。「この、、、この部分?」

ヴィットリアは意に介さず答えた。「ええ、上の研究室については」

「下の研究室というのもあるのか」

「保管用に」

コーラーは車椅子を前進させ、また咳《せ》きこんだ。「危険物貯蔵庫を使っているんだな。なんの保管だ」

危険物といったら、ほかに何があるというのか。ヴィットリアは自制がきかなくなりつつあった。

「反物質ですよ」

コーラーは肘《ひじ》掛けに手を突いて身を起こそうとした。「サンプルがまだあるのか。なぜそう言わなかったんだ」

「言おうとしたわ」ヴィットリアは反撃した。「その機会をくれなかったのはそちらでしょう?」

「そこにあるぶんも全部調べなくては。いますぐに」

「貯蔵庫にあるサンプルはひとつだけです。それに、なんの問題もありません。だれも――」

「ひとつだけ?」コーラーはことばを詰まらせた。「なぜここに置かなかったんだ」

「念のために地下に保管したいと父が望んだからです。ほかのものより大きいので」

コーラーとラングドンのあいだを走った衝撃は、ヴィットリアにも伝わった。コーラーはまたヴィットリアに詰め寄った。「五百ナノグラムを超えるサンプルを作ったというのかね」

「必要だったんです」ヴィットリアは主張した。「損益の分岐点を見きわめなくてはならなかったもので」新たな動力源の開発には、投入資本と産出量の問題――その燃料を得るために費用がどれだけかかるかという問題がついてまわる。石油を一バレル産出するのに油田の掘削装置を一台建造するのでは、骨折り損になってしまう。けれども、同じ掘削装置に最小限の費用をかけて、何百万バレルという石油を産出できれば、商売が成り立つ。反物質にしても同じことが言える。ほんの微量のサンプルを作るのに十六マイルの電磁石を使うのでは、結果として得られる反物質に内包されるエネルギーより、消費されるエネルギーのほうが多いことになる。反物質の経済性と実用性を証明するには、より大量のサンプルを作らなくてはならない。

父は大きなサンプルを作ることに乗り気ではなかったが、ヴィットリアは強く説得した。反物質を本格的に受け入れさせるには、費用効率の高い量を産出できることと、サンプルを安全に保管できることの二点を証明する必要がある、と。最後にはヴィットリアの意見が通り、父は不承不承それに従った。とはいえ、秘密保持についてはきびしく取り決め、反物質を危険物貯蔵庫に保管すると主張した。ここからさらに七十五フィート下にある頑丈な小部屋だ。そして、サンプルの存在はふたりだけの秘密にすると言った。出入りできるのも自分たちだけだと。

「ヴィットリア」コーラーが張り詰めた声で言った。「きみたちはどの程度のサンプルを作ったんだね」

ヴィットリアは底意地の悪い喜びを覚えた。サンプルの量を言えば、偉大なるマクシミリアン・コーラーさえ肝をつぶすにちがいない。そして、地下にある反物質を思い浮かべた。信じがたい光景だ。トラップのなかで、肉眼でも確実にとらえられる反物質の小球が浮遊している。それは顕微鏡でしか見えないかけらなどではない。BB弾の大きさのしずくだ。

ヴィットリアは大きく息を吸った。「四分の一グラムです」

コーラーの顔から血の気が引いた。「なんだって!」激しく咳きこむ。「四分の一グラム? それだけあれば……およそ五キロトンになる！」

キロトン。ヴィットリアのきらいなことばだ。自分も父もけっして使わなかった。一キロトンはTNT火薬千トンぶんに相当する。キロトンというのは兵器の規模を説明する単位だ。爆発力。破壊力。自分と父は、電子ボルトやジュール——建設的なエネルギー出力を意味する用語を使っていた。

「それだけの反物質があれば、半径二分の一マイルにあるすべてを文字どおり消し去れるじゃないか！」コーラーは叫んだ。

「いっぺんに対消滅すればの話です」ヴィットリアは言い返した。「そんなことはだれもしません」

「分別のない人間ならやりかねない。あるいは、トラップの電源が落ちたらどうする？」コーラーは早くもエレベーターへと向かっていた。

「だからこそ父は、安全装置つきの電源と過剰なほどの防犯装置のもとで、危険物貯蔵庫に保管したんです」

コーラーは振り向いた。顔に希望の光が差している。「危険物貯蔵庫には、ほかにも防犯装置がついているんだな？」

「ええ。第二の網膜スキャンが」

コーラーが口にしたのは、ふたことだけだった。「おりろ。すぐに」

貨物用エレベーターは岩のごとく落ちていった。

さらに七十五フィート地中へ。

エレベーターが下降をつづけるなか、ヴィットリアは連れのふたりの不安をはっきり感じとった。

ふだんは無表情なコーラーの顔がこわばっている。ヴィットリアは思った。あのサンプルが膨大な量なのはわかっているけれど、あれだけの安全対策を講じてあるんだから――

やがて地底に着いた。

エレベーターのドアが開き、ヴィットリアはほの暗い廊下を先頭に立って歩いていった。廊下は巨大なスチールのドアにぶつかった。危険物貯蔵庫。ドアの横にある網膜スキャン装置は上の研究室と同じものだ。装置に歩み寄る。慎重に片目をレンズに合わせる。

ヴィットリアはあとずさった。どこかおかしい。いつもしみひとつないレンズが汚れている……このしみは何かに似ている……血液？　ヴィットリアは混乱してふたりを見たが、目に映ったのは蠟《ろう》を思わせる顔だった。コーラーもラングドンも青ざめ、足もとの床を凝視していた。

ヴィットリアもその視線を追った……

「見ちゃいけない！」ラングドンは叫び、ヴィットリアに手を伸ばした。だが、遅かった。

ヴィットリアの視線は床に転がる物体に釘《くぎ》づけになった。それはまったくなじみがなく、それでいてどこか懐かしいものだった。

一瞬、時が流れた。

そして、目くるめく恐怖とともに、ヴィットリアは悟った。ゴミのように打ち捨てられているが、床からこちらを見あげている物体は眼球だ。その薄茶の色合いを、ヴィットリアが見まがうはずがなかった。

24

息をひそめる警備官の肩越しに、指揮官が身を乗り出し、眼前に並ぶ防犯モニターに目を凝らしていた。一分が経過した。

予想どおりの沈黙だ、と警備官は心のなかでつぶやいた。指揮官は手順にきびしい男だ。考えるより先に口に出す人間なら、世界一優秀な警護隊を指揮する立場に就くことができたはずがない。

しかし、いまは何を考えているのか。

ふたりが見入っているモニター上の物体は、何かの保存容器――側面が透明な保存容器だった。そこまではわかる。問題はその先だ。

容器のなかには、特殊効果を使ったかのごとく、金属質の輝きを放つ液体の小さなしずくが宙に浮かんで見えた。表示装置の数字が赤く点滅しながら着実に値を減らすにつれて、そのしずくが現れたり消えたりするのを見ていると、警備官は全身が総毛立つのを感じた。

「コントラストを明るくしてもらえないか」指揮官が要求し、警備官ははっと我に返った。

警備官は指示に従い、映像がいくぶん明るくなった。指揮官はさらに前へ出て、容器の底面に見える物体を、目を細めて観察した。

警備官はその視線を追った。表示盤の隣に、かなり薄く記されているのは、何かの頭文字だった。点滅する光を受けて四つの大文字が輝いている。

「ここにいてくれ」指揮官は言った。「何も言うな。この件はわたしがなんとかする」

25

危険物貯蔵庫。地下五十メートル。

ヴィットリアは前方へよろめき、網膜スキャン装置にぶつかりかけた。例のアメリカ人が駆け寄って、腕で体を支えてくれるのを感じた。足もとの床で、父の眼球がこちらを見あげている。肺から空気がどっと出ていく。眼球を抜きとるなんて！　世界がゆがむ。コーラーが背後に来て、何やら話している。アメリカ人はなお支えてくれる。夢を見ている気分で、ヴィットリアは網膜スキャン装置をのぞきこんだ。ブザーが鳴った。

ドアがなめらかに開いた。

父の眼球を見た恐怖に胸を貫かれながらも、ヴィットリアはさらなる戦慄が室内で待ち受けているのを予感した。ぼやけた視線を部屋に定めるや、悪夢の次章を確信した。一本だけある充電用の支柱に目をやると、上には何も載っていなかった。

反物質の容器が消えた。犯人はこれを盗むために父の眼球を抜きとったのだろう。さまざまな考えが一気に脳裏へ押し寄せ、わけがわからなくなった。すべてが裏目に出てしまった。反物質が安全で実用的なエネルギー源だと立証するはずのサンプルが盗まれた。そんなものが存在することすら、だれも知らないはずなのに！　しかし、事実は否定できない。何者かが突き止めたとしか考えられない。それがだれなのか、ヴィットリアには想像もつかなかった。セルンのすべてを知ると言われるコーラーでさえ、この研究についてはろくに知らなかったのだから。

父は死んだ。天才であるがゆえに殺された。

悲しみが心を鞭《むち》打つとともに、新たな感情が湧きあがった。悲しみよりはるかに性質《たち》が悪い、胸を押しつぶすような、突き刺すような感情。それは罪悪感だ。抑えがたく、救いようのない罪悪感。父を説き伏せてサンプルを作らせたのは自分だった。父の本意ではなかったにもかかわらず。そして、サンプルのせいで父は殺された。

四分の一グラム……

火や弾薬や燃焼機関といったほかの発明と同様、悪の手にかかれば、反物質もとんでもない脅威になりうる。きわめて恐ろしい脅威に。反物質は死を招く凶器だ。強力で、止めようがない。いったん充電装置からはずせば、容器は容赦なく秒読みをはじめる。さながら暴走列車だ。

そして時間が尽きたとき……

目もくらむばかりの光。雷鳴。灰化。閃光《せんこう》……残るのはうつろなクレーターだ。巨大なクレーター。

父の穏健な頭脳が破壊の道具として利用されつつあるという思いが、毒のように全身を駆けめぐる。反物質はテロリストの最終兵器だ。探知機を作動させる金属部分もなければ、犬に嗅《か》ぎつけられるにおいの特徴もなく、仮に当局が捜しあてたとしても、容器には爆発を止めるスイッチのたぐいがついていない。秒読みはすでにはじまっている……

ラングドンはほかにどうすべきかわからず、ハンカチを取り出してレオナルド・ヴェトラの眼球にかぶせた。ヴィットリアは悲しみと動揺の刻みこまれた顔で、閑散とした危険物貯蔵庫の入口に立ちつくしている。ラングドンは反射的にまた歩み寄りかけたが、コーラーが口をはさんだ。

「ミスター・ラングドン」その顔は無表情だった。ヴィットリアに聞かれない場所へ移動するよう、手ぶりで示す。ラングドンはしぶしぶ従い、ヴィットリアから離れた。「きみは専門家だ」コーラーは低く張り詰めた声で言った。「イルミナティの連中が反物質で何をしようとしているのかを知りたい」

ラングドンは意識を集中させようとつとめた。狂気に取り巻かれているにもかかわらず、最初から筋の通った反応を示すことができた。学者としての反論だ。コーラーの言ったことは憶測にすぎない。ありえない憶測だ。「イルミナティは現存しないんですよ、ミスター・コーラー。わたしはそう考えます。犯人はだれであってもおかしくありません——セルンの職員がミスター・ヴェトラの発明を知り、その研究があまりに危険だから阻止しようと考えたのかもしれない」

コーラーは唖然《あぜん》とした顔つきになった。「これが善意の犯罪だと思うのかね、ミスター・ラングドン？　ばかばかしい。レオナルドを殺害したのがだれであれ、目的はただひとつ、反物質のサンプルだよ。何か計画があるにちがいない」

「テロですか」

「はっきり言えばそうだ」

「しかし、イルミナティはテロリスト集団ではありませんでした」

「レオナルドにそう言ってくれ」

その発言の持つ重みに、ラングドンの胸はうずいた。レオナルド・ヴェトラの胸には、たしかにイルミナティの紋章が焼きつけられていた。あんなものがなぜここに？　何者かが自分への疑いをそらそうとして作ったものにしては、あの聖なる焼き印は精巧に過ぎる。きっとほかの説明がつくはずだ。

ラングドンはもう一度、ありそうにない仮説に考えをめぐらせた。もしイルミナティがいまなお存続していて、反物質を盗んだのだとしたら、その意図は何か。標的は何か。ラングドンの頭脳は即座に答をはじき出した。けれども、すぐにその考えをはねのけた。イルミナティに明確な敵がいたのは事実だが、その敵に対して大規模なテロ攻撃に及ぶとは信じがたい。イルミナティに似合わしくない。たしかに、かつてイルミナティは殺人を犯したことがあるが、対象は特定の個人であり、慎重に選ばれている。大量破壊はどう考えても冷酷すぎる。ラングドンは間をとった。そして思った。ここで鮮やかに熱弁を振るうこともできなくはない。〝究極の科学的偉業である反物質が、すべてを灰燼《かいじん》に帰すために利用され――〟

そんなばかげた考えは受け入れたくない。ラングドンは言った。「テロよりも筋の通る説明があります」

つづきを待っているらしく、コーラーは見つめ返した。

ラングドンは考えをまとめようとつとめた。イルミナティは金銭的な手段を使って、途方もない力を見せつけてきた。銀行を支配し、金塊を所有した。世界にひとつしかない貴重な宝石を所有しているという噂さえあった。イルミナティ・ダイヤモンド。異様に大きく、瑕《きず》ひとつないダイヤモンドだ。

「お金です」ラングドンは言った。「何者かが金銭的な価値を見こんで反物質を盗んだのかもしれない」

コーラーは不信の表情を浮かべた。「金銭的な価値？　ほんのひとしずくの反物質をどこへ売るというんだ」

「サンプルではありません」ラングドンは言い返した。「技術を売るんです。反物質を生成する技術にはとてつもない値がつきます。分析と研究開発のためにサンプルを盗んだのでしょう」

「産業スパイだって？　しかし、バッテリーは二十四時間で切れる。調査が何ひとつ進まないうちに研究者自身が吹っ飛んでしまう」

「爆発の前に充電できるかもしれません。セルンにあるのと同等の充電装置を作ればいい」

「二十四時間以内で？　図面を盗んだとしても、充電装置を完成させるには何か月もかかる。数時間では無理だ」

「そのとおりよ」ヴィットリアの声は弱々しかった。

ふたりの男は振り返った。ヴィットリアが、自分のことばと同じぐらい頼りない足どりで歩いてきた。

「そのとおりよ。解析調査を終えられる人間なんかどこにもいません。インターフェースだけで何週間もかかります。フラックスフィルター、サーボコイル、調節用の合金。どれも特定の場のエネルギー水準に合わせて調整してあるんですから」

ラングドンは眉《まゆ》をひそめた。たしかにそうだ。反物質トラップは、簡単に壁のコンセントに突っこめる代物ではない。いったんセルンの外へ持ち出されたら、忘却へひたすら向かう二十四時間の旅がすでにはじまっている。

残るはただひとつ。不穏きわまりない結末だ。

「インターポールに連絡しましょうよ」ヴィットリアは言った。自分自身の耳にさえ、遠くで響く声のように聞こえた。「当局に通報しましょう。いますぐに」

　コーラーはかぶりを振った。「だめだ」

　ヴィットリアは愕然とした。「なぜ？　どうしてですか」

「きみとレオナルドはわたしを非常に厄介な立場に追いこんだ」

「だれも傷つけないうちにトラップを捜して、取りもどさなくてはならない。わたしたちには責任があるんです！」

「考える責任だ」コーラーは硬い口調で言った。「この状況は、セルンにきわめて重大な影響を及ぼすかもしれない」

「そんなことを言っている場合ではありません。あの容器が市街地へ持ちこまれたらどうなるか、おわかりでしょう？　爆発は半径二分の一マイルに及びます。街区九つが呑みこまれるんですよ！」

「きみもレオナルドも、それを熟慮したうえでサンプルを作るべきだった」

　ヴィットリアは胸をひと突きされた気がした。「しかし……あらゆる予防措置は講じました」

「不十分だったようだな」

「でも、反物質のことはだれも知らなかったんです」ばかげた言い草だと、ヴィットリアも自覚していた。何者かが知ったにちがいない。突き止めたにちがいない。

　ヴィットリアはだれにも口外しなかった。となると、解釈はふたつしかない。自分に知らせずに、父がだれかに秘密を漏らしたのか。秘密厳守を誓わせたのは父自身なのだから、それでは筋が通らない。残るひとつは、父か自分が監視されていた場合だ。携帯電話を盗聴されていたのか。出張中、父と何度か連絡をとったのは事実だ。よけいなことを口走ったのだろうか。それは考えられる。Ｅメールを読まれた可能性もある。とはいえ、もちろん用心はしていた。セルンの防犯システムはどうなっているのか。知らぬ間に監視されていたのか。いずれにせよ、いまやそれは重要な問題ではない。すべては終わったことだ。父は死んだ。

その思いがヴィットリアを行動へと駆り立てた。携帯電話をショートパンツのポケットから取り出した。

目を怒りに燃やし、激しく咳きこみながら、コーラーが猛然と迫った。「電話を……だれに？」

「交換台です。インターポールにつないでもらいます」

「考えろ！」コーラーは声を詰まらせた。ヴィットリアの目の前で、車椅子がきしみをあげて止まった。「きみはそこまで幼稚なのか。容器のありかについては、まったく手がかりがない。どんな諜報《ちょうほう》機関が全力を尽くしても、時間内に捜し出すことなど不可能だ」

「だから何もしないと？」病弱な相手に楯《たて》突くのはためらわれたが、コーラーの態度はあまりに常軌を逸していて、別人のように思えた。

「賢明に行動しろと言っているだけだ。どのみちなんの助けにもならない当局を巻きこんで、セルンの評判を危険にさらすのは得策ではない。いまはだめだ。もっとよく考えなくては」

コーラーの言い分にも一理あるが、明らかに道義的責任が欠けているとヴィットリアは思った。父は何より道義的責任を重んじた。科学への慎重な姿勢を貫き、義務を尽くし、人間に本来備わる善性を信じていた。自分もそのすべてを大切にしたけれど、それらを業《ごう》──カルマということばで理解していたものだ。ヴィットリアはコーラーに背を向け、すばやく携帯電話のフラップを開いた。

「やめるんだ」コーラーは言った。

「やめさせてみなさいよ」

コーラーは動かなかった。

一瞬ののち、ヴィットリアは理由を察した。これほどの地下では、携帯電話はつながらない。

苛立《いらだ》ちながら、ヴィットリアはエレベーターへ向かった。

26

ハサシンは石造りの地下道の突きあたりに立った。手に持ったたいまつはいまだ赤々と燃え、煙が苔《こけ》やかびのにおいと混じり合っている。沈黙に取り囲まれる。行く手をはばむ鉄の扉は地下道そのものに劣らず古くて錆《さ》びているが、いまも頑丈なままだ。ハサシンは信じて、闇のなかで待った。

もうすぐ時間だ。

内部に通じている者が扉をあける、とヤヌスは約束した。そのような裏切りがありうることに、ハサシンは驚嘆したものだ。扉の前で夜通し待ちつづけても任務を果たすつもりでいたが、その必要はないと直感していた。自分は決意の固い人々のもとで働いている。

数分後、定刻きっかりに、扉の向こうで重い鍵《かぎ》がぶつかり合う大きな音が響いた。金属と金属がこすれる音とともに、いくつもの鍵がはずれた。ひとつ、またひとつと、三本の大ぶりの差し金が動く。何世紀も使われていなかったかのように錠がきしむ。ついに三つともあけられた。

ハサシンは命令どおり、辛抱強く五分待った。やがて、全身の血液に電流を感じつつ、手で押した。

巨大な扉がさっと開いた。

27

「ヴィットリア、許さないぞ！」コーラーの苦しげな息づかいは、危険物貯蔵庫のエレベーターが上昇するにつれて、一段とひどくなった。

ヴィットリアはコーラーを視界から追いやった。もはやわが家のようには思えなくなったこの場所に、何か安らげるものを探し求めた。無理なのはわかっている。いまは悲しみを嚙《か》み殺して、行動しなくてはならない。まずは電話だ。

ラングドンはかたわらで相変わらず沈黙を守っている。ヴィットリアはこの男が何者かを考えるのをやめていた。専門家？　この上なく漠然とした言い方だ。〝犯人捜しに協力してくださる〟だって？　なんの役にも立っていないではないか。ここまで示した心やさしさには裏がなさそうだが、この男は明らかに何かを隠している。コーラーと組んで。

コーラーはまた食ってかかった。「セルンの所長として、わたしには科学の将来に対する責任がある。この件を大げさに言い立てて世界的な事件にしてしまうと、セルンは――」

「科学の将来？」ヴィットリアは向きなおった。「ほんとうは反物質がセルンから持ち出されたことを否認して、責任を逃れるつもりなんでしょう？　わたしたちが人々の命を危険に陥れたことに頰かむりをするつもりなんでしょう？」

「わたしたちじゃない。きみたちだ」

　ヴィットリアは目をそらした。

「それに、命と言えば」コーラーは言った。「これはまさしく生命にかかわる問題だよ。反物質が地球上の全生物にとって重大な意味を持つことは、きみにもわかるだろう。セルンが醜聞につぶされて破綻《はたん》したら、それは万人の損失だ。人類の将来は、セルンなどの研究所や、きみやレオナルドのようにあすの問題に取り組む科学者の手に握られている」

　コーラーの〝科学は神なり〟という長広舌は前にも聞いたことがあるが、ヴィットリアはまったく賛同できなかった。科学が解明しようとしている問題の半分は、科学自体が引き起こしたものだ。〝進歩〟こそ、この母なる地球における究極の害悪である。

「科学の発展は危険をともなう」コーラーはつづけた。「これまでもつねにそうだった。宇宙計画、遺伝子研究、医学――すべてにまちがいは付き物だ。いかなる犠牲を払っても、科学はみずからの失敗を乗りきらなくてはならない。万人のために」

　コーラーが道義の問題を科学的な冷厳さをもって考えられることに、ヴィットリアは驚かされた。コーラーの知性は、内面の感情から切り離されて磨かれたものなのだろう。「セルンは地球の将来にとって非常に重要だから、道義的責任を追及されない。そうおっしゃるんですか」

「道義の問題を振りかざすのはやめなさい。サンプルを作った時点で、きみたちは一線を越え、この研究所全体を危機に陥れた。わたしは、ここで研究する三千人の科学者の職だけでなく、レオナルドの名声も守ろうとしている。お父さんのことを考えるんだ。あれだけの人物が大量破壊兵器の考案者として記憶に残るのはしのびない」

この槍《やり》はみごとに命中した、とヴィットリアは思った。あのサンプルを作れと父を説き伏せたのは自分だ。すべて自分のせいだ！

ドアが開いても、コーラーはまだ話しつづけていた。ヴィットリアはエレベーターから出て携帯電話を取り出し、もう一度試した。

やはりつながらない。なんたることか。ヴィットリアは研究室の入口へ向かった。

「ヴィットリア、止まりなさい」コーラーは喘息《ぜんそく》を思わせる声で言い、速度をあげて追った。「落ち着くんだ。話し合おう」

「話はもうたくさんよ」《バスタ・ディ・パルラーレ》

「レオナルドのことを考えろ。彼ならどうするか」

ヴィットリアはかまわず進んだ。

「きみにまだ話していないことがある」

足どりがゆるむのが、ヴィットリア自身にも感じられた。

「わたしは何を血迷っていたのか」コーラーは言った。「きみを守ろうとしただけなんだが。とにかく、きみの望みを聞かせてくれ。われわれは協力し合わなくては」

ヴィットリアは研究室の中ほどで完全に足を止めたが、そのまま振り向かずに言った。「反物質のサンプルを見つけること。だれが父を殺したかを知ること。望みはそれだけです」そして返事を待った。

コーラーはため息を漏らした。「レオナルドを殺した犯人はもうわかっているんだよ」

こんどばかりはヴィットリアも振り返った。「なんですって?」

「どう話したものだろう。なかなか説明が——」

「犯人がわかってる?」

「そうだ。見当はついている。犯人は、いわば名刺を残していったようなものだ。それでミスター・ラングドンに来ていただいた。犯行に及んだと思われる集団について精通していらっしゃる」

「集団? テロリストの?」

「ヴィットリア、相手は四分の一グラムの反物質を盗んだんだぞ」

ヴィットリアは入口付近に立つラングドンに目をやった。すべてがおさまるべき場所におさまりはじめた。これで多少なりとも秘密が明らかになる。こんなことにどうしてもっと早く気づかなかったのか、と思った。やはりコーラーは当局の関係者を呼び寄せていた。あの当局だ。いま、すべてがはっきりした。ロバート・ラングドンはアメリカ人で、身だしなみがよく、堅苦しそうで、一見して頭が切れる。ほかの職業のはずがないと、はじめから気づくべきだった。新たな希望を胸にいだきつつ、ヴィットリアはラングドンに話しかけた。

「ミスター・ラングドン、だれが父を殺したかを教えてください。それに、あなたの捜査機関で反物質を見つけられるのかどうかも」

ラングドンはあわてた顔をした。「わたしの捜査機関?」

「アメリカの情報局のかたでしょう?」

「いえ……ちがいます」

コーラーが割ってはいった。「ミスター・ラングドンはハーヴァード大学で美術史を講じていらっしゃる」

ヴィットリアは冷水を浴びせられた気分だった。「美術の先生ですって？」

「カルト集団の紋章に精通しておられる」コーラーは深く息をついた。「レオナルドは悪魔的集団に殺されたと、われわれは考えているんだよ」

そのことばはヴィットリアの耳から脳裏へと響いたが、理解できなかった。悪魔的集団。

「犯行に及んだと思われる集団は、イルミナティと称されるものだ」

意地の悪い冗談かと思いながら、ヴィットリアはコーラーに、そしてラングドンに目をやった。

「イルミナティですって？〝バヴァリアのイルミナティ〟の？」

コーラーは呆然とした。「聞いたことがあるのか」

ヴィットリアは苛立ちの涙があふれるのをこらえた。「〈イルミナティ――新世界秩序〉。スティーヴ・ジャクソン社のゲームです。セルンのコンピューター技術者の半数がそのゲームを楽しんでいます」声がかすれた。「でも、どうして……」

コーラーはラングドンに困惑の表情を投げかけた。

ラングドンはうなずいた。「人気のゲームですよ。〝バヴァリアのイルミナティ〟という大昔の友愛組織が世界を征服するんです。半分は史実に基づいています。ヨーロッパでも広まっているとは知りませんでした」

ヴィットリアはとまどった。「いったいなんの話ですか。イルミナティ？　ゲームじゃないんですよ！」

「ヴィットリア」コーラーが言った。「レオナルドを殺したのはイルミナティだと思われる」

ヴィットリアはありったけの気力を振り絞って涙と闘った。なんとか自制心を保って状況を論理的に見きわめたい。だが、集中しようとすればするほど、わけがわからなくなった。父は殺害された。セルンは深刻な侵害を受けた。この手で生み出した爆弾が、いまもどこかで秒読みをつづけている。そして、所長は伝説としか思えない悪魔主義者の結社を捜すために、ひとりの美術教師を呼び寄せた。

ヴィットリアはふいに孤立感に襲われた。きびすを返して去ろうとすると、コーラーが行く手をはばんだ。そして、ポケットに手を入れて中を探り、皺《しわ》だらけのファクシミリ用紙をよこした。

その写真を目にするや、ヴィットリアは恐怖によろめいた。

「彼らは焼き印を押したんだよ」コーラーは言った。「レオナルドの胸に」

28

秘書のシルヴィー・ボードロークはいまや大混乱に陥っていた。人気《ひとけ》のない所長室の外を行きつもどりつした。いったいどこへ行ったのか。どうしたらいいのか。

それにしても、奇妙な一日だった。もちろん、マクシミリアン・コーラーのもとで働いていれば、いつでもそうなる可能性はある。とはいえ、きょうのコーラーは度を超していた。

「レオナルド・ヴェトラを捜せ!」けさシルヴィーが出勤するなり、コーラーは言った。

シルヴィーは型どおりに、ポケットベルと電話とEメールでヴェトラに連絡を試みた。

反応はなかった。

コーラーはむっとして、自分でヴェトラを捜しにいったようだった。そして数時間後にもどったときには、明らかに具合が悪そうに見えた。ふだんからあまり元気ではないけれど、いつにも増して不調らしい。オフィスに閉じこもり、モデムや電話にかじりついてファクシミリや会話に没頭しているのが、シルヴィーの耳にも届いた。やがてまた出ていって、それっきりもどらない。

シルヴィーはその騒ぎをいつものメロドラマの一幕として片づけるつもりだったが、日課である注射の時間になっても帰らないので、心配になってきた。コーラーの病には日々の治療が必要であり、運まかせで無鉄砲にふるまうと、これまでろくな結果になったためしがない。呼吸機能の障害、咳《せき》の発作、必死で駆けつける医務室の職員。ときおり、マクシミリアン・コーラーには死の願望があるのではないかとさえ思った。

ポケットベルで知らせようとも考えたが、コーラーの自尊心が慈悲をきらうのはわかっていた。先週も、視察に来た学者にむやみに憐れまれて激昂《げっこう》し、よろよろと立ちあがってその男の顔にクリップボードを投げつけた。帝王コーラーは、腹を立てると驚異の敏捷《びんしょう》さを見せる。

しかし、いまこの瞬間、所長の健康状態への不安は心の片隅へ押しやられ、それよりずっと差し迫った難題に打ちのめされている。五分前にセルンの交換台から張り詰めた声で電話があり、所長に緊急の電話がかかっていると言われたからだ。

「外出中です」シルヴィーは言った。

すると、交換手は電話の主の名前を伝えた。

シルヴィーは笑いだしそうになった。「冗談でしょう?」耳を傾けるうち、その顔は不信の念で曇った。「本人であるという確証は――」眉をひそめる。「そう、わかったわ。できれば用件を――」ため息を漏らす。「いいえ、結構よ。そのまま待つように伝えてちょうだい。すぐに所長を捜すから。

「ええ、わかりました。大至急」

だが、所長は見つからなかった。携帯電話を三度呼び出したが、三度とも同じメッセージが返ってきた――〝この電話は電波の届かない場所にあります〟。電波の届かない場所？　どこまで行けるというのか。そこでコーラーのポケットベルを鳴らした。二度。返事がない。コーラーらしくない。携帯用コンピューターにEメールさえ送ってみた。やはりだめだ。まるで地上から忽然《こつぜん》と消えてしまったようだ。

どうすればいいのか。シルヴィーは思案をめぐらせた。

セルンの施設全体を自分で捜しまわるのはさておき、所長の注意を引く方法があとひとつだけある。所長は喜ばないだろうが、この電話の主を待たせておくわけにはいかない。不在だと告げることができる雰囲気でもなさそうだ。

自分の大胆さに驚きながらも、シルヴィーは腹を決めた。コーラーのオフィスに足を踏み入れ、デスクの奥の壁につけられた金属の箱に歩み寄った。蓋《ふた》をあけ、制御装置を観察して、しかるべきボタンを探しあてる。

それから深呼吸をひとつして、マイクをつかんだ。

29

なぜそこにいるのかヴィットリアには思い出せなかったが、三人はメインエレベーターのなかにいた。上昇中だ。コーラーは後方で苦しげに息をしている。ラングドンの心配そうな視線が、亡霊さながらヴィットリアの体を突き抜けた。ファクシミリの紙はラングドンが上着のポケットにしまいこんで、目にふれなくなっていたものの、写真の光景はいまもヴィットリアの脳裏に焼きついている。

エレベーターがのぼるにつれ、ヴィットリアの世界は渦を巻いて闇へ呑みこまれた。パパ！　心のなかで手を差し伸べた。ほんのいっとき、記憶のオアシスで、ヴィットリアは父とともにいた。九歳の少女である自分が、エーデルワイスの咲き乱れる丘を転がりおりている。スイスの空が頭上でぐるぐる回転する。

パパ、パパ！

すぐそばで、レオナルド・ヴェトラが顔を輝かせて笑い声をあげている。「なんだい、わたしの天使」

「パパ！」ヴィットリアはくすくす笑い、父に顔を寄せた。「〝どうかしたのか《ファッツ・ザ・マター》〟って、あたしに訊《き》いてみて！」

「でもおまえは楽しそうだ。なのに、どうしてそんなことを訊かなきゃならないんだね」

「いいから訊いて」

父は肩をすくめた。「ファッツ・ザ・マター？」

ヴィットリアはすぐに笑いだした。「〝物質とは何か《ファッツ・ザ・マター》〟ですって？　物質とは、すべてよ！　岩も、木も、星も。アリクイだってそう。何もかもが物質なの！」

父は笑った。「やられたな」

「すごいと思う？」

「わたしの小さなアインシュタイン」

ヴィットリアは顔をしかめた。「あの人は髪型が変だわ。写真を見たの」

「でも、頭はよかったんだよ。何を証明したかは教えたろう？」

ヴィットリアは恐怖に目を瞠った。「パパ、やめて！　約束したじゃない！」

「E＝MC²だ」父はふざけてヴィットリアをくすぐった。「E＝MC²だよ」

「数学はやめて！　言ったでしょ。数学はきらいだって」

「おまえが数学ぎらいでよかった。女の子は数学を勉強するのを認められてさえいないからね」

ヴィットリアは息を呑んだ。「ほんとなの？」

「そうさ。そんなことはだれでも知ってる。女の子は人形で遊ぶ。男の子は数学を勉強する。女の子用の数学なんてない。ほんとうは小さな女の子に数学のことを話すのもいけないんだ」

「どうして！　そんなの不公平よ！」

「規則は規則だからね。小さな女の子用の数学はないんだ」

ヴィットリアはぞっとした顔つきになった。「でも、人形なんてつまらない！」

「それは残念だ」父は言った。「わたしが数学を教えてやってもいいが、もし捕まってしまったら……」閑散とした丘を心配そうに見まわした。

ヴィットリアはその視線を目で追った。「いいわ」とささやく。「小さい声で話して」

エレベーターの揺れに夢想を断ち切られ、ヴィットリアは目をあけた。父の姿が消えた。

現実が押し寄せ、凍りついた手で体を包んだ。ヴィットリアはラングドンに目をやった。相手の真《しん》摯《し》なまなざしが守護天使のぬくもりのように感じられた。とりわけ、コーラーの発する冷気のなかでは。

唯一残された思いが、容赦ない力でヴィットリアを苛《さいな》みはじめた。

反物質はどこにあるのだろうか。

恐るべき答は、ほんの一瞬先にあった。

30

「マクシミリアン・コーラー所長。至急オフィスにご連絡ください」

エレベーターのドアが開いてメインロビーに着くなり、燦々《さんさん》たる陽光がラングドンの目にあふれた。頭上から聞こえるアナウンスの残響が消える間もなく、コーラーの車椅子に搭載されたあらゆる電子機器がいっせいに鳴りだした。ポケットベル。携帯電話。Eメール。コーラーは当惑した様子で、明滅する数々のランプに視線を落とした。地下から浮上して、電波の届く場所にもどったわけだ。

「コーラー所長、オフィスに連絡してください」

スピーカーから自分の名前が呼ばれていることに、コーラーは度肝を抜かれたようだった。

腹立たしげに目をあげたが、すぐに不安そうな顔になった。ラングドンはその目を見て、つづいてヴィットリアの目を見た。三人はしばし身じろぎもしなかった。互いのあいだに走っていた緊張が解け、ただひとつの悪い予感がひろがったかのようだ。

コーラーは車椅子のアームレストから携帯電話を取りあげた。内線番号をダイヤルし、また咳の発作と闘った。ヴィットリアとラングドンは待った。

「もしもし……コーラーだが」あえぎながら言った。「えっ？　地下にいたから、電波が届かなかったんだ」相手のことばに聞き入るうち、灰色の瞳《ひとみ》が大きくなった。「だれだって？　そうか。つないでくれ」一瞬の間があった。「もしもし。わたしはマクシミリアン・コーラー。セルンの所長だ。どなたかね」

コーラーが耳を傾けるのを、ヴィットリアとラングドンは無言で見守った。

「賢明とは言えませんな」ようやくコーラーは言った。「この件を電話で話すのはまずい。すぐにそちらへ行きます」そしてまた咳きこんだ。「では……レオナルド・ダ・ヴィンチ空港で落ち合いましょう。四十分後に」呼吸がいまにも止まりそうだ。猛烈な咳の発作に襲われながらも、コーラーはどうにかことばを絞り出した。「なんとしても容器のありかを突き止めてもらい……すぐ行く」そこで電話を切った。

ヴィットリアが駆け寄ったが、コーラーはもう話せる状態ではなかった。ヴィットリアは携帯電話を取り出し、セルンの医務室に連絡した。ラングドンは、自分が嵐の渦巻く片隅を漂う船になったように感じていた。動揺はしても、どこか冷めた気分だった。

レオナルド・ダ・ヴィンチ空港で落ち合おう――コーラーのことばが耳にこだました。

その瞬間、朝からラングドンの脳裏に浮かんでいた漠たる影が、鮮やかな像を結んだ。混乱の渦のなかに立ちつくしながらも、心の内なる扉が開いて、謎に満ちた堰《せき》が切れたかのように感じられる。アンビグラム。殺された司祭兼科学者。反物質。そして……目的。レオナルド・ダ・ヴィンチ空港が意味するものはひとつしかない。ラングドンは一瞬にしてすべてをはっきりと悟った。いまや確信していた。

五キロトン。光あれ。

白衣姿の医務員がふたり、ロビーの向こうから駆けこんできた。ふたりはコーラーの横にひざまずき、酸素マスクを顔に装着させた。通りかかった科学者たちが、立ち止まって遠巻きに見ている。

コーラーは二度深々と酸素を吸いこむと、マスクを脇へ押しやり、あえぎながらヴィットリアとラングドンに目を向けた。「ローマだ」

「ローマ?」ヴィットリアは尋ねた。「反物質はローマにあるんですか? 電話の相手はだれなんです」

コーラーの顔はゆがみ、灰色の目が潤んでいる。「スイス……」言いかけたところで息を詰まらせ、医務員がマスクをかぶせなおした。搬送の準備が進むなか、コーラーは手を伸ばしてラングドンの腕をつかんだ。

ラングドンはうなずいた。理解していた。

「行って……」コーラーはマスクの下であえいだ。「行って……わたしに連絡……」そこで医務員に運び去られた。

ヴィットリアは棒立ちのままコーラーを見送った。そして、ラングドンに顔を向けた。「ローマですって? でも……スイスってどういうことかしら」

ラングドンはヴィットリアの肩に手を置き、ささやき声で言った。「スイス衛兵隊。神に宣誓したヴァチカン市国の衛兵ですよ」

31

X－33宇宙航空機はうなりをあげて空に舞い、南へ弧を描いてローマに向かった。機内で、ラングドンはだまりこくっていた。ここ十五分間の記憶はぼやけている。イルミナティの概要とヴァチカンへの宿怨《しゅくえん》についてヴィットリアに簡単に説明し終えたいま、ようやく先々のことが実感できた。自分はいったい何をしているのだろう。機会があるうちに帰るべきではなかったのか！　もっとも、心の底では、機会などなかったのもわかっていた。

分別はボストンへ帰れと叫んでいる。にもかかわらず、学者としての驚きがそれに異を唱えた。イルミナティの消滅についてこれまで信じてきたことのすべてが、急にまがいものに思えてならない。心の一部分が証拠を欲している。確たる裏づけを求めている。そして、良心の問題もあった。コーラーが倒れてヴィットリアひとりが残された現状では、イルミナティに関する自分の知識が多少とも役に立つのなら、この場にとどまる義務は避けられまい。

だが、理由はそれだけではなかった。自分では認めたくないが、反物質のありかを聞いてまず感じたのは、ヴァチカン市国の人命とともに、あるものが大きな危険にさらされていることへの恐怖だった。

芸術。

世界最大の美術コレクションが、時限爆弾に吹き飛ばされようとしている。ヴァチカン美術館は六万点を超える貴重な作品を千四百七の部屋に収蔵している——ミケランジェロ、ダ・ヴィンチ、ベルニーニ、ボッティチェルリ。いざとなったら、それらを運び出すことができるだろうか。無理に決まっている。作品の多くは、何トンもある彫刻だ。そして言うまでもなく、最高の財産は建築物自体だ——システィナ礼拝堂、サン・ピエトロ大聖堂、ミケランジェロの有名な螺旋《らせん》階段がいざなうヴァチカン美術館。どれもかけがえのない、人類のすぐれた創造力の証《あかし》だ。反物質の容器にはあとどれだけ時間が残されているのだろうか。

「来てくださってありがとう」ヴィットリアが小さな声で言った。

ラングドンは白昼夢から覚めて、顔をあげた。ヴィットリアは通路を隔てた席にすわっている。蛍光灯のまばゆい光のもとでも、どことなく落ち着いた雰囲気が——磁力にも似た、完全なるものの輝きが感じとれた。呼吸は先刻と比べて深く、自制心の火花が静かに散っている気がする。正義と報復への渇望に、娘としての愛情が火をつけたのだろう。

ショートパンツと袖《そで》なしのシャツという服装から着替える間もなかったため、機内の寒さで、小麦色の脚に鳥肌が立っている。ラングドンは無意識に上着を脱いで差し出した。

「アメリカ流の騎士道精神かしら」ヴィットリアは上着を受けとり、目で感謝の意を伝えた。

宇宙航空機が乱気流を通過すると、ラングドンは大きな不安に襲われた。今回も窓のない客室が窮屈に感じられ、広々とした野原にいるところを思い描こうとした。皮肉なものだ。あれが起こったとき、自分は広々とした野原にいたのに。押し迫る闇。頭からその記憶を追い払った。大昔の話だ。

ヴィットリアがじっと見ている。「ミスター・ラングドン、あなたは神を信じていらっしゃる?」意表を突く質問だった。真剣なその声には、何かを尋ねるというより人の心を和らげる響きがあった。神を信じるかだって？　もっと軽い話題でこの旅をやりすごしたかったものだ、とラングドンは思った。

謎の頭脳、と友人たちは自分を呼ぶ。長年にわたって宗教の研究をつづけてきたが、自分自身は信心深い人間ではない。信仰の力や、教会の慈善行為、宗教が人々に与える強さには敬意をいだいているものの、本気で神を〝信じる〟となると、知的な懐疑心を封じこめざるをえないため、学究精神との両立はむずかしい。「信じたいと思っています」ラングドンは自分がそう言うのを聞いた。

ヴィットリアの返事に、評価や非難の響きはなかった。「じゃあ、なぜ信じないの？」

ラングドンは小さく笑った。「むずかしいですね。信仰心を持つには、無条件に信じる必要があるでしょう？　つまり、理性的な態度で奇跡を受け入れなくてはならない――無原罪懐胎や神の裁きなどをね。それに、行動規範というやつがある。聖書、コーラン、仏教の経典……どれも似たようなことを求め、似たような罰則を設けていますね。定められた規則を守らなければ、地獄へ堕《お》ちるんだと。神がそんなふうに権力を振りかざすとは思えません」

「そんなふうに恥ずかしげもなく問題をはぐらかすことを、学生にも許していないといいんだけど」

そのことばは無防備のラングドンを直撃した。「なんだって？」

「ミスター・ラングドン、わたしが訊いたのは、人々が神について語っていることを信じるかどうかじゃないの。あなたが神を信じるかどうかよ。そのふたつはぜんぜんちがう。聖典というのは、人々がそれぞれに意味づけをしようと苦心してきた伝説や史記なのよ。つまり物語ね。わたしはあなたに文学を論評しろと言ってるんじゃない。自分が神を信じるかと訊いてるの。星空のもとで横たわったとき、聖なるものを感じるかどうか。神の手が創りたもうたものを見あげていると体感するかどうか」

ラングドンは長々と考えた。

「よけいなお世話だったわね」ヴィットリアは詫《わ》びた。

「いや、ただ……」

「きっと、あなたは信仰の問題を学生と論じ合わなくちゃならないのね」

「それはもう、果てしなく」

「そこで〝悪魔の代弁者〟の役を演じてるんでしょう？　そうやっていつも議論に活気を与えてる」

ラングドンは笑みを浮かべた。「教師の経験があるわけだ」

「いいえ。でも、わたしは名教師から学んだの。父はメビウスの輪の両面について論じることができた」

ラングドンは笑い、巧妙に作られたメビウスの輪を頭に描いた——理屈の上ではひとつの面しかない、ねじれた紙の輪だ。その形をはじめて目にしたのは、M・C・エッシャーの作品のなかだった。

「ミズ・ヴェトラ、ひとつ質問してもいいかな」

「ヴィットリアと呼んで。ミズ・ヴェトラなんて言われると、おばあさんになったみたい」

ラングドンは自分の年齢を実感して、ひそかにため息をついた。「なら、ヴィットリア。わたしはロバートだ」

「質問をどうぞ」

「科学者であり、カトリックの司祭の娘でもある立場で、きみは宗教についてどう考えてるんだろうか」

ヴィットリアは目にかかったひと房の髪を払いのけた。「宗教は言語や衣服と似たようなものよ。人はだれしも、自分が親しんできた慣習を重んじる傾向がある。だけど、結局はみな同じことを言っている。人生には目的がある、おのれを創りたもうた力に感謝せよ、とね」

ラングドンは興味を引かれた。「つまり、キリスト教徒かイスラム教徒かというのは、単に生まれた場所で決まるということかい」

「当然じゃないかしら。宗教が地球上でどんなふうに分布しているかを考えれば」

「じゃあ、信仰は偶然に左右される？」

「それはちがう。信仰は普遍的なものよ。理解するための手段が異なるだけ。ある者はイエスに祈りを捧《ささ》げ、ある者はメッカへ赴き、ある者は原子を構成する粒子を研究する。結局はだれもが真実を、自分より偉大な存在を探しているだけなのよ」

自分の学生もここまで明確に考えを表現できればいいのに、とラングドンは思った。いや、それどころか、自分もそうできればいいのだが。「で、神は？　きみは神を信じるのかい」

ヴィットリアはしばし黙したのち、言った。「神はまちがいなく存在する、と科学は語っている。自分が神を理解することは永遠にない、とわたしの頭は語っている。理解できなくていい、と心は語っている」

なんと簡潔な言い方か、とラングドンは思った。「つまり、神は存在するけれど、われわれは彼のことを理解できないというわけだ」

「彼女よ」ヴィットリアは微笑んで言った。「アメリカ先住民の言うとおり」

ラングドンは軽く笑った。「母なる大地か」

「大地《ガイア》の女神ね。この星はひとつの生き物なのよ。そして、わたしたちはみな、別の目的を持った個々の細胞にすぎない。けれど、すべてが密接に結びついている。お互いのために。全体のために」

ヴィットリアを見つめながら、ラングドンは長らく経験していなかった感覚が湧き起こるのに気づいた。澄んだ魅惑的な瞳……そして、声の清らかさ。それらに強く惹《ひ》かれた。

「ミスター・ラングドン、もうひとつ訊いてもいいかしら」

「ロバートだよ」ミスター・ラングドンなんて言われると、おじいさんになったみたいだ。若くもないのだが。

「ロバート、さしつかえなければ、イルミナティの研究をはじめたいきさつを話してくださらない?」

ラングドンは記憶をたどった。「実は、お金だ」

ヴィットリアは失望した顔つきになった。「お金? 顧問料のこと?」

誤解されるのも当然だと思い、ラングドンは笑った。「そうじゃない。ドル紙幣のことさ」ズボンのポケットに手を入れて、紙幣を何枚か取り出した。一ドル札が一枚ある。「合衆国の紙幣にイルミナティの紋章が記されていることを知って、それから夢中になったんだよ」

ヴィットリアは目を細めた。いまのことばを真に受けていいものかどうか、決めかねているらしい。

ラングドンは一ドル札を手渡した。「裏を見てごらん。左に合衆国の国璽《こくじ》があるだろう」

ヴィットリアは裏返した。「ピラミッドのことかしら」

「そうだ。ピラミッドが合衆国の歴史とどんな関係があるかを知ってるかい」

ヴィットリアは肩をすくめた。

「そのとおり」ラングドンは言った。「なんの関係もないんだ」

ヴィットリアは怪訝《けげん》な顔をした。「じゃあ、なぜピラミッドが合衆国国璽の中央にあるの？」

「歴史の不思議のひとつさ。ピラミッドは上方にある究極の啓示の源へ向けての集束を意味する、神秘のシンボルだ。ピラミッドの上を見てごらん」

ヴィットリアは紙幣に目を凝らした。「三角形のなかに目がひとつある」

「トリナクリアというんだ。これまでに、三角形のなかに目を描いたこの図案を見たことがあるかい」

ヴィットリアは一瞬だまった。「ええ、あるわ。だけど、どこで……」

「世界じゅうのフリーメイソンの支部に掲げられている」

「これはフリーメイソンの象徴なの？」

「ほんとうはちがう。イルミナティの象徴だ。〝輝くデルタ〟と呼ばれている。啓示に満ちた変化への願望なんだ。この目は、万物を見透かせるイルミナティの力を示している。輝く三角形は啓示の象徴だ。そして、ギリシャ文字のデルタの象徴でもある。数学でデルタの記号が意味するのは――」

「変化や推移よ」

ラングドンは微笑んだ。「科学者と話していることを忘れていたよ」

「じゃあ、合衆国国璽の表すものは、啓示に満ちた、すべてを見通せる変化への願望だと？」

「それを新世界秩序と呼ぶ者もいる」

ヴィットリアは驚いた顔で、紙幣にもう一度目を走らせた。「ピラミッドの下に何か書いてあるわ……ノウス……オルド……」

「ノウス・オルド・セクロラム」ラングドンは言った。「新世紀秩序《ニュー・セキュラー・オーダー》という意味だ」

「〝セキュラー〟には〝非宗教的な〟という意味もあるけど」

「そう、非宗教的だ。この一文はイルミナティの目標を端的に述べている一方、その隣に記された一文と完全に矛盾する――〝われらは神を信じる〟」

ヴィットリアは納得できない様子だった。「でも、どんないきさつで、この象徴が世界最強の通貨に印刷されたのかしら」

「学者の多くは、ヘンリー・ウォーレス副大統領によるものだと考えている。ウォーレスはフリーメイソンで高い階級に属していたし、イルミナティと関係があったのもたしかだ。イルミナティの会員だったのか、知らず知らずにその影響を受けていたのかは定かでない。ともあれ、これを合衆国国璽のデザインとして大統領に推したのはウォーレスだ」

「どうやって？　なぜ大統領はそれを――」

「当時の大統領はフランクリン・D・ルーズヴェルトだった。ウォーレスは〝ノウス・オルド・セクロラム〟がニューディールという意味だと教えただけさ」

ヴィットリアはまだ信じられないふうだった。「財務省に発行を指示する前に、ルーズヴェルトはこの象徴をだれにも見せなかったの？」

「見せる必要はなかった。ルーズヴェルトとウォーレスは同志だったんだ」

「同志？」

「歴史の本を調べてごらん」ラングドンは微笑んで言った。「フランクリン・D・ルーズヴェルトはフリーメイソンの会員としてよく知られている」

32

X－33がローマのレオナルド・ダ・ヴィンチ空港へ向かって螺旋降下をはじめると、ラングドンは固唾《かたず》を呑んだ。ヴィットリアは通路をはさんだ席にすわり、状況に順応しようとするかのように目を閉じた。やがてX－33は着陸し、専用の格納庫へと滑走した。

「到着が遅れてすみません」操縦席から現れたパイロットが詫びた。「減速する必要があったんです。人口過密地域には騒音規制がありますから」

ラングドンは腕時計に目をやった。飛行時間は三十七分だった。

パイロットは勢いよく外扉を開いた。「いったい何がどうなってるのか話してくれる人はいませんかね」

ヴィットリアもラングドンも返事をしなかった。

「まあ、いいですよ」パイロットは言って、伸びをした。「エアコンと音楽のある操縦席で待ってます。ガース・ブルックスとふたりきりだ」

格納庫の外には午後遅くの日差しが照りつけていた。ラングドンはツイードの上着を肩に掛けた。ヴィットリアは顔を空へ向けて深く息を吸った。そのさまは、太陽光線から秘密のエネルギーか何かを補給しているかのようだ。

地中海人種だな、と、すでに汗ばんでいるラングドンは思った。

「漫画好きというには少々歳をとりすぎてるんじゃないかしら」ヴィットリアは目を閉じたまま尋ねた。

「というと?」

「腕時計よ。さっき、機内で見たわ」

ラングドンはかすかに頰を赤らめた。自分の時計を弁護するのには慣れている。コレクター用限定版のミッキー・マウスの腕時計は、幼いころ両親から贈られたものだ。ミッキーの伸ばした両腕が時を示すという度を超した滑稽《こっけい》さがあるにもかかわらず、ラングドンはこの時計しか使ったことがない。耐水性があり、暗いところでは光るため、水泳のラップを計ったり、夜に大学構内の明かりのない通路を歩いたりするときには重宝する。学生たちはそのセンスに疑問を唱えるが、ラングドンは、ミッキーを身に着けるのはつねに心を若く保つためだと反論する。

「六時だ」

ヴィットリアはうなずいた。目はまだ閉じられている。「お迎えが来たようね」

遠くから響くうなりを聞いて顔をあげるや、ラングドンは落胆した。北の空から迫るのは一機のヘリコプターだった。滑走路を削るように低空飛行してくる。以前、アンデス山脈のパルパ峡谷でヘリコプターに乗ってナスカの地上絵を見たことがあるが、まったく楽しめなかった。あんなものは空飛ぶ靴箱だ。二度も宇宙航空機に乗ったのだから、ヴァチカンが車をよこしてくれることを願っていた。

どうやら期待ははずれらしい。

ヘリコプターは頭上で速度を落とし、しばらくホバリングしてから、目の前の滑走路へ降下した。

機体は白く、側面に紋章が――盾と教皇冠との前を二本の万能鍵が交差する絵が――描かれている。その紋章についてはよく知っていた。ヴァチカン市国の伝統的な紋章。教皇庁すなわち〝聖座〟の侵すべからざる象徴。聖座とは、文字どおりかつて聖ペテロが使っていた椅子のことだ。

聖なるヘリコプターか。ラングドンはつぶやき、着陸の様子を見守った。ヴァチカンが専用ヘリコプターを所有し、教皇を空港や会議、ガンドルフォの夏離宮へ送迎するために使っていることを思い出した。自分ならまちがいなく車を希望するのだが。

パイロットが操縦席から飛びおりて、アスファルトの滑走路を颯爽《さっそう》と歩いてきた。

こんどはヴィットリアが浮かぬ顔をした。「あれがパイロット?」

ラングドンにもその不安は理解できた。「飛ぶか、飛ばぬか。それが問題だ」

パイロットは、シェイクスピアの芝居用に扮装《ふんそう》したようないでたちだった。ふくらんだ上衣には輝く青と金の縦縞《たてじま》がはいっている。ズボンとスパッツも同じ模様で、足にはスリッパに似た黒く平らな靴を履いている。頭にかぶっているのは、黒いフェルトのベレー帽だ。

「伝統的なスイス衛兵の制服だよ。ミケランジェロ本人がデザインした」パイロットが近づくにつれ、ラングドンはたじろいだ。「わかってる。ミケランジェロの傑作のひとつとは言えないさ」

けばけばしい恰好《かっこう》をしているものの、パイロットが大まじめなのはラングドンにもわかった。アメリカの海兵隊員ばりの厳格さと威厳が漂っている。エリート集団であるスイス衛兵隊の一員になるためのきびしい要件については、何度も読んだことがある。スイス国内の四つのカトリック州から集められる。十九歳から三十歳までのスイス人男子で、身長百七十四センチ以上、スイスで兵役を経験したことがあり、独身者でなければならない。この教皇護衛隊は、地球上で最も忠実で優秀な警護隊として、世界じゅうの政府の羨望《せんぼう》の的となっている。

「セルンから来られたかたですか」パイロットはふたりの前に来て尋ねた。鋼《はがね》を思わせる声だ。

「そうです」ラングドンが答えた。

「ずいぶん早くお着きになりましたね」パイロットは言い、X-33を不審げに見た。それからヴィットリアに顔を向けて言った。「ほかに衣類をお持ちでしょうか」

「なんですって?」

パイロットはヴィットリアの脚を指さした。「ヴァチカン市国内では半ズボンが禁止されています」

ラングドンはヴィットリアの脚に目をやり、眉をひそめた。すっかり忘れていた。ヴァチカン市国には、男女の別にかかわらず、脚の膝《ひざ》から上の部分をあらわにしてはならないというきびしい規則がある。神の国の尊厳に敬意を示す道のひとつだ。

「これしかないわ」ヴィットリアは言った。「急いで来たものですから」

パイロットは明らかに不満そうな顔でうなずいた。つづいてラングドンに目を向けた。「武器を携行しておられますか」

武器《ヽ》だって? 下着の替えさえ持っていないというのに。ラングドンはかぶりを振った。

パイロットはラングドンの足もとにかがみこみ、靴下から順に軽く叩いて調べはじめた。律儀な男だ、とラングドンは思った。たくましい両手が、ラングドンの脚を叩きながら徐々にあがっていき、気まずいほど股間《こかん》に近づいた。そしてようやく胸と肩に到達した。丸腰だとわかって満足したらしく、パイロットはヴィットリアへ視線を移した。その脚と胴に目を走らせている。

ヴィットリアは相手をにらみつけた。「そんなことは考えるのも許さないわよ」

パイロットは露骨な威嚇のまなざしでヴィットリアを見据えた。ヴィットリアはひるまなかった。

「それはなんですか」パイロットは言って、四角い形にふくらんだ、ショートパンツの前ポケットを指した。

ヴィットリアは超薄型の携帯電話を取り出した。パイロットはそれを受けとると、電源を入れてつながるのを待ち、やがてそれが電話以外の何物でもないと納得したらしく、前に差し出した。ヴィットリアはそれをポケットにもどした。

「その場でひとまわりしてみてください」

ヴィットリアはそれを聞き入れ、両腕をあげて三百六十度回転した。

パイロットはじっくり観察した。ヴィットリアの着ているものは上下とも体に密着していて、ふくらむべき場所以外はどこもふくらんでいないと、すでにラングドンは断じていた。パイロットも同じ結論に達したらしい。

「ご協力に感謝します。こちらへどうぞ」


ラングドンとヴィットリアは、うなりを立てるスイス衛兵隊のヘリコプターへ歩み寄った。まずヴィットリアが、訓練を積んだプロよろしく乗りこんだ。回転しているプロペラの下を通るときもほとんど身をかがめない。ラングドンはしばし二の足を踏んだ。

「車にしてもらえないだろうか」ラングドンは半ば冗談のつもりで、操縦席に乗りこもうとしているパイロットに向かって叫んだ。

返事はなかった。

ローマのドライバーたちは無謀だから、ヘリコプターのほうがよほど安全だということはわかっていた。深呼吸をひとつしてヘリコプターに乗ることにしたが、回転するプロペラの下では体がすくんだ。

パイロットがエンジンを始動させると、ヴィットリアが叫んだ。「例の容器はもう見つかったのかしら」

パイロットは当惑顔で後ろを振り向いた。「例のなんですか」

「容器よ。その件でセルンに連絡したんでしょう?」

パイロットは肩をすくめた。「何をおっしゃっているのかわかりません。きょうはとても忙しい一日だった。上官からあなたがたを迎えるように命じられた。知っているのはそれだけです」

ヴィットリアはラングドンを落ち着かなげに見た。

「ベルトを締めてください」パイロットが言い、エンジンの回転が速まった。

ラングドンはベルトに手を伸ばし、体をシートにくくりつけた。せま苦しい機内がさらにせまく感じられた。やがて轟音《ごうおん》とともにヘリコプターは飛び立ち、機体を北へ大きく傾けて、ローマに向かった。

ローマ——世界の都《カプト・ムンディ》。かつてシーザーが治め、聖ペテロが磔《はりつけ》にされた地。現代文明の発祥の地。そしてその中心で……爆弾が時を刻んでいる。

33

空から見るローマは迷宮だ。建造物や噴水や廃墟《はいきょ》のあいだを縫って走る古代の道路が、解きほぐせないほど複雑にからみ合っている。

ヘリコプターは低空飛行をつづけながら、下界の雑踏が吐き出すよどんだスモッグの層を裂いて北西へ進んだ。ラングドンはあちらこちらのロータリーにうごめく原付自転車や観光バス、フィアットの小型セダンの群れに目をやった。コヤニスカッティ。ラングドンは〝均衡を失った世界〟を意味するホピ族のことばを思い出した。

ヴィットリアは隣で沈黙を決めこんでいる。

ヘリコプターが大きく機体を傾けた。

胃がさがるのを感じつつ、ラングドンは遠くをながめた。コロッセウムの廃墟が目に留まった。つねづね思うのだが、コロッセウムは歴史上最大の皮肉のひとつだ。いまでこそ人類の文化の繁栄の堂々たる象徴などと言われるが、この競技場では何世紀にもわたって野蛮な催しが繰り返されてきた。公開処刑や去勢は言うに及ばず、飢えたライオンに囚人を食いちぎらせたり、大勢の奴隷を死ぬまで闘わせたり、遠い地で捕らえた異国の女を輪姦《りんかん》させたりした。コロッセウムがハーヴァードのソルジャー・フィールドの青写真となったのは、皮肉ではあるが、ふさわしいと言えるかもしれない。あのフットボール競技場では、毎年秋に古来の蛮行が再現される……熱狂的なファンが血を求めて絶叫するなか、ハーヴァードとイェールが激突するのだ。

ヘリコプターが針路を北にとると、ラングドンはフォロ・ロマーノ――紀元前のローマの中心を探した。崩れかけた柱は共同墓地のかしいだ墓石を連想させ、周囲の街並に呑《の》みこまれるのをどうにか逃れているかのように見えた。

西には、大きく弧を描いて市内を蛇行するテヴェレ川の流域がひろがっている。水の深さが空からも見てとれる。何度もの豪雨で渦巻く流れが茶色く濁り、沈泥と泡でいっぱいだった。

「前方をご覧ください」パイロットが言って、高度をあげた。

ラングドンとヴィットリアが目をやると、それが見えた。朝靄《あさもや》を分かつ山のごとく、眼前のぼやけた空から巨大なドームが浮かびあがる。サン・ピエトロ大聖堂だ。

「こんどはだいじょうぶ」ラングドンはヴィットリアに言った。「あれこそミケランジェロの大傑作だ」

空からサン・ピエトロ大聖堂を見るのはこれがはじめてだ。大理石のファサードが午後の日差しを浴びて炎のごとく燃えている。聖人、殉教者、天使の彫像百四十体が飾られたこの大建造物は、横幅がフットボール競技場の二倍、縦はなんと五倍程度の長さを有する。洞窟《どうくつ》を思わせる聖堂内部は六万人を超える参拝者を収容できる。それは世界最小の国家、ヴァチカン市国の人口の百倍ほどにあたる。

しかし、信じられないことに、これほど巨大な要塞《ようさい》があっても、正面の広場はまったく見劣りしない。御影石《みかげいし》の石畳が無秩序にひろがるサン・ピエトロ広場は、ローマの雑踏に囲まれながらも驚くほど広大で、さながら古風なセントラル・パークといったところだ。大聖堂の正面に接する巨大な楕円《だえん》の広場には、二百八十四本の柱が同心の弧をなして四列に並んでいる。広場の壮大さを引き立たせるために用いられた建築上のだまし絵だ。

前方に立つ荘厳な聖堂をながめながら、ラングドンは考えた。いまここに聖ペテロがいたら、どう思うだろうか。聖ペテロはまさにこの場所で十字架に逆さにはりつけられ、悲惨な死をとげた。現在は、聖堂の中央ドームの地下三階にある、最も神聖な墓所に眠っている。

「ヴァチカン市国です」パイロットが言った。歓迎の響きはまったくない。

ラングドンは行く手に現れた石造りの要塞に目をやった——敷地全体を取り囲む、侵すべからざる砦《とりで》だ。秘密と力と神秘に満ちたこの精神世界にあって、妙に即物的な防御手段だった。

「見て！」突然ヴィットリアが言って、ラングドンの腕をつかんだ。真下に見えるサン・ピエトロ広場を興奮気味に手で示している。ラングドンは窓に顔をつけた。

「あそこよ」ヴィットリアは指さした。

ラングドンは目を向けた。広場の奥に十台ほどのトレーラートラックが固まっていて、駐車場のように見える。どのトラックにも、空に向かって巨大なパラボラアンテナが取りつけられている。アンテナには見覚えのある社名が記されている。

テレバイザー・ユーロピア
ビデオ・イタリア
BBC
ユナイテッド・プレス・インターナショナル

ラングドンはふと困惑を覚えた。反物質のニュースが早くも漏れてしまったのか。

ヴィットリアもにわかに張り詰めた表情を浮かべた。「どうして報道陣が来てるのかしら。どうなってるの?」

パイロットが後ろを向いて、ヴィットリアに奇妙な視線を送った。「どうなってるのかですって?ご存じないんですか」

「知らないわ」ヴィットリアは強い口調で言い返した。

「イル・コンクラーヴォ」パイロットは言った。「およそ一時間のうちに調印がなされる予定です。全世界が注目しています」


イル・コンクラーヴォ。

そのことばは耳でしばらく鳴り響いてから、一塊の煉瓦《れんが》のごとくラングドンの胸に落ちていった。イル・コンクラーヴォ。ヴァチカンの教皇選挙会をコンクラーベという。どうして忘れていたのか。つい最近のニュースなのに。

十五日前、絶大な支持を受けて十二年間君臨していた教皇が逝去した。世界の各紙に、教皇が睡眠中に発作を起こしたという内容の記事が踊っていたものだ。あまりに突然で、予期せぬ出来事だったため、謎の死だという声もそこここで聞こえた。ともあれ、聖なる伝統に従って、教皇逝去から十五日後にあたるきょう、ヴァチカンではコンクラーベが催される。キリスト教界で最も力のある百六十五人の枢機卿《すうききょう》が、世界各国からヴァチカン市国に集結し、次期教皇を互選する聖なる儀式だ。

地球上の全枢機卿がいまここに集まっているのか。サン・ピエトロ大聖堂上空を通過するヘリコプターのなかで、ラングドンは考えた。ヴァチカン市国の巨大な中枢が眼下に見える。ローマ・カトリック教会の権力機構の下に、時限爆弾が眠っている。

34

モルターティ枢機卿はシスティナ礼拝堂の壮麗な天井を仰ぎ、静かに一考する時間を得ようとした。フレスコ画の描かれた四方の壁に、世界各国から集まった枢機卿の声がこだましている。蠟燭《ろうそく》に照らされた広々とした空間で、興奮したささやき声が意見を述べ合っている。聞こえることばは実にさまざまだが、共通語は英語、イタリア語、スペイン語だ。

ふだんなら、ほのかに色を帯びた幾筋もの長い日差しが、天界から投げかけられた光線のように闇を貫き、神々しい光が満ちているものだが、きょうはちがう。しきたりどおり、秘密を守るために、礼拝堂の窓という窓が黒いベルベットの布で覆われている。堂内にいる者は外界と合図を送り合ったり連絡をとったりすることができない。その結果が、蠟燭だけに照らされた完全な闇だ。揺らめく光は、聖人さながら、ふれる者すべての心を浄《きよ》め、この世のものとは思えぬ姿に見せている。

この神聖な行事を監督するとはなんと光栄だろう、とモルターティは思った。八十歳以上の枢機卿は老齢のため適任ではないとされ、コンクラーベには出席しない。七十九歳のモルターティは最高齢の枢機卿であり、会の進行を監督する役を与えられた。

伝統にのっとり、枢機卿たちはコンクラーベの二時間前に会場に集まって顔見知りをつかまえ、最後の議論を戦わせる。午後七時、前教皇の侍従が入場し、開会の祈りを捧《ささ》げたのち、退場する。つづいてスイス衛兵が扉を封印し、すべての枢機卿を会場内に閉じこめる。こうして、世界で最も古く秘密に満ちた政治的儀礼がはじまる。枢機卿が解放されるのは、そのなかから次期教皇が選び出されたあとだ。

コンクラーベ——選挙会。その名称すら秘密めいている。〝コン・クラーベ〟は字句どおりに言えば〝鍵《かぎ》で閉じこめられた〟という意味になる。枢機卿は外界と連絡をとることを固く禁止されている。電話も、伝言も、戸口での密談も許されない。外界の何物からも影響を受けない隔絶状態だ。そのおかげで枢機卿は〝ソルム・ドゥム・プラエ・オクリス〟——目の前には神のみという状態に身を置くことができる。

むろん、礼拝堂の壁の外では、報道陣が様子をうかがいながら、世界で十億を数えるカトリック信者の頂点にどの枢機卿が立つかを推測している。かつてのコンクラーベは政治的に白熱した雰囲気を生み出し、何世紀ものあいだに危険きわまりないものに変わっていった。聖なる壁の内側で、毒を盛ったり、殴り合ったりはおろか、殺人までもがおこなわれた。それもみな大昔の話だ、とモルターティは思った。今夜のコンクラーベは統一のとれた喜ばしいものになるだろう。そして、短時間で終わるはずだ。

少なくとも、先刻まではそう考えていた。

ところが、予期せぬ事態が持ちあがっていた。不可解なことに、四人の枢機卿がまだ礼拝堂に現れていなかった。市街への出口はすべて固く警備されているため、その四人が遠くへ行っていないのは確実だ。しかし、開会の祈りまで一時間を切ったいま、不安が大いに募った。なんと言っても、行方不明の四人は並みの枢機卿ではない。特別な枢機卿たちだ。

選ばれし四人。

・コンクラーベの監督役として、モルターティはすでにしかるべき筋からスイス衛兵隊に四人の件を伝えていた。返答はまだない。ほかの枢機卿たちもその奇妙な不在に感づき、気づかわしげなささやきがあちらこちらで交わされていた。全枢機卿のなかでも、あの四人こそは遅刻してはならないのに！　モルターティは、長い夜になるのではないかという懸念をいだきはじめた。

まったく見当もつかなかった。

35

安全と騒音規制のため、ヘリポートはヴァチカン市国の西端、つまりサン・ピエトロ大聖堂から可能なかぎり離れた場所にある。

「大地《テラ・フィルマ》です」パイロットはそう言って着陸した。最初に外へ出て、ラングドンとヴィットリアのために引き戸をあけた。

ラングドンはヘリコプターからおり、振り返ってヴィットリアに手を貸そうとしたが、本人はもう軽々と着地していた。全身の筋肉が、ただひとつの目的――恐ろしい伝説を残さないうちに反物質を捜し出すという目的のために調整されているかのようだ。

操縦席の窓に光を反射する日よけをひろげたあと、パイロットは近くで待ち受けていた特大の電動ゴルフカートへとふたりを案内した。カートは音もなく一同を西側の国境まで運んでいった。高さ五十フィートのコンクリートの壁は分厚く、戦車の襲撃にさえ耐えられそうだ。壁の内側に沿って、五十メートルおきに直立不動のスイス衛兵が並び、周囲に目を光らせている。カートは右へ急カーブし、オッセルヴァトリオ通りにさしかかった。四方へ向けて標識が立っている。

パラッツィオ・ゴヴェルナトラート——行政庁。
コレッジオ・エティオピアーナ——エチオピア寄宿学校。
バシリカ・サン・ピエトロ——サン・ピエトロ大聖堂。
カペッラ・システィナ——システィナ礼拝堂。

一行は手入れの行き届いた通りを加速し、〝ラディオ・ヴァティカーナ〟と書かれた低い建物の横を通り過ぎた。驚いたことに、それは世界一の聴取率を誇るラジオ番組で地球上の無数の人々に神のことばを広めている、ヴァチカン放送局の本拠だった。
「気をつけて《アテンツィオーネ》」パイロットは言い、勢いよくハンドルを切ってロータリーにはいった。
カートが何度も曲がり、やがて視界に現れた光景を見て、ラングドンは目を疑った。ヴァチカン庭園——この国の中心部だ。すぐ前方に見えるのはサン・ピエトロ大聖堂の裏側であり、ふつうこんな風景を目にすることはない。右手に現れたのは裁判所の建物で、そのバロック式装飾はヴェルサイユ宮殿に匹敵する豪華なものだ。後方には、ヴァチカン市国の統治機関をおさめた荘厳な行政庁の建物がある。そして、はるか前方の左手に見えるのは、ヴァチカン美術館の堂々たる矩形《くけい》の建物だ。今回の旅で訪れる時間はないだろう。

「みんなどこにいるの？」ヴィットリアが、閑散とした芝地や歩道を見まわして言った。

パイロットはふくらんだ袖口《そでぐち》から黒い軍隊用の携帯時計を出した。恐ろしく古風な代物だ。「枢機卿はもうシスティナ礼拝堂に集合していらっしゃいます。一時間足らずでコンクラーベが開催されますから」

ラングドンはうなずき、かすかに記憶がよみがえるのを感じた。コンクラーベがはじまるまでの二時間のあいだ、枢機卿たちはシスティナ礼拝堂のなかで静かに考えたり、世界じゅうから集まった顔見知りの枢機卿と雑談を交わしたりする。互いに旧交をあたためさせて、選挙を穏やかに進めようというわけだ。「ほかの住民や職員は？」

「秘密の厳守と保全のために、終了するまで市外へ出ています」

「コンクラーベはいつ終わるんですか」

パイロットは肩をすくめた。「神のみぞ知ることです」そのことばが奇妙なほど字句どおりに響いた。


サン・ピエトロ大聖堂の真後ろにある広大な芝地にカートを停めたのち、パイロットはラングドンとヴィットリアを連れて石畳の斜面をのぼり、大理石の広場へ出た。それから広場を突っ切って大聖堂の裏側の壁にぶつかると、壁沿いに三角形の中庭を渡り、ベルヴェデーレ通りを横切って、いくつもの建物がひしめき合う一画へ進んだ。長年美術史にかかわってきたおかげで、ラングドンはイタリア語で標識に書かれたヴァチカン印刷所、タペストリー修復作業所、中央郵便局、セント・アン教会などの名称を理解できた。一行は別の小さな広場を渡って、目的地に着いた。

スイス衛兵隊警備本部は兵舎に隣接し、サン・ピエトロ大聖堂のちょうど北東の位置にあった。低い石造りの建物だ。入口の両脇には、石像よろしく、ふたりの衛兵が立っていた。

その衛兵たちはさほど滑稽《こっけい》に見えない、とラングドンも認めざるをえなかった。やはり青と金の制服姿だが、伝統ある〝ヴァチカンの剣〟を携えている。十五世紀に十字軍の護衛にあたった際、無数のイスラム教徒の首をはねたと伝えられる、鋭い大鎌のついた長さ八フィートの剣だ。

ラングドンとヴィットリアが近づくと、ふたりの衛兵は前へ進み出て剣を交差させ、入口をふさいだ。一方が困惑の顔つきでパイロットを見ている。「ズボン《イ・パンタローニ》」と言い、ヴィットリアのショートパンツを指さした。

パイロットが手ではねつけた。「隊長がすぐに面会なさりたいそうだ《イル・コマンダンテ・ヴォレ・ヴェデルリ・スビト》」

衛兵たちは眉《まゆ》をひそめた。そして、気の進まぬていで道をあけた。

建物のなかはひんやりしていた。ラングドンが想像していた一国の警備本部とは似ても似つかないものだった。廊下には凝った装飾と家具がしつらえられ、世界じゅうの美術館が喜んで主展示室に陳列するにちがいない絵画が何枚も掛けられている。

パイロットは急な階段を手で示した。「下へどうぞ」

ラングドンとヴィットリアは白い大理石の踏み板をたどって、男性の裸像の並ぶあいだをおりていった。どの彫像も、体表より淡い色をしたイチジクの葉をつけている。

〝大去勢〟か、とラングドンは思った。

それは、ルネッサンス芸術史上最悪の悲劇のひとつだった。一八五七年、教皇ピウス九世は、男性の肉体を正確に表現したものが市民の肉欲をあおりかねないと考えた。そこで、のみと槌《つち》を使って、市内にあるすべての男性の彫像から性器を削り落とした。傷つけられた彫刻のなかには、ミケランジェロ、ブラマンテ、ベルニーニの作品も数多く含まれていた。問題の部分は石膏《せっこう》によるイチジクの葉で補修されたが、何百体という彫像が去勢されたという。いまも石のペニスが詰まった大箱がどこかにあるのだろうか、とラングドンはよく考える。

「こちらです」パイロットが言った。

階段をおりきると、重いスチール製の扉が行く手をふさいでいた。パイロットが暗証番号を入力し、扉が開いた。ラングドンとヴィットリアは足を踏み入れた。

扉の向こうは混沌《こんとん》としていた。

36

スイス衛兵隊警備本部。

ラングドンは戸口に立ち、数世紀の歳月がぶつかり合うさまを見渡した。まさにマルチメディアだ。そこは象嵌《ぞうがん》細工を施した本棚や、東洋風の絨毯《じゅうたん》や、色とりどりのタペストリーで飾られた、ルネッサンス風の絢爛《けんらん》たる書斎だった。そこに、何台ものコンピューター、ファクシミリ、ヴァチカンの施設の電子地図、CNNを映し出すテレビといったハイテク機器がぎっしり詰めこまれている。色鮮やかなズボンを穿《は》いた男たちが猛然とコンピューターのキーを叩《たた》き、最新型のヘッドホンを耳にあてて一心に聞き入っていた。

「ここでお待ちください」パイロットは言った。

ラングドンとヴィットリアを待たせたまま、パイロットは部屋を突っ切り、濃紺の軍服に身を包んだ、飛び抜けて背の高いやせ形の男に歩み寄った。男は反り返るほど背筋を伸ばして、無線電話に何やら話しかけている。パイロットが何か言うと、ラングドンとヴィットリアにすばやく視線を送り、うなずいたのち、ふたりに背を向けて電話をつづけた。

パイロットがもどってきた。「すぐにオリヴェッティ隊長が参ります」

「ありがとう」

パイロットはふたたび階段をのぼっていった。

部屋の向こうにいるオリヴェッティ隊長なる男を観察するうち、ラングドンは、この男が一国の軍隊の最高司令官に事実上相当するのだろうと考えた。ヴィットリアとラングドンは目の前の出来事を見守りながら待ちつづけた。鮮やかな制服姿の衛兵たちがせわしげに動きまわり、イタリア語でつぎつぎ指示を出している。

「捜索をつづけろ《コンティニュア・チェルカンド》！」ひとりが電話に向かって叫ぶ。

「美術館は捜したのか《プロバスティ・イル・ムセオ》」別の男が尋ねる。

現在、この警備本部が徹底した捜索態勢をとっていることを理解するのに、イタリア語が堪能《たんのう》である必要はない。それ自体はいいニュースと言えるだろう。悪いニュースは、どう考えても反物質がまだ見つかっていないことだ。

「だいじょうぶかい」ラングドンはヴィットリアに尋ねた。

ヴィットリアは肩をすくめ、疲れた笑みを見せた。

ようやく電話を切って歩いてきたとき、隊長は一歩近づくごとに背が高くなるように見えた。ラングドン自身も背が高く、人を見あげるのは慣れていないが、オリヴェッティ隊長に対してはそうせざるをえなかった。ほどなく、相手が幾多の嵐をくぐり抜けた男だと察せられた。剛直で意志の固そうな顔だ。黒っぽい髪を軍隊風に短く刈りあげ、目には長年の鍛錬の賜物にちがいない強靭《きょうじん》な意志の炎が宿っている。動作は正確で重々しく、片耳の後ろに用心深くイヤホンを隠したその姿は、スイス衛兵というよりアメリカのシークレット・サービスに似ていた。

オリヴェッティは訛《なま》りのある英語でふたりに話しかけた。大男にしては驚くほど低い、かろうじて聞こえるぐらいの声だ。いかにも軍人風の簡潔な話し方をする。「はじめまして。わたしは隊長のオリヴェッティ。スイス衛兵隊の最高責任者です。わたしがそちらの所長に連絡しました」

ヴィットリアは目をあげた。「会ってくださって光栄です」

隊長は答えなかった。ついてくるように手ぶりで示し、雑然と並ぶ電子機器のあいだを抜けて、側面のドアへと歩いた。「どうぞ」そう言って、ドアを押さえた。

ラングドンとヴィットリアが前へ進むと、そこは薄暗い管制室だった。壁一面に並んだテレビモニターが、施設内の白黒の画像を気怠《けだる》げに繰り返し映し出している。若い衛兵がひとり、その画像に見入っていた。

「席をはずしてくれ《フオーリ》」オリヴェッティは言った。

衛兵は作業をやめて立ち去った。

オリヴェッティはモニターのひとつに歩み寄って、指さした。そして、ふたりに顔を向けた。「これは、ヴァチカン市国内の某所に隠されたワイヤレスカメラの映像です。ご説明願いたい」

ラングドンとヴィットリアは画面に目を凝らし、同時に息を呑《の》んだ。決定的な映像だった。まちがいない。セルンの反物質保存用容器だ。金属を思わせる液体のしずくが不気味に浮遊し、リズミカルに明滅するデジタル時計の表示に照らされて微光を発している。不可解なことに容器の周辺は闇に近く、戸棚か暗室の内部のように見えた。モニターの上部で、〝中継――八十六号機〟の文字が光っている。

ヴィットリアは、容器の文字盤に表示された残り時間を見た。「六時間を切ってる」こわばった顔でささやいた。

ラングドンは腕時計を確認した。「となると、刻限は……」言いかけてやめた。胃のなかに硬いしこりができたかのようだ。

「夜の十二時よ」ヴィットリアは力ない表情で言った。

十二時か。みごとな演出だ。だれだか知らないが、ゆうべ容器を盗んだ人間は申し分のないタイミングを選んだらしい。動かしがたい現実と対峙《たいじ》しつつ、ラングドンは自分が爆心地《グラウンド・ゼロ》にいることをはっきり悟った。

オリヴェッティの小さな声が鋭さを帯びた。「この物体はそちらの施設のものかね」

ヴィットリアはうなずいた。「ええ。盗まれたんです。容器には反物質という、非常に発火しやすいものが収容されています」

オリヴェッティは動じなかった。「わたしは焼夷《しょうい》剤にはかなりくわしい。だが反物質などというものは聞いたことがない」

「新技術です。すぐに捜し出すか、あるいはヴァチカンにいる人全員を避難させなくてはなりません」

オリヴェッティはゆっくりと目を閉じ、ふたたび開いた。焦点を合わせなおすことで、ヴィットリアが発言を変えるとでも考えているかのようだ。「全員を避難させる？　今夜ここで何がおこなわれる予定か、知っているのかね」

「ええ。世界じゅうの枢機卿の命が危険にさらされています。あと六時間ほどしか残っていません。容器の捜索について、何か進展はありましたか」

オリヴェッティはかぶりを振った。「何もしていない」

ヴィットリアは声を詰まらせた。「なんですって？　でも、衛兵のみなさんが捜索のことを話してるのを、この耳ではっきり――」

「捜索中なのは事実だ」オリヴェッティは言った。「しかし、捜しているのはその容器じゃない。捜索の対象は、あなたがたとなんの関係もない」

ヴィットリアの声がうわずった。「容器を捜しはじめてもいないの？」

オリヴェッティの瞳《ひとみ》が顔のなかへ沈んだように見えた。昆虫を思わせる冷たい表情だ。「ミズ・ヴェトラだったね。ひとつ説明させてもらうが、そちらの所長はすぐにその容器を捜せと言っただけで、具体的な内容物についての説明を拒否したのだよ。われわれは現在、きわめて多忙だ。事実の確認さえできないものに、人員を投じる余裕などない」

「現時点で重要な事実はひとつしかありません。いまのままでは、六時間後にこの施設全体が跡形もなく消滅するということです」

オリヴェッティは身じろぎひとつしなかった。「ミズ・ヴェトラ、聞いてもらいたいことがある」なだめすかすような口調だ。「このヴァチカンはいかにも古めかしく見えるだろうが、公私の別を問わず、すべての出入口に考えうるかぎり最も高度な感知装置が装備されている。何者かが爆発物を持って入国しようとすれば、どんなものでも瞬時に探知される。放射性同位元素スキャナー。爆発物であれ毒物であれ、どんなにかすかな化学的痕跡《こんせき》でも感知できる、アメリカの麻薬取締局《DEA》製のフィルター。最新型の金属探知機やX線探査機もある」

「すばらしいですね」冷静沈着なオリヴェッティに負けじと、ヴィットリアは言った。「残念ながら、反物質は放射性物質ではありませんし、化学的痕跡は純粋な水素と同じで、容器はプラスチック製です。そのような装置では探知できません」

「だがこの装置にもエネルギー源はあるだろう」オリヴェッティは明滅する表示装置を指した。「ほんの少しでもニッケル・カドミウム電池の痕跡があれば――」

「バッテリーもプラスチック製なんです」

オリヴェッティは、見るからに忍耐の限界に近づいていた。「プラスチック製のバッテリーだと？」

「ポリマーゲル電解質とテフロンです」

オリヴェッティは自分の上背を利するかのように、身を乗り出してヴィットリアに迫った。「ヴァチカンは一か月に何十回も爆破の脅迫を受けるんだよ、お嬢さん《シニョリーナ》。わたしは衛兵全員に、個人的に爆発物処理の訓練を施している。野球のボールほどの燃料核を持つ核弾頭でもないかぎり、あなたの言うような事態を引き起こしうる物質が地球上に存在しないことぐらい承知している」

ヴィットリアは燃えるまなざしでオリヴェッティを射すくめた。「自然界には、明らかにされていない謎がたくさんあります」

　オリヴェッティはさらに迫った。「あなたが何者なのか、正確に教えてもらえないだろうか。セルンでの職位は？」

「上級研究員です。この危機に対処する交渉係として、こちらへ派遣されました」

「ぶしつけな物言いで申しわけないが、もしこれがほんとうに危機ならば、なぜ所長ではなく、あなたがここにいるのか。そしてヴァチカンにショートパンツで入国することで、どんな無礼を働くつもりなのか」

　ラングドンはうなり声をあげた。この期に及んで服装規定にこだわることが信じられなかった。その一方で、石のペニスがこの国の住民にみだらな妄想をいだかせるというなら、ショートパンツ姿のヴィットリア・ヴェトラはまちがいなく国家の安全を脅かす存在になりうるとも思った。

「オリヴェッティ隊長」ラングドンは割ってはいり、第二の爆弾の炸裂《さくれつ》を防ぐべくつとめた。「ロバート・ラングドンと申します。アメリカの大学で宗教学を講じる立場にあって、セルンとは無関係です。反物質の実験をこの目で見た経験から、それが並はずれて危険なものだというミズ・ヴェトラの主張に同意します。わたしたちには、コンクラーベを混乱させたいと願う反宗教的なカルト集団が、反物質をこの施設に放置したと信じるだけの理由があるんです」

　オリヴェッティは向きを変え、ラングドンを見つめた。「ほんの一滴の液体がヴァチカン市国を吹き飛ばすと言い張るショートパンツの女に、この国が反宗教的なカルト集団とやらの標的にされていると言い張るアメリカ人の大学教授。あなたがたの望みはいったいなんだ」

「容器を捜してください」ヴィットリアは言った。「いますぐに」

「無理だ。そんなものはどこにでも置ける。ヴァチカン市国は巨大だ」

「カメラには全地球測位システム《GPS》を搭載していないんですか」

「カメラはふつう盗まれたりしない。捜すには何日もかかる」

「そんな余裕はありません」ヴィットリアは断固たる口調で言った。「六時間しかないんです」

「六時間するとどうなるんだね、ミズ・ヴェトラ」オリヴェッティはふいに声を荒らげた。そして、モニターの映像を指さした。「秒読みが終わるだと？　ヴァチカンが消滅するだと？　警備システムについて他人からあれこれ干渉されるのはごめんだ。もっとも、わたしの管轄内で、得体の知れない機械が怪しげな姿を見せているのも気に入らない。わたしも案じてはいる。それが仕事だからな。しかし、あなたがたの言うことは受け入れがたい」

ラングドンは抑えきれずに言った。「イルミナティをご存じですか」

オリヴェッティの冷静な表情が崩れた。いまにも飛びかかろうとしている鮫《さめ》のごとく、白目をむいた。「これは警告だ。こんなことにかかずらっている暇はない」

「では、イルミナティをご存じなんですね」

オリヴェッティの視線が銃剣さながらに突き刺さった。「わたしは誓いを立てたカトリック教会の擁護者だ。むろんイルミナティのことは知っている。何十年も前に消え去った」

ラングドンはポケットに手を入れて、焼き印を押されたレオナルド・ヴェトラの死体が写ったファクシミリの紙を取り出した。それをオリヴェッティに手渡した。

「わたしはイルミナティの研究家です」ラングドンは言った。オリヴェッティは写真を見つめている。

「あの組織が現存していると認めるのはたやすくありません。それでも、この焼き印が出現したことと、イルミナティがヴァチカンへの復讐《ふくしゅう》の誓いを立てたという有名な事実とを考え合わせて、意見を変えました」

「コンピューターがでっちあげた嘘っぱちだ」オリヴェッティは紙をラングドンに返した。

ラングドンは疑いの目で相手を凝視した。「嘘っぱちですって？　この対称性を見てください。あなたにならこの信憑性《しんぴょう》性が――」

「あなたがたに欠けているのは、まさにその信憑性だよ。ミズ・ヴェトラからまだ聞いていないだろうが、セルンの科学者は何十年にもわたってヴァチカンの方針を非難してきた。創造論を取り消し、ガリレオとコペルニクスに対して正式に謝罪し、危険で不道徳な研究に対する批判を撤回するよう、陳情を繰り返している。さて、ふたつの筋書きのどちらがもっともらしく聞こえるだろうか――四百年前に存在した悪魔的集団が最新の大量破壊兵器を携えてふたたび現れたという筋書きか、それとも、セルンの不届き者が周到ないかさまでヴァチカンの聖なる儀式を混乱させようとしているという筋書きか」

「その写真ですけど」ヴィットリアは言った。煮えたぎる溶岩のような声音だ。「写っているのはわたしの父です。殺害されました。そんな悪ふざけをわたしが考えるとお思いですか」

「さあ、どうかな。確実に言えるのは、筋の通った回答が得られないかぎり、わたしはいかなる警報も出さないということだ。わたしの立場では、警戒心と慎重さが同時に必要とされる……つつがなく行事がおこなわれるようにするために。とりわけ、きょうのような日には」

ラングドンは言った。「せめて儀式を延期してください」

「延期する？」オリヴェッティは大きく口をあけた。「なんと傲慢《ごうまん》な！　コンクラーベは、アメリカで野球の試合を雨で中止にするのとはわけがちがう。規定と手順を厳密に定めた聖なる儀式だ。言うまでもなく、全世界の十億に及ぶカトリック信者が指導者を待ち望んでいる。そして、世界じゅうのマスメディアが詰めかけている。儀式の詳細は神聖だ。変更できるものではない。一一七九年以来、コンクラーベは数々の地震や飢饉《ききん》、疫病さえも切り抜けてきた。科学者がひとり殺されたり、わけのわからない物体がひとしずく消えたりしたぐらいで、中止できるはずがない」

「責任者に会わせてください」ヴィットリアは強い口調で言った。

オリヴェッティはにらんだ。「ここにいるじゃないか」

「ちがいます」ヴィットリアは言った。「決定権のある聖職者に会わせてください」

オリヴェッティの額に青筋が現れた。「聖職者は市外へ出ている。衛兵隊以外で、いまヴァチカンに残っているのは枢機卿会の会員だけだ。全員がシスティナ礼拝堂にいらっしゃる」

「教皇侍従はどうなんですか」ラングドンは事もなげに言った。

「だれだって?」

「前教皇の侍従です」ラングドンは自信をもってそのことばを繰り返しつつ、記憶がまちがっていないことを祈った。教皇が逝去すると、ヴァチカンが特殊な手続きをとると何かで読んだ覚えがある。その記憶が正しければ、教皇不在の期間は、自治の全権が前教皇の個人秘書である侍従へ一時的に移される。つまり、枢機卿によって新たな教皇が選ばれるまでのあいだ、ただの補佐役にすぎない下級聖職者がコンクラーベを統括するわけだ。「現時点での責任者は侍従だと思いますが」

「イル・カメルレンゴ?」オリヴェッティは眉をひそめた。「カメルレンゴは一介の司祭にすぎない。前教皇の単なる小間使いだ」

「でも、カメルレンゴは市内にいるでしょう。あなたはその指揮下にあるはずです」

オリヴェッティは腕を組んだ。「カメルレンゴがコンクラーベの開催中に最高指揮権を持つという規則があるのは事実だ。しかしそれは、当人に教皇として選出される資格がなく、そのために公正な選挙が保証されるからにすぎない。あなたの国で大統領が死んだときに、補佐役のひとりが職務を代行するのと同じだよ。カメルレンゴはまだ若く、警備その他のこうした事態に対する理解もきわめて浅い。あらゆる点で、事実上の責任者はわたしだ」

「カメルレンゴに会わせてください」ヴィットリアは言った。

「それはできない。あと四十分でコンクラーベがはじまる。カメルレンゴは教皇執務室で準備を整えている。警備の問題で煩わすつもりはない」

ヴィットリアは口を開いて言い返しかけたが、ドアをノックする音にはばまれた。オリヴェッティはドアをあけた。

完璧《かんぺき》に正装した衛兵がドアの外で腕時計を指している。「時間《エ・ローラ》です、隊長《コマンダンテ》」

オリヴェッティは自分の腕時計に目をやってうなずいた。そしてラングドンとヴィットリアの運命に熟考をめぐらせる裁判官のごとく、ふたりのもとへもどった。「ついてきてくれ」ふたりを連れて管制室を出たのち、警備本部を突っ切って、奥の壁に仕切られたガラス張りの小部屋へ進んだ。「わたしの執務室だ」オリヴェッティはふたりを招き入れた。散らかった机、書類棚、折りたたみ椅子、冷水器。これといって特徴のない部屋だ。「十分でもどる。そのあいだに今後のことを考えるといい」

ヴィットリアは叫んだ。「だめよ、何もしないで出ていくなんて！　あの容器は――」

「その件に割く時間はない」オリヴェッティは憤然と言った。「時間があれば、コンクラーベが終わるまであなたがたを拘留するところだ」

「シニョーレ」衛兵が促し、また腕時計を指さした。「スパッツァーレ・ディ・カペッラ」

オリヴェッティはうなずいて立ち去りかけた。

「スパッツァーレ・ディ・カペッラ？」ヴィットリアは声を荒らげた。「礼拝堂を掃除するために出かけるの？」

オリヴェッティは向きなおり、ヴィットリアをにらみつけた。「盗聴器などを捜すんだよ。分別があれば当然だ」ヴィットリアの脚を指し示す。「わかってもらえるとは思わないが」

そう言い捨てて、オリヴェッティは乱暴にドアを閉めた。分厚いガラスががたつく。つぎの瞬間、しなやかな動作で鍵を取り出し、鍵穴に差しこんでひとひねりした。重い差し金が滑るようにおさまった。

「ばか野郎《イディオッタ》！」ヴィットリアは叫んだ。「閉じこめるなんて、とんでもないわ！」

ガラスの向こうで、オリヴェッティが衛兵に何か言うのが見えた。衛兵はうなずいた。オリヴェッティが急ぎ足で立ち去ると、衛兵はまわれ右をし、ガラスを隔ててふたりと向き合った。両腕を組み合わせ、腰には大きな銃剣を携えている。

上等じゃないか、とラングドンは思った。みごとにやられた。

37

ヴィットリアは、閉ざされたドアの向こうに立つスイス衛兵をにらみつけた。相手も負けじとにらみ返したが、色鮮やかな衣装は、その険悪きわまりない態度にはどうも似つかわしくない。

大失敗《ケ・フィアスコ》ね。パジャマで武装した男に監禁されるなんて。

ラングドンは沈黙に陥っている。そのハーヴァードの頭脳を働かせて、窮地を脱する策を考え出してくれることを、ヴィットリアは期待した。しかし、その顔からは思案の表情よりも衝撃の色が見てとれる。ここまで巻きこんでしまってすまないと思った。

とっさに携帯電話でコーラーに連絡したい衝動に駆られたが、考えなおした。ひとつには、衛兵に踏みこまれて電話機を奪われる恐れがある。また、コーラーの発作がいつもの経過をたどるとしたら、まだ受け答えができる状態にはもどっていないだろう。もっとも、連絡がついたところでどうにもなるまい……。いまのオリヴェッティは、だれが何を言おうと聞く耳を持っていそうにない。

思い出して！　ヴィットリアは自分に言い聞かせた。この試練を乗り越える方法を思い出して！

思い出す——それは仏教の哲人が用いる手法だ。ヴィットリアはとうてい答などなさそうな難問を前にして、その解決策を探すのではなく、ただ思い出すよう心に命じた。自分がすでに答を知っていると決めこめば、答がかならず存在すると信じる境地に達し、それゆえ失望というよけいな想念を捨て去れる。この方法を使って、ヴィットリアは科学における難題をいくつも解いてきた。たいていの人間が、答などないと決めつけるであろう難題を。

だが、このときばかりは、まったくの空振りだった。そこでこんどは、採るべき道、なすべきことを検討した。いまなすべきなのは、だれかに警告することだ。ヴァチカンのだれかに、自分の話に耳を傾けさせなくてはならない。でも、だれに？　カメルレンゴ？　どうやって？　出口がひとつきりのガラス箱に閉じこめられているのに。

使えるものは？　ヴィットリアは考えた。使えるものがきっとある。さあ、いまの状況をもう一度分析して。

無意識のうちに肩を落とし、目の緊張を解いてから、深呼吸を三度して肺へ空気を送りこんだ。心拍がゆるやかになり、筋肉がほぐれるのを感じた。心の動揺がおさまっていく。これでいい、と思った。さあ、思考を自由にして。この局面で有利なところは何？　役に立つものは？

いったん心が静まると、本来の分析的思考が強力な武器になった。数秒のうちに、この監禁状態こそが脱出の鍵だと気づいた。

「電話をかけるわ」ヴィットリアは唐突に言った。

ラングドンは顔をあげた。「ちょうど、コーラーに連絡してみたらと言おうと思ってたんだ。しかし――」

「コーラーじゃないの。ほかの人」

「だれ？」

「カメルレンゴよ」

ラングドンは当惑しきった顔をした。「教皇侍従に電話を？　どうやって？」

「オリヴェッティは、カメルレンゴが教皇執務室にいると言ったわ」

「なるほど。で、教皇の専用電話の番号を知ってるとでも？」

「いいえ。でも、携帯電話からかけるわけじゃないの」ヴィットリアは、オリヴェッティのデスクに載ったハイテクの電話機を顎《あご》で示した。短縮ダイヤルのボタンがひしめいている。「警備責任者なら、教皇執務室への直通電話をまちがいなく使えるはずよ」

「警備責任者なら、六フィート先に配備中の、銃を持ったウェイトリフティング選手も使えるだろうがね」

「だけど、わたしたちは閉じこめられてるのよ」

「そんなことはわかってる」

「ちがうの。あの衛兵が締め出されてるとも言えるってこと。ここはオリヴェッティの個人執務室よ。ほかの人間が鍵を持ってるとは思えない」

ラングドンは外の衛兵に目を向けた。「このガラスはずいぶん薄いし、あの銃はずいぶん大きい」

「あの衛兵に何ができて？　電話を使ったからって撃つとでも？」

「ありえないとは言えないさ。ここはとにかくふつうじゃないし、これまでのことを――」

「道はふたつ」ヴィットリアは言った。「やってみるか、いまから五時間四十八分をこのヴァチカン監獄で過ごすか。ここにいれば、反物質の爆発を最前列で拝めることだけはたしかね」

ラングドンの顔から血の気が引いた。「しかし、きみが受話器を持ちあげたとたん、衛兵はオリヴェッティに連絡するさ。しかも、その電話にはボタンが二十もある。見たところ、どこにつながるかも書かれていない。幸運を祈ってやみくもに押すつもりなのかい」

「まさか」ヴィットリアは電話機に歩み寄った。「ひとつだけよ」受話器をとり、最上段のボタンを押した。「1番のボタン。これが教皇執務室だってことに、あなたのポケットにはいってるイルミナティの合衆国紙幣を一枚賭《か》けるわ。スイス衛兵隊の隊長にとって、それ以上に重視すべきことがある？」

ラングドンが返事をする間《ま》はなかった。ドアの外にいた衛兵が銃の床尾でガラスを軽く叩きはじめた。受話器を置けと身ぶりで命じている。

ヴィットリアは衛兵にウィンクをした。衛兵は憤怒のあまり膨張しそうだ。

ラングドンはドアから離れ、ヴィットリアに向きなおった。「ぜったいにまちがえるなよ。あの男がおもしろがってるとでも思うのか？」

「まったく！」受話器を耳にあてながら、ヴィットリアは言った。「録音メッセージよ」

「録音？」ラングドンは問い返した。「教皇が留守番電話を？」

「教皇執務室じゃなかったの」ヴィットリアは受話器を置いた。「職員食堂の今週のメニューが聞こえてきたわ」

ラングドンは外の衛兵に弱々しい笑みを投げかけた。衛兵は怒りもあらわにガラス越しにこちらをにらみつけながら、無線機でオリヴェッティを呼び出していた。

38

ヴァチカンの交換台は、中央郵便局の後方に位置する通信部にある。あまり大きくない一室に、八回線用のコーテルコ141型交換機が設置されている。ここでは日に二千件を超える通話を処理するが、その大半は自動的に録音音声による案内サービスへまわされる。

この夜、勤務をまかされた唯一の交換手は、静かにすわってカフェインたっぷりの紅茶を飲んでいた。こういう晩にヴァチカン市国内にとどまることを許されたごく少数の職員のひとりである自分が誇らしかった。むろん、スイス衛兵がドアの外をうろついていることでその名誉が多少穢《けが》された感はある。トイレにまで付き添われるとはね、と交換手は思った。聖なるコンクラーベの名のもとに、耐え忍ぶべき屈辱ということか。

さいわい、今夜は通話の数が少ない。いや、さいわいとは言えないのかもしれない。ヴァチカン情勢に対する世界の人々の関心は、ここ数年急激に薄れている。マスメディアからの問い合わせも減り、頭のおかしな連中でさえ以前ほど電話をしてこなくなった。広報部にしてみれば、今夜の行事が祝祭さながらの活気を帯びることを期待していたのだろうが、残念ながら、サン・ピエトロ広場が報道関係のトラックで埋めつくされているとはいえ、ほとんどが代わり映えのしないイタリアやヨーロッパの報道陣のバンだと思われる。全世界向けの放送網からの取材はまばらで、それも二流の記者が送りこまれているにちがいない。

交換手はマグカップを握り、長い夜になるだろうかと考えた。おそらく十二時ごろまでだろう。現代では、次期教皇としてだれがふさわしいかは、コンクラーベが召集されるかなり前からほとんどの参加者に伝わっているので、コンクラーベは真の意味での選挙というより、むしろ三、四時間にわたる儀礼に近い。もちろん、土壇場になって反発する者が出てくれば、夜通し——ときには夜が明けたあとも——つづけられる。一八三一年のコンクラーベは、五十四日間に及んだという。今夜はありえないな、と交換手は思った。噂では、今回のコンクラーベは早々に閉幕すると言われていた。

交換機から内線の呼び出し音が鳴り、思考を断ち切られた。赤く点滅するランプを見つめ、頭を掻《か》く。妙だ。0番だぞ。こんな日に、内部のだれが交換台に電話をかけてくるというのか。そもそも、だれが敷地内に残っているのか。

「ヴァチカン市国《チッタ・デル・ヴァチカーノ》です、どうぞ《プレーゴ》」交換手は受話器をとって言った。

聞こえてきたのは早口のイタリア語だった。交換手は、そのアクセントにスイス衛兵と共通するものを聞きとった。流暢《りゅうちょう》なイタリア語ながら、フランス系スイス人らしい響きが混じっている。けれども、声の主はぜったいにスイス衛兵ではありえない。

その女の声を聞いたとたん、交換手は思わず立ちあがり、紅茶をこぼしそうになった。通話中の回線にもう一度視線を落とす。見誤りではない。内線。敷地内からの電話だ。何かのまちがいに決まってる！　ヴァチカン市国内に女が？　今夜？

その女は怒気を含んだ声でまくし立てていた。交換手は、通話を耳にしてきた長年の経験から、相手が異常者《パッツォ》であるかどうかを聞き分けられた。この女は正気だ。口調は激しいが、理性を失ってはいない。冷静かつ的確な話しぶり。交換手は女の要求を聞き、一驚した。

「イル・カメルレンゴ？」交換手は電話がどこからかかっているのかと考えつづけた。「おつなぎするわけには……ええ、教皇執務室にいらっしゃるはずですが……もう一度お名前をうかがえますか？……それで、カメルレンゴに警告なさりたいことと言うのは……」話を聞き、いっそう不安が募った。全員の命が危険にさらされてる？　どういうことだ？　それに、いったいどこからかけてるんだ？

「おつなぎするとしたら、スイス……」そこで急に口をつぐんだ。「どこにいるとおっしゃいました？　どこです？」

交換手は面食らったが、腹を決めた。「そのままお待ちください」返事をする隙を与えず、通話を保留にした。それから、オリヴェッティ隊長の直通番号を押した。どう考えたって、この女がほんとうに――

電話はすぐにつながった。

「頼むからなんとかして！」《ペル・ラモーレ・デイ・ディーオ》聞き覚えのある女性の声が怒鳴りつけた。「カメルレンゴを呼び出しなさい！」


スイス衛兵隊警備本部のドアが音を立てて開いた。衛兵たちは、ロケットの勢いで飛びこんできたオリヴェッティ隊長に道をあけた。オリヴェッティは執務室へ向かいながら、たったいま無線機で部下から伝えられた話が事実であることを知った。ヴィットリア・ヴェトラがデスクの前に立ち、隊長専用の電話機を使っている。

ケ・コリョーニ・ケ・ア・クエスタ！　オリヴェッティは思った。肝っ玉のすわった阿魔《あま》だ！

憤怒に駆られ、オリヴェッティはドアに歩み寄って鍵穴に鍵を差した。ドアをあけ、声を荒らげる。

「おい、何をしている！」

ヴィットリアは取り合わなかった。「そうです」受話器に向かって言う。「事態は急を――」

オリヴェッティはその手から受話器をもぎとり、自分の耳に押しつけた。「そっちはだれだ！」

一刹那《せつな》ではあったが、オリヴェッティの堅固な姿勢が揺らいだ。「はい、カメルレンゴ……そのとおりです、シニョーレ……しかし警備上の問題で……もちろんちがいます……ここに待機していただいたままで……おっしゃるとおりですが、しかし……」耳をそばだてる。「承知しました」ついにそう言った。「ふたりをすぐにお連れします」

39

教皇宮殿はシスティナ礼拝堂に近い建物の集合体で、ヴァチカン市国の東側に位置する。堂々たるサン・ピエトロ広場を一望できるこの宮殿の一隅に、教皇の居室や執務室がある。

ヴィットリアとラングドンは、オリヴェッティ隊長に従って、ロココ様式の長い回廊を無言のまま進んでいた。オリヴェッティの首筋の筋肉が怒りに震えている。階段を三つのぼると、ほの暗く広々とした廊下に出た。

ラングドンは、信じられない思いで壁面の芸術品を見つめた。真新しく見える胸像、タペストリー、帯状装飾。何十万ドルにも値するだろう。通路を三分の二ほど行ったところで、雪花石膏製の噴水の近くを通り過ぎた。オリヴェッティは左手の奥まった空間へ進み、ラングドンが見たこともないほど巨大な扉のひとつに歩み寄った。

「ウッフィーチョ・ディ・パーパ」オリヴェッティはそう告げると、渋面を作ってヴィットリアをねめつけた。ヴィットリアはそれをものともせず、手を伸ばして扉を強くノックした。

教皇執務室か、とラングドンは心のなかで言った。自分がいま、世界宗教で指折りの聖なる部屋の前にいるという事実を、なかなか呑みこめなかった。

「どうぞ《アヴアンティ》」中から声がした。

扉があいた瞬間、ラングドンは思わず目を覆った。まばゆいばかりの日の光だ。それからゆっくりと、眼前の光景が像を結びはじめた。

そこは、執務室というよりむしろ舞踏場を思わせた。赤い大理石の床が、鮮やかなフレスコ画に彩られた壁に向かって四方へひろがっている。とてつもなく大きなシャンデリアがひとつあり、その向こうに並んだアーチ型の窓からは、陽光が燦々《さんさん》と降り注ぐサン・ピエトロ広場の絶景が開けていた。

すごい。なんというながめだ。

大広間のいちばん奥に、彫刻の施された机で一心に書き物をする男がいた。「どうぞ《アヴァンティ》」男はふたたび声をあげ、ペンを置いて手招きした。

オリヴェッティが軍人然とした歩調で進み出た。「シニョーレ」弁解がましく言う。「どうする《ノ・オ・》こともできませんで《ポトゥート》──」

男はオリヴェッティを制した。立ちあがってふたりの訪問者をじっくり観察する。

カメルレンゴは、気高くも弱々しい老人という、ラングドンがつねづね思い描いていたヴァチカン内を歩きまわる人物像からかけ離れていた。ロザリオもペンダントもつけていない。重々しい礼服をまとっているわけでもない。かわりに質素な黒い日常法衣に身を包んでいるためか、その下の堅固な体つきがはっきり見てとれた。三十代後半だろうか。ヴァチカンの基準で言えばほんの子供だ。顔立ちは驚くほど端整で、硬い茶色の髪はウェーブがかかっている。光り輝く緑の瞳は、まるで宇宙の神秘を燃料としているかのようだ。しかしラングドンは、歩み寄ってきたカメルレンゴの瞳に、深い疲労の色を見た。生涯で最もつらい十五日間を過ごしてきた人間の目だ。

「カルロ・ヴェントレスカです」完璧な英語だった。「前教皇聖下のカメルレンゴをつとめておりました」気どりのない穏やかな声に、わずかにイタリア語の響きが入り混じる。

「ヴィットリア・ヴェトラです」ヴィットリアが前進して手を差し出した。「お会いくださって光栄です」

カメルレンゴがヴィットリアの手をとると、オリヴェッティは体をこわばらせた。

「こちらはミスター・ロバート・ラングドン」ヴィットリアは言った。「ハーヴァード大学の宗教史学者です」

「神父《パードレ》さま」ラングドンはできるだけ正確にそのイタリア語を発音した。頭を垂れ、手を差し出す。

「いけません」カメルレンゴは強い口調で言い、ラングドンに頭をあげさせた。「教皇聖下の執務室にいるからといって、わたくし自身が聖者というわけではないのですから。わたくしは司祭にすぎません――必要に迫られて役目を果たしている一介の侍従です」

ラングドンは身を起こした。

「みなさん、お掛けください」カメルレンゴはみずから机のまわりに椅子を用意した。ラングドンとヴィットリアは腰をおろしたが、どうやらオリヴェッティは立ったままでいたいらしかった。

カメルレンゴは席にもどると、手を組み、ため息をついてふたりの訪問者に目を向けた。

「シニョーレ」オリヴェッティが口を開いた。「このご婦人の服装につきましては、わたしに責任があります。実は――」

「わたくしが気にかけているのは服装のことではありません」カメルレンゴの声には、あまりの心労ゆえ些事《さじ》にこだわる余裕はないといった響きがあった。「コンクラーベをはじめる三十分前に交換手から連絡を受け、わたくしの知らない警備上の重大な脅威について、あなたの個人執務室にいる女性が警告したがっていると聞きました。そのことを気にかけているのです」

オリヴェッティの体が硬直し、閲兵式に臨む兵士さながらに背筋が弓なりに伸びた。

ラングドンは、カメルレンゴの存在にすっかり心を奪われていた。まだ若く、疲れきった様子ではあるが、カメルレンゴは神話の英雄の――威光を放つ者の雰囲気を漂わせている。

「シニョーレ」オリヴェッティの口調は詫《わ》びるようでいて、強固な意志を感じさせた。「警備上の問題にお心を煩わすべきではありません。別の責務がおありなのですから」

「そちらの責務についてはじゅうぶん承知しております。しかしわたくしは同時に、一時責任者としてコンクラーベの列席者全員の安全と健康を守る責務も負っているのです。いったい何が起こっているのですか」

「すべてが順調に進んでおります」

「そうとは思えない」

「神父さま」ラングドンが割ってはいり、しわくちゃになったファクシミリの紙をカメルレンゴに差し出した。「ご覧ください」

オリヴェッティは足を踏み出し、制止しようとした。「そのようなことに煩わされては――」

カメルレンゴは紙を受けとって、しばらくのあいだオリヴェッティを黙殺した。殺害されたレオナルド・ヴェトラの写真に目をやり、驚きに息を呑んだ。「これは?」

「わたしの父です」ヴィットリアが声を震わせて言った。「司祭であり、科学者でした。ゆうべ何者かに殺されたのです」

カメルレンゴの顔つきから急に険しさが消えた。ヴィットリアを見て言う。「愛しい子よ。心からのお悔やみを」十字を切り、ふたたびファクシミリの紙に視線を落としたが、その目はこみあげる憎悪の念に満たされていくかのようだった。「だれがこんな……それにこの火傷《やけど》の痕《あと》は……」カメルレンゴは口を閉ざし、目を細めてじっくりと写真を見た。

「〝イルミナティ〟と書かれています」ラングドンが言った。「その名前はご存じですね」

奇妙な表情がカメルレンゴの顔にひろがった。「ええ、聞いたことがありますが、しかし……」

「イルミナティはレオナルド・ヴェトラを殺害して、新技術を盗み――」

「シニョーレ」オリヴェッティが口をはさんだ。「ばかげた話です。イルミナティ？　手のこんだ出まかせに決まっていますよ」

カメルレンゴは考えをめぐらせているふうだった。それから向きなおり、ラングドンを見据えた。眼光の鋭さに、ラングドンは肺から空気がすべて抜けた気分になった。「ミスター・ラングドン、わたくしは生涯をカトリック教会で過ごしてきました。イルミナティについての言い伝えはよく知っています……それに、焼き印の伝説も。そうは言いましても、わたくしは現在に生きる人間です。わざわざ亡霊をよみがえらせなくとも、キリスト教は現実の敵で手いっぱいの状態なのですよ」

「この紋章は本物です」ラングドンは、自分がむきになっているのではないかと思いながら言った。手を伸ばし、カメルレンゴが確認できるようにファクシミリ用紙を半回転させた。

カメルレンゴはその対称性に気づくと、だまりこんだ。

「現代のコンピューターを駆使しても」ラングドンはつづけた。「この単語を完全な対称形のアンビグラムに作りあげることには成功していません」

カメルレンゴは両手を組み、そのまま長いあいだ口を開かなかった。「イルミナティは消滅しました」と、ようやく言った。「遠い昔に。それが史実です」

ラングドンはうなずいた。「きのうでしたら、そのご意見に賛同したでしょうね」

「きのう？」

「きょうの一連の出来事を経験する前であれば、ということです。いまは、イルミナティが大昔の誓いを果たすためにふたたび姿を現したと信じています」

「申しわけない。わたくしの歴史は少々錆《さ》びついているようです。その大昔の誓いというのは？」

ラングドンは深く息をついた。「ヴァチカン市国を破壊することです」

「ヴァチカン市国を破壊する？」カメルレンゴの顔には、恐怖より困惑が強く表れていた。「そんなことは不可能です」

ヴィットリアがかぶりを振った。「残念ですが、ほかにも悪いお知らせがあるんです」

40

「それは事実なのですか？」カメルレンゴは驚愕《きょうがく》の面持ちで視線をヴィットリアからオリヴェッティへ移し、問いかけた。

「シニョーレ」オリヴェッティが言った。「なんらかの装置が放置されているのは事実です。防犯モニターの一台に映っていますから。しかし、それにミズ・ヴェトラが主張なさっているほどの威力があるとは、とうてい――」

「待ってください」カメルレンゴが言った。「問題の装置が見えるというのですか」

「はい、シニョーレ。八十六号機のワイヤレスカメラです」

「では、なぜ装置を回収しないのです」カメルレンゴの声が怒気を帯びた。

「それは非常に困難でして」オリヴェッティは直立姿勢のまま状況を説明した。

カメルレンゴは耳を傾けている。その胸中で懸念がふくらんでいくのが、ヴィットリアには感じられた。「ヴァチカン市国の内部にあるのはたしかなのですか」カメルレンゴは尋ねた。「何者かがカメラを盗み出し、別の場所から映像を送っているのかもしれない」

「不可能です」オリヴェッティは答えた。「ヴァチカンの外壁は、内部の交信を傍受されないよう電子工学的に遮蔽《しゃへい》されています。問題の映像信号は、敷地内で送信されているとしか考えられません。外部からであれば受信不能になるはずです」

「それで」カメルレンゴは言った。「当然、現在はできうるかぎりの手を尽くして、なくなったカメラを捜しているのですね」

オリヴェッティは首を横に振った。「いいえ、シニョーレ。カメラの位置を特定するには、何百時間もの人時《にんじ》を費やすことになりかねません。われわれはいまこの瞬間にも多くの警備上の問題をかかえていますし、仮にミズ・ヴェトラの主張を受け入れたとしても、問題の液体というのはほんのひとしずくにすぎません。おっしゃるほどの爆発力などありえないのです」

ヴィットリアの忍耐が尽きた。「そのひとしずくには、ヴァチカン市国を根こそぎ破壊する力があるのよ！　わたしの話をひとことも聞いていないのね？」

「お嬢さん」オリヴェッティは鋼《はがね》のような声で言った。「わたしには爆発物を扱った豊富な経験がある」

「あなたの豊富な経験とやらは、時代遅れなのよ」ヴィットリアは同じくらいきびしい声で反撃した。

「あなたはこの服装が気に入らないみたいだけど、こんな恰好《かっこう》はしていても、わたしは世界最先端の素粒子研究所で上級研究員をつとめる物理学者よ。その反物質トラップはわたし自身が設計したの。いまのところ、中のサンプルが対消滅を起こさないよう機能しているわ。だけど、いまから六時間以内に容器を見つけないと、あなたの部下たちが守るべきものは、二十一世紀いっぱい、地面にあいた大きな穴だけってことになるのよ」

オリヴェッティは、ぐるりとカメルレンゴに向きなおった。昆虫を思わせる目が怒りでぎらついている。「シニョーレ、正直に申しあげて、これ以上このような戯言《たわごと》に付き合っている暇はありません。不届き者のために貴重なお時間を無駄になさっています。イルミナティ？ すべてを破壊する一滴？」

「もういい《バスタ》」カメルレンゴが言い放った。低い声ながら、そのことばは部屋じゅうに響きわたったかに思えた。沈黙が流れた。そして、カメルレンゴは小声でつづけた。「危険であろうとなかろうと、イルミナティであろうとなかろうと、その物体がいったいなんであろうと、重要なのは、ヴァチカン市国内に断じてそんなものがあってはならないということです……ましてや、コンクラーベの晩に。その容器を捜し出し、回収してください。ただちに捜索隊を組織することを命じます」

オリヴェッティはなおも抵抗した。「シニョーレ、たとえすべての衛兵を動員して敷地内を捜索させても、カメラを見つけるには何日もかかりかねません。それに、ミズ・ヴェトラと話したあと、わたしは部下に命じて、最新の弾道学便覧に反物質なるものに関する記述がないかを調べさせたのです。どこにもそんなものは載っていなかった。皆無です」

何をえらそうに、とヴィットリアは思った。弾道学便覧ですって？ 百科辞典は見たの？

反物質《antimatter》なんて〝A〟のページに載ってるわよ！

オリヴェッティの話はつづいている。「シニョーレ、ヴァチカン全土を肉眼で捜せとおっしゃるのでしたら、わたしは反対せざるをえません」

「隊長」カメルレンゴの声は、どうにか怒りを押しとどめているふうだった。「いま現在、わたくしに対して意見を述べるということは、この教皇執務室に対して意見を述べることにほかなりません。どうやらあなたはわたくしの立場を真剣に受け止めていないようですが、法にのっとって言えば、責任者はこのわたくしですよ。こちらの思いちがいでなければ、枢機卿のかたがたは現在システィナ礼拝堂で安全に過ごしていらっしゃるわけですから、コンクラーベがはじまるまで、警備上懸念すべき問題はわずかなはずです。何をためらってその装置を捜そうとしないのか理解できない。穿《うが》った見方をすれば、あなたが意図的にコンクラーベを危機に陥れるつもりではないかと疑ってしまうところだ」

オリヴェッティの顔に軽蔑《けいべつ》の色がひろがった。「よくもそんなことを！　わたしは前教皇に十二年間お仕えしてきた！　その前の教皇には十四年だ！　スイス衛兵隊は、その創設以来――」

オリヴェッティの腰の無線機がけたたましく鳴り、そのことばをさえぎった。「隊長《コマンダンテ》？」

オリヴェッティは無線機をつかんで送信ボタンを押した。「取りこみ中だ《ソノ・オックパート》！　なんの用か《コーザ・ヴォイ》！」

「申しわけありません《スクーズィ》」相手のスイス衛兵が答えた。「ご報告があります。先ほど爆破の脅迫を受けましたことをお伝えすべきと考えまして」

オリヴェッティは、これ以上ないというほど無関心な表情だった。「なら対処しろ！　いつもどおり逆探知をおこなって、結果を報告しろ」

「探知はおこないましたけれど、実は電話の男が……」衛兵はことばを切った。「その男は、隊長が先刻調査をご指示なさった物体の名をあげたのです。反物質だと」

部屋じゅうの全員が驚きの視線を交わした。

「男がなんと言ったと?」オリヴェッティはぎこちなく言った。

「反物質です。ほかの者が逆探知を試みるあいだに、わたしはその男の主張する内容についてさらに調査いたしました。反物質に関する情報を見ると……そうですね、率直に申しあげて、かなり厄介です」

「弾道学便覧にはなんの記述もないと言っていたじゃないか」

「オンラインで見つけました」

おみごと、とヴィットリアは思った。

「かなり爆発性の高い物質のようです」衛兵が言った。「この情報が正確だとは信じがたいのですが、反物質には同量の核弾頭の百倍程度の破壊力があると書かれています」

オリヴェッティはうなだれた。山が崩れたようだった。ヴィットリアの勝利の喜びは、カメルレンゴの顔にひろがる恐怖の表情に掻き消された。

「逆探知はうまくいったのか」オリヴェッティが口ごもって言った。

「まったくだめです。高度に暗号化された携帯電話です。監視トーンの混線により、三角測量法は使えません。中間周波数の特徴からみて、ローマ市内のどこかではあるらしいのですが、位置を特定する方法は皆無です」

「何か要求はあったのか」オリヴェッティは小声で訊《き》いた。

「いいえ。建物のどこかに反物質を隠してあると警告してきたのみです。敷地内にあることをこちらが知らないのに驚いたようでした。もう見たかと尋ねていました。隊長が反物質についておっしゃっていたので、ご報告をと考えまして」

「的確な判断だ。ただちにそちらへ行く。男から連絡が来たらすぐに知らせてくれ」

無線機から一瞬の沈黙が流れた。「隊長、男からの電話はまだつながっています」

オリヴェッティは感電したかのような表情を見せた。「つながっている？」

「はい。すでに十分間ほど逆探知を試みていますが、まったく絞りこめません。われわれが手を出せないことを見越しているのではないでしょうか。カメルレンゴと話すまでは切らないと言い張っていますから」

「電話をまわしてください」カメルレンゴが命令した。「早く！」

オリヴェッティは向きなおった。「いけません。こういったことは、スイス衛兵隊の熟練した交渉人にまかせたほうがいいのです」

「まわしなさい！」

オリヴェッティは指示を伝えた。

一瞬ののち、カメルレンゴの机上の電話が鳴りだした。カメルレンゴはスピーカーボタンに指を押しつけた。「あなたはいったい何者ですか」

41

カメルレンゴのスピーカーホンから流れたのは、金属的な冷たさに傲慢さが添えられた声だった。部屋じゅうの人間が耳をそばだてた。

ラングドンはどこのアクセントかを聞きとろうとしていた。中東だろうか。

「おれは古《いにしえ》の友愛組織からの使者」耳慣れない抑揚の声が告げた。「何世紀にもわたって、おまえたちが不当に扱ってきた友愛組織——イルミナティの使者だ」

ラングドンは筋肉が硬直するのを感じた。疑念の最後のかけらが消えていく。即座に、興奮と特権意識と強烈な恐怖心とが入り混じった、懐かしい感覚に襲われた。けさはじめて例のアンビグラムを目にしたときに湧き起こった感覚だった。

「何が望みですか」カメルレンゴが迫った。

「おれは科学の徒を代表する者だ。おまえたちと同じく、われわれも答を探し求めている。人間の運命、人間の意味、人間の創造主についての答を」

「何者であろうと」カメルレンゴは言った。「わたくしは——」

「だまれ《スィレンツィオ》。聞いておくほうが身のためだ。この二千年間、おまえたちの教会は真理の探求を牛耳ってきた。嘘と終末の預言とで対抗勢力を蹴《け》散らしてきた。おのれの都合に合わせて真理を操り、政略にそぐわない発見をした者を殺害してきた。世界じゅうの啓示を受けた者たちから標的とされても、意外ではなかろう?」

「啓示を受けた者なら、自分たちの目的のために恐喝という手段には訴えません」

「恐喝?」男は笑い声をあげた。「これは恐喝とはちがう。こちらにはなんの要求もないからだ。ヴァチカンの壊滅について、交渉の余地はない。われわれはこの日を四百年にわたって待ち望んできた。今夜十二時、市国は崩壊する。何をしても無駄だ」

オリヴェッティがスピーカーホンに飛びついた。「敷地内に侵入することは不可能だ! 爆発物を設置することなどできたはずがない!」

「スイス衛兵の無知な忠誠心から出たことばらしいな。事によると士官か? おまえだって、イルミナティが何世紀もかけて世界じゅうの名だたる組織に徐々に潜入したことは知っているだろう。まさか、ヴァチカンだけは侵されないと本気で信じているのか」

なんてことだ、とラングドンは思った。内通者がいるだと? 組織への潜入がイルミナティの特筆すべき能力だったことは公然の事実だ。フリーメイソンや主要銀行網や各国政府への潜入を果たしている。あるときチャーチルは記者たちに、イルミナティがイギリス議会に潜入した程度にイギリスのスパイがナチスにもぐりこめていれば、あの戦争は一か月で終わっていたはずだと漏らしたという。

「見え透いたはったりだ」オリヴェッティは言い放った。「きさまらにそれだけの影響力があるはずはない」

「なぜだ。おまえたちスイス衛兵が警戒を怠らないからか? 自分たちだけの閉ざされた世界を隅々まで監視しているからか? スイス衛兵隊そのものに問題はないとでも? 衛兵だって人間だろうに。水上を歩く男とやらの作り話に衛兵たちが自分の命を賭けるなどと、本気で信じているのか。ほかにどんな方法であの容器を敷地内に持ちこめるか、自分の胸に尋ねてみるといい。あるいは、どんな方法で、きょうの午後におまえたちの最も貴重な無形財産が四つも消え失せたのか、となし」

「貴重な無形財産だと？」オリヴェッティは顔をしかめた。「どういう意味だ」

「一、二、三、四。見あたらないだろう？」

「いったい、なんの話を――」オリヴェッティは急にだまりこみ、腸《はらわた》に一撃を食らったかのごとく両目を一気に見開いた。

「わかってきたようだな」男は言った。「名前を読みあげようか」

「どういうことですか」カメルレンゴが当惑した様子で言った。

男は笑った。「士官はまだ報告していないのか。なんと罪深い。まあ、わからないでもないさ。自尊心の塊だ。報告するのがよほど不名誉だったんだろう……護衛すると誓ったはずの枢機卿四人が姿を消したという事実を……」

オリヴェッティが爆発した。「どこでその情報を手に入れた！」

「カメルレンゴ」男はさも満足げに言った。「隊長に訊いたらどうだ。システィナ礼拝堂に枢機卿が全員いるかどうか、とな」

カメルレンゴはオリヴェッティを振り返った。緑の目が説明を要求している。

「シニョーレ」オリヴェッティはその耳もとでささやいた。「四人のかたがシスティナ礼拝堂にご到着なさっていないのは事実ですが、ご心配には及びません。全員が午前中には宿舎にチェックインなさいましたから、つつがなく敷地内にいらっしゃるとわれわれは確信しております。ほんの数時間前に、ご自身がそのかたがたとお茶をごいっしょなさったではありませんか。コンクラーベに先立って開かれる親交の会に遅れてしまわれただけのことです。捜索はしておりますが、単に時間をお忘れになって庭園などを散策なさっているにちがいありません」

「庭園を散策？」カメルレンゴの声から冷静さが失せた。「一時間以上前に礼拝堂にはいっていただく手筈《てはず》だったのだぞ！」

ラングドンはヴィットリアへ驚きの目を向けた。枢機卿四人が行方不明だって？　階下で衛兵が捜していたのはそれなのか？

「その名簿だが」男が言った。「聞けば納得できるだろう。パリのラマセ枢機卿、バルセロナのギデラ枢機卿、フランクフルトのエイブナー枢機卿……」

名前が読みあげられるにつれ、オリヴェッティは少しずつしぼんでいくように見えた。

男はそこでいったんことばを切り、最後の名前をことさら楽しげに告げた。「そして、イタリアの……バッジア枢機卿」

全身の力が抜けたカメルレンゴは、大凪《おおなぎ》に捕まって急に帆がゆるんだ大型帆船を思わせた。法衣を波打たせ、椅子にくずおれた。「イ・プレフェリーティ」とつぶやく。「四人の有力候補……それも、あのバッジア枢機卿まで……教皇の後継者との呼び声が最も高いかたなのに……なぜそんなことに？」

現代の教皇選挙についてあれこれ読んだ経験から、ラングドンはカメルレンゴの顔に浮かんだ絶望の色が理解できた。厳密に言えば、八十歳未満の枢機卿ならだれもが教皇になる資格を持っているのだが、党派心の渦巻く集団から無記名投票で三分の二もの支持を受けるほど尊敬を集めている者となると、ごくわずかしかいない。それが〝有力候補《プレフェリーティ》〟である。そして、その枢機卿が全員姿を消したのだ。

カメルレンゴの額から汗がしたたり落ちた。「そのかたがたに何をするつもりですか」

「何をすると思う？　おれはハサシンの末裔《まつえい》だがね」

ラングドンは身震いした。その名はよく知っている。教会は長年にわたって、いくつかの怨敵《おんてき》を作ってきた。ハサシン、テンプル騎士団など、ヴァチカンに迫害されたり裏切られたりした者たちだ。

「枢機卿を解放しなさい」カメルレンゴが言った。「神の聖都を破壊すると脅すだけでは不足なのですか」

「四人の枢機卿のことはあきらめろ。もうそちらのものじゃない。まあ、やつらの死が人々の――何百万もの人々の胸に刻まれるという点については保証しよう。殉教者の夢だな。四人とも、燦然《さんぜん》と輝くマスメディアの星にしてやる。一度にひとりずつだ。夜十二時には、イルミナティが世の注目を一身に集めている。世界を変えるなら、世界が見守るなかで実行しないと意味がないからな。公開殺人には酔い痴《し》れるほどの恐怖があると思わないか？　おまえたちが大昔にそれを証明したんだよ……異端審問、テンプル騎士団への拷問、十字軍」男はことばを切った。「そしてもちろん、〝粛清《ラ・プルガ》〟だ」

カメルレンゴは黙したままだった。

「ラ・プルガを思い出せないのか」男は尋ねた。「当然だな、若造なんだから。どのみち、司祭なんてものは歴史に疎いに決まってる。自分たちの歴史があまりに恥ずべきものだからかもな」

「ラ・プルガ」ラングドンは自分の声がそう言うのを聞いた。「一六六八年。ローマ教会は、イルミナティの科学者四人に十字の紋章の焼き印を押した。罪を贖《あがな》わせるために」

「だれがしゃべってる？」問いただすその声からは、不安よりも好奇心が感じとれた。「ほかにだれがいるんだ」

ラングドンは体に震えを覚えた。「わたしの名前など、どうでもいい」声に動揺が表れないよう気を配る。現存するイルミナティの人間と話すのはなんとも奇妙に感じられる。ジョージ・ワシントンと話す気分だ。「きみの属する友愛組織の歴史を研究している学者だ」

「すばらしい」声は答えた。「われわれに対して罪深い行為がなされたことを覚えている人間がまだ生きているとは、うれしいかぎりだ」

「学者の大半は、きみたちが消滅したと考えている」

「組織が懸命に世に信じさせてきた空事《そらごと》だ。ラ・プルガについてほかに知っていることはあるか」

ラングドンは躊躇《ちゅうちょ》した。ほかに知っていること？　いまのこの状況が狂気の沙汰《さた》だと知っていると

も！「その四人は焼き印を押されたのちに殺され、イルミナティへ加わろうと考えるほかの科学者への戒めとして、ローマ市内の公共の場に死体を放置された」

「そのとおり。だから、そっくりお返しというわけだ。それにはこれを《クイド・プロ・クオ》。殺害されたわが同志を弔う象徴的な報復だと考えてくれ。四人の枢機卿は死ぬ。八時を皮切りに、一時間にひとりずつだ。十二時には全世界がすっかり魅了されているだろう」

ラングドンは電話に近寄った。「本気で四人に焼き印を押して殺すつもりなのか」

「歴史は繰り返すと言うじゃないか。むろん、こちらは教会よりも洗練された大胆な方法をとるがね。そちらは人目を忍んで殺し、だれも見ていないときを選んで死体を捨てた。臆病《おくびょう》者らしいやり方だ」

「どういうことだ」ラングドンが訊いた。「公共の場で焼き印を押し、殺すというのか」

「ご明察だ。まあ、公共という語をどう解釈するかにもよる。近ごろは教会へかよう人間もあまり多くないようだから」

ラングドンは相手のことばの意味に気づいてはっとした。「まさか教会で殺害するつもりなのか」

「情け心だよ。神が枢機卿たちの魂を手っとり早く天へ導けるようにな。まさにふさわしい場所だろう。もちろん、マスメディアの連中も喜ぶと思う」

「はったりだ」オリヴェッティが言った。声に冷静さがもどっている。「教会で人を殺して逃げおおせるわけがない」

「はったりだと？　スイス衛兵隊の守りを幽霊のごとくかいくぐって、壁に囲まれた敷地から四人の枢機卿を連れ去ったり、最も聖なる神殿の中心部に死の爆発物を置いたりできるわれわれの宣告がはったりだと思うのか？　人が殺されて犠牲者が発見されれば、マスメディアが群がる。十二時には、世界じゅうにイルミナティの主張が知れわたっているだろう」

「こちらがすべての教会に衛兵を張りこませたら？」オリヴェッティは言った。

男は笑い声をあげた。「気の毒だが、多産な宗教であることが障害になるだろうな。最近数えてみたことがあるか？　ローマ市内には四百を超えるカトリックの教会堂がある。司教座聖堂、礼拝堂、そのほかの会堂、大修道院、男女それぞれの修道院、教区学校……」

オリヴェッティの硬い表情は変わらなかった。

「あと九十分で開始する」男はきっぱりと言った。「一時間にひとり。死の等差数列だ。それでは」

「待て！」ラングドンが強く言った。「四人に使おうという焼き印はどんなものだ」

男はおもしろがっているふうだった。「どんな焼き印か、すでに知っているはずだ。それとも、おまえは懐疑論者なのか？　まあ、すぐに実物を拝めるとも。古来の伝説が真実だったと証明されるだろう」

ラングドンはめまいを感じた。男がなんの話をしているのか、正確に理解できた。レオナルド・ヴェトラの胸に押された焼き印が頭に浮かんだ。言い伝えによると、イルミナティの焼き印は全部で五つある。残りは四つ。そして行方不明の枢機卿は四人だ。

「わたくしは誓う」カメルレンゴが言った。「今宵《こよい》、かならず新しい教皇をお迎えします。神に誓って」

「カメルレンゴ」男が言った。「世界には新しい教皇など不要だ。十二時を過ぎれば、教皇が治めるべきものは瓦礫《がれき》の山だけになる。カトリック教会はこれまでだ。おまえたちの命運は尽きた」

沈黙がつづいた。

カメルレンゴは心底沈んでいるように見えた。「あなたは見当ちがいをしています。教会とは、モルタルと石だけの存在ではないのですよ。二千年に及ぶ信仰――どんな信仰も、おいそれと消し去ることはできない。地上に具象化された事物をいくら取り除いたところで、信仰を叩きつぶすことはできない。カトリック教会は、ヴァチカン市国が存在しようがしまいが存続するのです」

「なんともご立派な嘘だ。だが、しょせん嘘でしかない。お互い、真実は知っているはずだ。なぜヴァチカン市国は城壁で囲まれた要塞になっているか、言ってみろ」

「神の民は危険な世に暮らしています」カメルレンゴは答えた。

「いったいどこまで青くさいんだ。ヴァチカン全体が要塞なのは、カトリック教会の資産の半分がその城壁の内側に隠されているからだよ――珍しい絵画に彫刻、価値の計り知れない宝石や書物……さらに、ヴァチカン銀行の金庫には金塊や不動産証書が眠っている。内々に見積もられたヴァチカン市国全体の資産価値は、ざっと四百八十五億ドル。ずいぶんと蓄えたものだ。それがあすには灰と化す。

いわば資産整理だな。破産するんだよ。聖職者といえども無給では働けまい」

この発言の内容がいかに正確であるかは、オリヴェッティとカメルレンゴの呆然とした顔つきに如実に表れていた。驚嘆すべきはカトリック教会にそれだけの財産があるという事実なのか、それともイルミナティがなんらかの手段でそれを知りえたという事実なのか、ラングドンは決めかねる思いでいた。

カメルレンゴが大きなため息を漏らした。「財産ではありません。信仰こそが教会の礎《いしずえ》です」

「それも嘘だな」男は言った。「教会は去年、世界各地の低迷する教区を支援するために一億八千三百万ドルを投じた。典礼への出席者数もかつてないほど低い――この十年で四十六パーセントの低下だ。寄付金はほんの七年前の半分。神学校への入学者も徐々に減っている。認めたくはあるまいが、カトリック教会は瀕死《ひんし》の状態にある。今回のことを、一気に消失する好機と考えてもらいたい」

オリヴェッティが一歩踏み出した。ようやく眼前に立ちはだかる現実を理解し、闘争心が薄れたらしい。逃げ道を探し求める男のようだった。どんな逃げ道でも。「仮に、その金塊の一部をそちらの目的のために提供すると言ったら？」

「それは双方を侮辱することになる」

「財産はある」

「こちらも同様だ。そちらの想像をしのぐほどな」

ラングドンの脳裏を、噂されるイルミナティの財宝、バイエルンの裕福な石工たちの資産、ロスチャイルド家、ビルダーバーグ・グループ、伝説のイルミナティ・ダイヤモンドといったものがつぎつぎかすめていった。

「お願いですから」カメルレンゴが話をもどした。哀れっぽい声になっている。「有力候補《プレフェリーティ》に手出しをしないでください。高齢でもあり、それに――」

「童貞の生《い》け贄《にえ》だ」男は高らかに笑った。「やつらはほんとうに童貞だと思うか？　あの子羊たちは死ぬとき悲鳴をあげるのか？　科学の祭壇に捧げられる童貞の生け贄《サクリフィーチ・ヴェルジーニ・ネッラルターレ・ディ・シエンツァ》というわけだ」

カメルレンゴは長々と黙したのち、ようやく言った。「信仰の篤《あつ》いかたがたです。死を恐れはしません」

男は鼻で笑った。「レオナルド・ヴェトラは信仰の篤い男だったが、それでもゆうべは目に恐怖が宿っていた。この手で取り去ってやったがね」

それまで口をつぐんでいたヴィットリアがスピーカーに飛びついた。憎しみで体じゅうの筋肉が張り詰めている。「ばか野郎《アスィノ》！　レオナルドはわたしの父よ！」

甲高い笑い声がスピーカーから響いた。「おまえの父親？　どういうことだ？　ヴェトラに娘が？　おまえの父親もいまわの際では子供のようにべそをかいていたぞ。情けない。哀れな男だよ」

ヴィットリアはそのことばに叩きのめされたかのようによろめいた。ラングドンが支えようと手を伸ばしたが、ヴィットリアは落ち着きを取りもどし、黒い瞳でじっと電話を見据えた。「命を懸けて誓うわ。今夜のうちに、あんたを見つけてやる」レーザー光線さながらに鋭い声だ。「そして、見つけたら……」

男は耳障りな声で笑った。「血の気の多い女だ。刺激されたよ。たぶん、今夜のうちに、おれがおまえを見つけてやる。そして、見つけたら……」

ことばが刃《やいば》のように斬《き》りつけた。そして、電話が切れた。

42

モルターティ枢機卿《すうききょう》は黒い法衣に身を包み、汗をかいていた。システィナ礼拝堂がサウナ並みの状態になってきたからだけではない。コンクラーベがあと二十分ではじまるというのに、行方不明の四人の枢機卿についてなんの報告もないのだ。四人の姿が見えないまま、はじめは当惑した様子でささやき合っていた残りの枢機卿たちも、いまやはっきりと不安を口にしはじめている。

四人がどこにいるのか、モルターティにはまるで見当がつかなかった。カメルレンゴといっしょにいるのだろうか。カメルレンゴが午後の早いうちにしきたりどおり内々の茶会を開き、四人のプレフェリーティを招いたことは知っているが、それは何時間も前のことだ。気分がすぐれないのか？　悪いものでも食べて？　モルターティはその考えを打ち消した。たとえ死に瀕していても、四人はこの場にいようとするはずだ。枢機卿がローマ教皇に選ばれる機会は一生に一度、いや、通常はまったくない。そして、教会法によれば、該当者は選挙の時点でシスティナ礼拝堂のなかにいる必要があり、不在の場合は選出される資格を失う。

プレフェリーティが四人いるといっても、次期教皇にだれが選ばれるかはほとんどの枢機卿が確信している。この十五日間は、候補者たる人物について相談するためのファクシミリと電話の嵐が吹き荒れたものだ。慣例にのっとり、プレフェリーティとして四人の名があがっていた。いずれも教皇となるための暗黙の必要条件を満たしている。

イタリア語、スペイン語、英語に堪能《たんのう》である。

外聞をはばかる不面目な秘密がない。

六十五歳と八十歳のあいだである。

そして通例どおり、枢機卿会が互選すべき人物としてひとりが頭角を現した。今回、その人物はミラノのアルド・バッジア枢機卿である。汚点のない奉仕の記録に加え、その卓越した言語力と霊性の本質を伝える能力が、バッジアを非の打ちどころのない最有力候補にしていた。

いったいバッジアはどこにいるのか。モルターティはいぶかった。

モルターティが行方不明の枢機卿の件でこれほど気をもんでいるのは、今夜のコンクラーベを監督する役目を負わされているからだった。一週間前、枢機卿会が満場一致でモルターティを大選皇枢機卿、すなわちコンクラーベ開催時の進行役に選出していた。カメルレンゴは教会の要職にあるとはいえ、立場は一介の司祭でしかなく、複雑な選挙手続きにも精通していないため、枢機卿のひとりが選出されてシスティナ礼拝堂のなかで会の進行を監督するのが慣例だ。

枢機卿たちはよく、大選皇枢機卿に任命されることはキリスト教における最も残酷な名誉だと冗談を言い合った。任命された枢機卿は、選挙会のあいだ候補者としての資格が剥奪《はくだつ》され、そのうえ、コンクラーベに備えて『主のすべての群れ』（注　ヨハネ・パウロ二世による使徒憲章）を何日もかけて熟読し、選挙がつつがなくおこなわれるように、コンクラーベの細々とした難解なしきたりについて確認しなくてはならない。

だが、モルターティには恨む気持ちなどなかった。これが道理にかなった選択だと感じていた。最高齢の枢機卿であるだけでなく、前教皇の心腹の友でもあったという事実が、モルターティの信望をいっそう高めた。制度上はまだ被選挙権のある年齢であったが、本格的に候補者となるにはいくらか歳をとりすぎている。七十九歳では、教皇としての激務に耐えうる体力があると枢機卿会から信用される暗黙の上限をすでに超えているのだ。教皇はたいがい、一日に十四時間、週に七日間働き、極度の疲労のために平均して六・三年で逝去する。教皇の職務を引き受けるのは枢機卿にとって〝天国へのいちばんの近道〟だという冗談が内々でささやかれたほどだった。

モルターティがこれほど寛容な人でなかったら、何年か前に教皇になっていたかもしれないと信じる者も多い。教皇の地位を追い求めるには、そのための三位一体の教義がある——保守的。保守的。保守的。

モルターティがつねづね皮肉なものだと思っていたのは、前教皇（その魂の安らかならんことを）もいったんその座についたあとは、驚くほど自由な心の持ち主だとわかったことだった。現代の世の中が教会とは別の方向へ発展していると悟ったのか、前教皇は科学に対する教会の態度を和らげ、すぐれた科学的探求のために助成金まで出そうと提案した。残念ながら、それは政治的な自殺行為だった。保守的なカトリック教徒たちは教皇が〝耄碌《もうろく》した〟と断じ、純粋主義の科学者たちは、お呼びでない領域へまで教会の影響力を及ぼそうとしていると非難した。

「それで、いまはどちらに？」

モルターティは振り返った。

枢機卿のひとりが不安げにモルターティの肩を叩《たた》いていた。「どこにいらっしゃるかご存じなのでしょう？」

モルターティはあまり心配していないふうを装った。「おそらく、まだカメルレンゴとごいっしょだと思いますよ」

「こんな時間に？　だとしたら、ずいぶん慣例からはずれた行為だ！」その枢機卿は怪しむように眉《まゆ》根《ね》を寄せた。「カメルレンゴが時間を忘れでもしたのでしょうな」

モルターティはそれはあるまいと本心から思ったが、何も言わなかった。ほとんどの枢機卿がカメルレンゴに好意を持っておらず、教皇の間近にお仕えするには若すぎると考えていることはよくわかっている。しかし、それらの反感の多くは妬《ねた》みによるものだという気がするし、モルターティ自身はこの若者を非常に買っていて、侍従として選んだ前教皇にひそかに拍手を送ってもいた。カメルレンゴの目には強い信念が宿っており、大多数の枢機卿とはちがって、とるに足りない政治より礼拝と信仰を重んじている。真の意味で、神の民と呼ぶにふさわしい男だった。

在任期間を通じて、その一途《いちず》な献身ぶりは伝説に残るほどすさまじかった。これはカメルレンゴが子供のころに体験した奇跡のような出来事のせいだと考える者が多い。だれであれ、もしわが身に起これば永遠に心に残ったにちがいない出来事である。奇跡と驚異。モルターティは、そのような揺ぎない信仰を養う出来事に幼少期の自分が出会いたかったと、しばしば思ったものだ。

教会にとって残念なことだが、カメルレンゴが年齢を重ねても教皇になることはありえないとモルターティは確信していた。教皇の座に就くにはある程度の政治的な野望が必要とされるが、若いカメルレンゴにはどうやらそれが欠けている。より高い位階に昇進するよう前教皇が何度勧めても、ごくふつうの聖職者として教会に奉仕するほうがよいと言ってことわりつづけてきた。

「どうなさいますか」同じ枢機卿がモルターティの肩を叩いた。

モルターティは顔をあげた。「とおっしゃいますと？」

「完全な遅刻です。どうするおつもりですか！」

「何ができるというのです」モルターティは答えた。「待ちましょう。そして、信じましょう」

モルターティの返答に強い不満の色を浮かべたまま、枢機卿は力なく暗がりへもどっていった。

モルターティはしばらくその場に立ちつくし、軽くこめかみを叩いて頭をすっきりさせようとつとめた。まったく、どうしたものか。視線が祭壇を通り過ぎ、ミケランジェロの有名なフレスコ画〈最後の審判〉に注がれた。その絵を見ても不安が少しも癒《いや》されなかった。それは、イエス・キリストが人間を義人と罪人に分けて、罪人を地獄へ落とす場面を描写した、縦五十フィートの恐ろしい絵だ。そこには、皮を剝《は》がれた肉や燃えあがる体が描かれ、ミケランジェロの宿敵のひとりがロバの耳をつけて地獄にいる姿さえある。ギイ・ド・モーパッサンは、無知な坑夫が興行レスリングの小屋のために絵筆をとったかに見えるとまで評している。

モルターティも賛成せざるをえなかった。

43

ラングドンは、教皇執務室の防弾ガラス窓の前で身じろぎもせず、報道陣のトレーラートラックでにぎわうサン・ピエトロ広場を見おろしていた。不気味な電話のあと、張り詰めた感覚……どことなく満腹感に近いものを味わっていた。自分が自分ではない気がした。

イルミナティは、忘れ去られた歴史の深淵《しんえん》から蛇のごとく這《は》い出して、古来の仇敵《きゅうてき》に全身で巻きついた。要求はない。交渉もない。目的は報復だけだ。そこには悪魔的な明快さがある。全身で締めつけ、四百年にわたる宿怨《しゅくえん》を晴らす。何世紀にもわたる迫害のすえ、ついに科学が反撃に出たということか。

カメルレンゴは机の前に立ちつくし、呆然《ぼうぜん》と電話機を見つめている。沈黙を破ったのはオリヴェッティだった。「カルロ」カメルレンゴをファーストネームで呼び、士官というより疲れきった友人の口調で語りかけた。「二十六年間、わたしは命を懸けてこの場をお守りしてきた。今夜は不名誉を招いたらしい」

カメルレンゴはかぶりを振った。「あなたとわたくしはそれぞれ異なる立場で神に奉仕していますが、奉仕はつねに名誉をもたらすものです」

「こんなことは……信じられない……このような事態が……」オリヴェッティは打ちのめされているようだ。

「おわかりでしょうが、選びうる道はただひとつです。わたくしには、枢機卿会のかたがたの安全をお守りする義務がある」

「シニョーレ、それはわたしの義務だと思いますが」

「では、部下たちに指示して、緊急避難の誘導をしてください」

「といいますと？」

「ほかの手を打つのはそのあとです——装置の捜索も、行方不明の四人や誘拐犯の追跡も。まずは敷地内の枢機卿のみなさまに安全な場所へ移っていただかなくては。人命の尊厳は何よりも重いのです。教会の基盤となっていらっしゃる人たちですし」

「いますぐコンクラーベを中止するとおっしゃるのですか」

「ほかにどうしろと言うのです」

「新しい教皇にお立ちいただく責任はどうなさるおつもりですか」

カメルレンゴはため息をついて窓のほうを向き、無秩序にひろがるローマの街へ視線を漂わせた。

「聖下がわたくしに話してくださったことがあります。教皇というものは、ふたつの世界――現実の世界と神の世界の板ばさみになるのだと。そして、現実の世界をないがしろにする教会は、神の世界を享受できずに滅びるとおっしゃっていました」突然、その声が年齢に不釣り合いなほど知者らしく響いた。「今宵《こよい》、わたくしたちは現実の世界を突きつけられています。目をそらすのは無益なことです。プライドや先例によって判断力を鈍らせてはいけない」

オリヴェッティは感銘を受けた表情でうなずいた。「あなたを見くびっていましたよ、シニョーレ」

カメルレンゴには聞こえていないようだった。遠い目で窓を見ている。

「シニョーレ、率直に言わせていただきます。現実の世界とは、すなわちわたしの世界です。わたしは人々が心置きなく純粋なものを求められるよう、醜い現実世界に毎日おのれの身を浸しております。いまの状況について助言させていただきたい。わたしはこういう場合に備えて訓練を積んでいるのですから。あなたのご意見は一考に値しますが……大きな危険をはらんでいます」

カメルレンゴは振り向いた。

オリヴェッティはため息をついた。「システィナ礼拝堂から枢機卿会のご一同を避難させるのは、現時点では最悪の選択です」

カメルレンゴに憤慨したそぶりはなく、ただ途方に暮れているふうだった。「では、どうすればよいと？」

「枢機卿がたには何もお伝えにならないことです。コンクラーベを封印なさい。そうすれば、別の手を打つ時間を稼ぐことができる」

カメルレンゴは困惑の表情を浮かべた。「枢機卿会をまるごと時限爆弾の真上に閉じこめろと言うのですか」

「ええ、シニョーレ。当座の処置です。必要とあらば、のちに避難の手筈《てはず》を整えることもできるでしょう」

カメルレンゴはかぶりを振った。「事を起こすのであれば、開会する前に選挙会を延期するのが唯一の手段です。いったん扉が封印されたら、何者も会を中断できません。コンクラーベの規則によれば――」

「現実の世界ですよ、シニョーレ。今夜直面しているのは現実の世界です。よく聞いてください」いまやオリヴェッティは、指揮官特有の乾いた早口でまくし立てている。「百六十人余りの枢機卿をいきなり無防備の状態でローマへ送りこむなど、無謀きわまりない。高齢のかたを混乱とパニックに陥れかねません。ありていに言えば、脳卒中死はひと月に一件でじゅうぶんです」

脳卒中死。隊長のそのことばで、ラングドンは、大学の食堂で学生たちと食事をしていたときに目にはいった新聞の見出しを思い出した。〝ローマ教皇、脳卒中に倒れる。睡眠中に逝去〟。

「それに、システィナ礼拝堂は一種の要塞《ようさい》です。あえて公にはしていませんが、礼拝堂は堅固に補強された構造を持っていて、ミサイルでも出てこないかぎり、攻撃を食い止められます。防備の一環として、きょうの午後、礼拝堂を隅々まで捜索し、盗聴器その他の情報収集装置が仕掛けられていないことも確認しました。礼拝堂は穢《けが》れのない安全な楽園で、内部に反物質が隠されていることなどありえません。現時点では、枢機卿にとってこれ以上に安全な場所はないのです。緊急避難については、必要になった時点で検討すればいい」

ラングドンは感心した。オリヴェッティの冷静で明敏な論理はコーラーを思い起こさせる。

「隊長」ヴィットリアが張り詰めた声で言った。「気がかりなことはほかにもあるんです。こんなに大量の反物質が作られたことはいまだかつてありません。爆発半径については、単なるわたしの予測です。つまり、ヴァチカンを取り囲むローマにも危険が及ぶ恐れがあるということです。保存用容器が中心部に近い建物や地下に隠されていれば城壁外への影響は最小限に抑えられるかもしれませんけど、もし城壁の近くに……たとえばこの建物に置かれているとしたら……」ヴィットリアは窓の外に見えるサン・ピエトロ広場の雑踏へきびしいまなざしを向けた。

「外界に対する責任についてはよく承知している」オリヴェッティは答えた。「だからといって状況がより深刻になるというものでもない。この聖域を守ることが二十年来わたしに課せられた唯一の任務だ。爆発を起こさせるつもりは端《はな》からない」

カメルレンゴが顔をあげた。「見つけられると言うのですか」

「捜索の現場担当者と相談させてください。可能性はあると思います。ヴァチカン市国の電力を切れば、高周波ノイズを除去して容器の磁場を検出できる環境が作れるかもしれません」

ヴィットリアは驚きの色を見せてから、感じ入った顔つきになった。「ヴァチカン市国全土を停電させるというの？」

「可能であればだ。できるかどうかわからないが、可能性を探りたい」

「枢機卿たちは何事かといぶかしむでしょうね」ヴィットリアは言った。

オリヴェッティは首を横に振った。「コンクラーベは蠟燭《ろうそく》の明かりのもとでおこなわれる。枢機卿がたはお気づきにならないだろう。いったんコンクラーベが封印されたら、国境の警備にあたる数人以外の全衛兵を動員して捜索を開始できる。百人であたれば五時間でかなりの面積を見られるはずだ」

「四時間よ」ヴィットリアは訂正した。「飛行機で容器をセルンへ持ち帰る必要があるの。電池に充電しないと爆発は避けられない」

「ここで充電する方法はないのか」

ヴィットリアはかぶりを振った。「インターフェースが複雑なのよ。可能ならここに持ってきてる」

「では、四時間だ」オリヴェッティは眉をひそめた。「それでも時間はじゅうぶんある。パニックを起こしてもなんの助けにもならない。シニョーレ、あと十分で時間になります。礼拝堂へ行ってコンクラーベを封印してください。わたしたち衛兵隊にしばらく時間をいただきたい。真に危険な時刻が近づいたら、真に重大な決断をくだすことになるでしょう」

どこまで〝真に危険な時刻〟に近づいたらオリヴェッティが本気で動くのか、とラングドンは思った。

カメルレンゴが当惑顔で言った。「しかし、枢機卿のみなさまはプレフェリーティのことをお尋ねになるでしょう……特にバッジア枢機卿が……どこにいらっしゃるのかと」

「では何か考えていただくしかありません、シニョーレ。茶会の席で四人の枢機卿にお出ししたものに食あたりを起こされたとでもお話しになったらどうですか」

カメルレンゴは気色ばんだ。「システィナ礼拝堂の祭壇に立って、枢機卿会のかたがたに嘘を言えと？」

「ご一同の身を守るためですよ。ウナ・ブジーア・ヴェニアーレ。罪のない嘘です。あなたの仕事は治安を保つことですから」オリヴェッティは扉へ向かった。「これで失礼してよろしければ、さっそく行動を開始したいのですが」

「隊長《コマンダンテ》」カメルレンゴは強い口調で言った。「行方不明の枢機卿を見捨てるわけにはいきませんよ」

オリヴェッティは戸口で立ち止まった。「現在のところ、われわれの力はバッジア枢機卿ら四人にまでは及びません。あきらめざるをえないのです……全体の利益のために。軍隊用語では〝優先順位《トリアージ》づけ〟といいます」

「〝放棄〟というのではありませんか」

オリヴェッティの声がきびしくなった。「もし何かの方法で……どんな方法であれ、四人の枢機卿の居場所を突き止められるのなら、わたしは命を張ってでも取り組みます。しかし……」そう言って、部屋の向こうにある窓を指さした。果てしない海さながらにひろがるローマの屋根に、夕方の陽光が反射して輝いている。「人口五百万の都市の捜索はわたしの力を超えています。良心のうずきを和らげるために無意味な作戦をとって、貴重な時間を無駄にするつもりはありません。残念ですが」

ヴィットリアがふいに言った。「だけど、暗殺者を捕まえれば、口を割らせることもできるんじゃないかしら」

オリヴェッティは鋭い目でヴィットリアを見た。「兵士は超人じゃないんだよ、ミズ・ヴェトラ。自分の親を殺した男をなんとしても捕らえたいというあなたの気持ちはよくわかるが」

「わたしの気持ちだけの問題じゃないわ。その男は反物質のありかも、行方不明の枢機卿の居場所も知ってるのよ。どうにかして見つけ出せば……」

「相手の思う壺《つぼ》だ」オリヴェッティは言った。「何百もの教会堂に張りこませるためにヴァチカンの衛兵をこぞって移動させようものなら、それこそイルミナティの思惑どおりだよ。本来なら容器を捜すべき貴重な時間と人手を無駄に使うことになるし、へたをするとヴァチカン銀行が丸裸だ。あとに残される枢機卿については言うまでもない」

みごとに的を射ていた。

「ローマ市警はどうでしょうか」カメルレンゴが問いかけた。「市内全域の捜査機関に対し、危機について伝えるのです。誘拐犯の捜査への協力を要請しましょう」

「それも愚策です」オリヴェッティは言った。「ローマの警官《カラビニエーリ》がわれわれをどう思っているかご存じでしょう。数人のいいかげんな協力者を得るのと引き替えに、われわれの危機を全世界のマスメディアに売られてしまうのが落ちです。それこそ敵の目論見《もくろみ》どおりだ。どちらにせよ、いずれはマスメディアを相手にせざるをえなくなります。それを急ぐ必要はありません」

ラングドンは、暗殺者のことばを思い返していた。〝四人とも、燦然と輝くマスメディアの星にしてやる〟――〝四人の枢機卿は死ぬ。八時を皮切りに、一時間にひとりずつだ〟――〝もちろん、マスメディアの連中も喜ぶと思う〟。

カメルレンゴがふたたび口を開いた。声に怒りの響きがわずかにこもっている。「行方不明の枢機卿をほうっておくなどということは、良心にかけて許せません！」

オリヴェッティはカメルレンゴの目をまっすぐ見据えた。「平穏の祈りをどうぞ、シニョーレ。覚えていらっしゃいますね」

カメルレンゴは悲痛な声で一節を口にした。「主よ、変えることのできぬものを受け入れる落ち着きをわが身にお与えください」

「信じてください」オリヴェッティが言った。「今回はそういうもののひとつですよ」そして去っていった。

44

英国放送協会《BBC》の本社は、ロンドンのピカディリー広場のすぐ西側にある。交換台の電話が鳴り、女性の番組制作担当者が受話器をとった。

「はい、ＢＢＣです」ダンヒルの煙草の火をもみ消しながら言った。

聞こえたのは中東の訛《なま》りがあるとがった声だった。「あんたらが興味を持ちそうな特ダネがある」

担当者はペンと規定の電話処理票を取り出した。「話題は何でしょうか」

「教皇選挙だ」

担当者は落胆して顔をしかめた。ＢＢＣではきのう事前番組を放送したが、反応は冴《さ》えなかった。どうやら世間の人々はヴァチカン市国にほとんど関心がないらしい。「どんな切り口で？」

「選挙のニュースを伝えるテレビレポーターをローマに派遣しているか」

「そのはずです」

「その男と直接話したい」

「申しわけありませんが、内容もわからないまま連絡先をお教えするわけには――」

「コンクラーベが危機に瀕《ひん》している。話せるのはここまでだ」

担当者はメモをとった。「お名前は？」

「おれの名前など関係ない」

驚くことでもない。「で、その話には裏づけがありますか」

「ある」

「いまお話しいただけるとありがたいのですが。よほどの事情がないかぎりレポーターの連絡先はお教えできないことになって――」

「わかった。ほかの局をあたることにする。手間をとらせてすまなかった。では、ごきげん――」

「切らないで」担当者は言った。「ちょっとお待ちください」

電話を保留にして、首を伸ばした。いたずら電話を選り分ける技術は完璧《かんぺき》な科学でもなんでもないが、たったいまこの男は、電話情報源の信憑性《しんぴょう》を探る暗黙の試験ふたつに合格した。名乗るのを拒み、すぐに電話を切りたがった。金や名声が目当ての輩《やから》は、たいがい哀れな声で泣きついて懇願する。

ありがたいことに、レポーターという人種は大きなネタを逃す恐怖につねに怯《おび》えて生きているので、いかれた妄想に取りつかれた人間をたまに送りこんでも、ひどく責められることはまずない。レポーターの時間を五分間無駄にするのは許される。けれども、大ニュースをやりすごすのは許されない。

あくびをしながらコンピューターに向かい、〝ヴァチカン市国〟というキーワードを打ちこんだ。教皇選挙を担当する現場レポーターの名前を見て、笑いがこみあげた。BBCの大衆向けニュースの担当者として、最近ロンドンの低俗なタブロイド紙から雇い入れられた新人だった。どうやら、上層部はこの新人をどん底からはじめさせたらしい。

おそらく、十秒ほどの生放送の出番のためにひと晩じゅう待ちつづけてすっかり退屈しているだろう。単調さが破られれば大喜びするにちがいない。

担当者は、ヴァチカン市国にいるそのレポーターの中継車につながる番号を書き写した。それから新しい煙草に火をつけ、匿名の男にその番号を伝えた。

45

「うまくいきっこないわ」教皇執務室を歩きまわっていたヴィットリアは、目をあげてカメルレンゴを見た。「たとえスイス衛兵隊が電磁波の干渉を排除できたとしても、文字どおり容器の真上にでもいないかぎり、その磁場は感知できません。それも、容器がむき出しになっている場合……ほかの遮《しゃ》蔽《へい》物がない場合にかぎります。金属製の箱に入れられて地面に埋まっているとしたら？　金属製の換気ダクトに押しこめられていたら？　どうしたって検出するのは不可能です。それに、もしほんとうに、スイス衛兵に向こうの息がかかっているとしたら？　捜索に手抜きがないとは言いきれません」

カメルレンゴは疲れきっているようだった。「何をおっしゃりたいのですか、ミズ・ヴェトラ」

ヴィットリアは面食らった。わかりきったことでしょう？

「いますぐほかの予防策を講じるべきだと言っているんです。隊長の捜索が成功するという、万にひとつの可能性に望みをかけるのもいいでしょう。でも、窓の外を見てください。あの人だかりが見えますか？　広場の向こうの建物は？　報道陣のバンは？　観光客は？　すべてが爆発の危険域にはいっていてもおかしくないんですよ。ただちに行動を起こしてください」

カメルレンゴはうつろな顔でうなずいた。

ヴィットリアは苛立《いらだ》っていた。オリヴェッティのせいで、時間がじゅうぶんあるとだれもが思いこんでしまったようだ。けれども、ヴァチカンが窮地に立たされているというニュースが漏れたら、ものの数分でこの一帯が見物人で埋めつくされるのは目に見えている。一度、スイスの国会議事堂の前で同じ経験をしたことがある。爆弾のからんだ人質事件が起こったとき、何千もの人間が現場を目撃しようと議事堂の前に詰めかけた。危険だという警察の警告もむなしく、混雑はいや増した。他人の悲劇ほど人々の興味を引くものはない。

「シニョーレ」ヴィットリアは必死だった。「父を殺した男がすぐ近くにいるんです。体じゅうの細胞という細胞が、いまにもこの部屋を抜け出してその男の追跡をはじめたがっている。それでもわたしはここを離れません……責任を感じているからです。あなたに対しても、ほかの人たちに対しても。人命が危険にさらされているんですよ、シニョーレ。おわかりですか」

カメルレンゴは答えなかった。

ヴィットリアには自分の心臓の高鳴りが聞こえていた。

――なぜ逆探知ができないの？　あのイルミナティの暗殺者が鍵《かぎ》なのに。反物質のありかはあいつが知ってる……それに、四人の枢機卿の居所も！　暗殺者を捕まえれば、すべて解決するのよ。

心に抑えが効かなくなってきたのがわかった。孤児だったころの記憶にかすかに残るだけの、近ごろ自分と無縁だった苦悩。掻《か》き消す手だてのない苛立ち。手だてはある、と自分に言い聞かせる。かならずあるはずよ。だが、今回はどうにもならなかった。さまざまな懸念が押し寄せて首を絞めつける。自分は研究者であり、問題解決の専門家だ。しかし、これは解答のない問題だった。必要なデータは？　何があればいい？　深呼吸をするよう自分に言い聞かせたが、生まれてはじめて、うまくいかなかった。ヴィットリアは息苦しくなっていた。


　ラングドンは頭痛をかかえ、自分が合理性の境目を歩きまわっている気分になっていた。ヴィットリアとカメルレンゴを見てはいたが、視界はおぞましい映像でかすんでいる。爆発、群がる報道陣、まわりつづけるカメラ、焼き印を押された四人。

　シャイタン……ルシファー……光をもたらす者……悪魔《サタン》……

　ラングドンは邪悪な映像を頭から払いのけた。これは計算されたテロリズムだ、と自分に念を押し、現実を手につかもうとした。計画された混沌《カオス》だ。ローマ皇帝の近衛兵団のシンボル体系を研究していたころ、ラドクリフ・カレッジで聴講したセミナーが思い出された。あれ以来、テロリストを見る目がすっかり変わったのだ。

「テロリズムには」その講義で教授が言っていた。「ただひとつの目的があります。なんだかわかりますか」

「罪のない人間を殺すことですか」ひとりの学生が発言した。

「ちがいます。死はテロリズムの副産物にすぎません」

「強さを誇示することでは？」

「いいえ。これほど弱い集団はほかにありませんよ」

「恐怖《terror》を呼び起こすこと?」

「ご名答。要するに、テロリズム《terrorism》の目的は恐怖と不安を生み出すことです。不安は体制に対する信仰をむしばむ。敵を内側から弱らせるわけです……大衆を動揺させてね。ぜひ書き留めてください。テロリズムは断じて怒りの表現などではない。それは政治的な武器です。過ちを犯さないという政府の仮面を剝ぎとることで、人々の信仰をも剝ぎとるのです」

信仰の喪失……

これは、そういうことなのか。切り刻まれた犬のように枢機卿の死体が転がっていたら、世界じゅうのキリスト教徒はどう反応するだろう? 神聖視されている聖職者の信仰をもってしても悪魔から自分の身を守れないとしたら、その他大勢の者にどんな希望があるというのか。いまやラングドンの頭はさらに激しく鳴り響いていた……中で小さな声が葛藤《かっとう》を繰りひろげている。

――信仰はおまえを守ってくれない。医療、エアバッグ……おまえを守るのはそういうものだ。神はおまえを守ってくれない。おまえを守るのは知性だ。啓示だ。実体のある成果が得られるものを信仰しろ。水上を歩く男の話から、どれだけ月日が流れた? 現代の奇跡は科学のものだ……コンピューター、ワクチン、宇宙ステーション……そして、天地創造の奇跡までも。無から物質が創られたんだぞ……研究室のなかで。神は必要か? とんでもない! 科学こそが神だ。

暗殺者の声が脳裏にこだまする。夜十二時……死の等差数列……科学の祭壇に捧げられる童貞の《サクリフィーチ・ヴェルジーニ・ネッラルターレ・ディ・》生け贄《シェンツァ》。

すると突然、一発の銃声で人だかりが一掃されるがごとく、頭のなかの声が消えた。

ラングドンはいきなり立ちあがった。後ろに倒れた椅子が、大理石の床とぶつかって大きな音を立てた。

ヴィットリアとカメルレンゴが飛びあがった。

「見落としてたんだ」ラングドンは呆然とした面持ちでつぶやいた。「すぐ目の前にあったんじゃないか……」

「何を見落としてたの?」ヴィットリアが尋ねた。

ラングドンはカメルレンゴに向きなおった。「神父さま、わたしはここ三年間、ヴァチカン記録保管所の利用許可を申請しつづけてきました。これまでに七回却下されています」

「ミスター・ラングドン、それはお気の毒です。けれど、いまはそのような苦情をうかがう折とは思えませんが」

「いますぐ利用許可をいただきたい。行方不明の枢機卿の件です。四人の殺害が予定されている場所を特定できる可能性があります」

ヴィットリアが目を見開いた。聞きちがえたのだろうという顔をしている。

カメルレンゴは、まるで残酷なジョークの笑い種《ぐさ》にでもされたように、当惑の表情を浮かべた。

「その情報が記録保管所におさめられている、と信じろとおっしゃるのですか」

「時間内に探し出せるとお約束はできませんが、中に入れていただければ……」

「ミスター・ラングドン、わたしは四分後にシスティナ礼拝堂に着いていなくてはなりません。記録保管所はまるで方向がちがう」

「あなた、本気なのね?」ヴィットリアが割ってはいった。ラングドンの瞳《ひとみ》の奥深くをのぞきこみ、その真剣さを感じとったらしい。

「冗談を言ってる場合じゃないだろう」ラングドンは答えた。

「神父さま」ヴィットリアはカメルレンゴへ顔を向けて言った。「もし可能性があるのなら……殺害がおこなわれる場所を探す見こみが少しでもあるのなら、そこを監視することもできますし――」

「しかし、なぜ記録保管所を？」カメルレンゴは引かなかった。「そんなところに手がかりがあるとはとても思えない」

「くわしいお話をしている時間はありません」ラングドンは言った。「しかし、わたしの考えが正しければ、その情報をもとにハサシンを捕らえられると思います」

カメルレンゴは、信じたいと願っているのになぜかそうできずにいるふうだった。「あの記録保管所には、キリスト教で最も神聖な写本などが眠っています。わたくし自身も目にする権利を与えられていない秘宝です」

「存じています」

「利用するには、所長およびヴァチカン司書委員会の許可書が必要です」

「ただし」ラングドンは力強く言った。「教皇の勅令がある場合はこれにかぎらない。所長から届く断り状にかならず書いてある文句です」

カメルレンゴはうなずいた。

「無礼を働くつもりはありません」ラングドンは言った。「ただ、わたしの思いちがいでなければ、教皇の勅令はこの執務室から出されるわけですね。わたしの理解するかぎり、今夜はあなたが教皇の持ち場で責任を負っていらっしゃる。現状を考えると……」

カメルレンゴは法衣から懐中時計を取り出して、視線を落とした。「ミスター・ラングドン、わたくしは今宵、文字どおり命を賭《と》してこの教会を救う覚悟をしています」

その目からは誠実さが感じられた。

「その文書ですが」カメルレンゴは言った。「たしかにここにあるとお考えなのですね？　しかも、それが四つの教会を特定するのに役立つと」

「確信がなければ、数えきれないほど請願書を出したりはしていませんよ。教員の収入では、ふざけ半分でイタリアへ来ることなどできません。その文書というのは、はるか昔の――」

「すみません」カメルレンゴは口をはさんだ。「お許しください。いま細かいことをうかがっても、頭が処理しきれません。ヴァチカン記録保管所の位置をご存じですか」

ラングドンは興奮に胸を高鳴らせた。「サンタ・アナ門からの道の先ですね」

「おみごとです。たいていの研究者は、聖ペテロの司教座の奥にある秘密の扉からはいるものだと思っていらっしゃる」

「ちがいますね。それはサン・ピエトロ大聖堂管理局の記録保管所です。よくある勘ちがいだ」

「利用者には司書である案内人がかならず同行することになっています。今夜は案内人もいません。あなたは完全な自由行動を要求なさっているわけですね。枢機卿でさえひとりで入館することはないのに」

「教会の秘宝を扱うのですから、最大の敬意と注意を払います。司書のかたも、わたしがいた痕跡《こんせき》など微塵《みじん》も感じないでしょう」

頭上でサン・ピエトロ大聖堂の鐘がゆったりと鳴りはじめた。カメルレンゴは懐中時計を確認した。

「もう行かなくては」張り詰めた一瞬の沈黙のあと、ラングドンに目を向けた。「スイス衛兵に、記録保管所の前であなたと落ち合うよう伝えます。あなたに全幅の信頼を置きましょう、ミスター・ラングドン。さあ、お行きなさい」

ラングドンは何も言えなかった。

若きカメルレンゴは、いまや不気味なほどの落ち着きを取りもどしているように見えた。手を伸ばし、ラングドンの肩を思いのほか強くつかんだ。「探し物をぜひ見つけてください。それも早急に」

46

ヴァチカン記録保管所は、サンタ・アナ門から坂をのぼった図書館の中庭の突きあたりにある。館内には二万冊以上の書物があり、レオナルド・ダ・ヴィンチの失われた日記や公にされていない聖書といった秘宝が眠ると噂されている。

ラングドンは力強い足どりで、人気《ひとけ》のない通りを記録保管所へ向かっていた。まもなく入館がかなうという事実がなかなか実感できない。ヴィットリアが肩を並べ、同じ歩調で苦もなくついてきていた。アーモンドの香りの漂う髪がそよ風になびき、ラングドンはそれを胸に吸った。思考が横道へそれそうだが、たぐり寄せた。

ヴィットリアが口を開いた。「何を探すつもりか教えてくれる？」

「ガリレオというやつが書いたちっぽけな本さ」

ヴィットリアは驚いたようだった。「ふざけないで。何が書いてあるの？」

「〝イル・セーニョ〟と呼ばれるものが記されているはずだ」

「つまり、記号《サイン》？」

「記号、手がかり、目印……いろいろな訳し方ができるけどね」

「なんの記号かしら」

ラングドンは足どりを速めた。「秘密の場所を表したものだ。ガリレオのイルミナティはヴァチカンから自分たちの身を守る必要があったから、ローマ市内に極秘の集会所を置いたんだよ。そして、啓示の教会《チャーチ・オブ・イルミネーション》と呼んだ」

「悪魔の隠れ家を〝教会〟と呼ぶなんて、たいした度胸ね」

ラングドンはかぶりを振った。「ガリレオのイルミナティは悪魔的でもなんでもなかった。啓示を崇《あが》める科学者の集まりだよ。集会所といっても、一堂に会して、ヴァチカンから禁止されている話題を語り合える安全な場所というものでしかなかった。隠れ家が存在したことは知られているんだが、その場所を探しあてた者はいまだにいない」

「イルミナティは秘密を見破られない術《すべ》を心得ていたようね」

「そのとおりだ。組織以外の人間にはけっして潜伏場所を明かさなかった。この秘密主義のおかげで組織は守られたわけだが、新しい会員を勧誘する段になると逆にそれが障害になる」

「宣伝ができなければ組織の拡大は無理だものね」ヴィットリアの脚の運びも心の動きも、ラングドンの歩調とみごとに合っている。

「そうなんだ。ガリレオの友愛組織があるという噂は一六三〇年代にひろがりだし、世界じゅうの科学者がイルミナティへの参加を目論んでひそかにローマを訪れた……ガリレオの望遠鏡をひと目拝んで、大科学者の高説を傾聴したいと願ったわけだ。ところが、あいにくイルミナティの秘密主義のおかげで、ローマに着いたはいいけれど、どこへ行けば集会に参加できるのか、だれに尋ねれば安全なのかがまったくわからない。イルミナティは新しい血を必要としていたが、所在を簡単に明らかにするような危険は冒せなかったんだ」

ヴィットリアが眉をひそめた。「スィトゥアツィオーネ・センツァ・ソルッツィオーネ――答のない難題ね」

「ああ。アメリカ人なら、どん詰《キャッチ22》まりとでも言うところさ」

「で、どうなったの？」

「科学者の集まりだからね。問題点を検討して、解決策を見つけた。それも、すばらしいものを。イルミナティは、科学者を聖地へ導く、一種の巧妙な地図を創り出したんだ」

ヴィットリアは急に疑わしげな顔をして歩をゆるめた。「地図？　なんだか不用意な感じね。写しが敵の手に渡りでもしたら……」

「それはありえない」ラングドンが言った。「どこにも写しなんてものはなかったからね。それは紙におさまるたぐいの地図じゃなかった。桁《けた》はずれに大きかったんだ。市内を縦横に走る、いわば目印つきの通り道だった」

ヴィットリアの歩みがさらに遅くなった。「歩道に矢印が描いてあるとか？」

「ある意味で似ているが、それよりずっと繊細だよ。市内に散らばる公の場所に意味のある道しるべが注意深く隠されていて、それ全体が地図をなす仕組みだ。ひとつの道しるべがつぎの道しるべへと導き……そして、またつぎの道しるべへと……進路がわかるようになっている。そうやって、最後にはイルミナティの隠れ家にたどり着くわけだ」

ヴィットリアは不信の目を向けた。「なんだか宝探しみたいだけど」

ラングドンは含み笑いをした。「まあ、そうとも言えるかな。イルミナティは、この一連の道しるべを〝啓示の道《パス・オブ・イルミネーション》〟と呼んで、友愛組織に加わりたい者全員に、最後までたどることを義務づけた。一種の試験だよ」

「でもそれなら、もしヴァチカンがイルミナティを見つけたいと思ったとしても、その道しるべをたどることができたんじゃないの？」

「いや。啓示の道は隠されていたからね。謎解きの形になっていたんだ。能力のあるひと握りの人間だけが、道しるべを追って隠れ家を探りあてられる仕組みだ。イルミナティは、これをある種の参入儀礼と位置づけた。安全を確保するばかりか、扉を叩くのが際立って優秀な科学者だけになるよう、志願者をふるい落とす役割も持たせたわけだ」

「信じられないわ。十七世紀と言えば、聖職者は世界でも有数の教養人だったわけでしょう？　そんな道しるべが公の場にあったら、それを解き明かせる人間が当時のヴァチカンにもまちがいなくいたと思うの」

「もちろんさ」ラングドンが言った。「ただし、道しるべの存在を知っていればの話だ。ヴァチカンの人間は知らなかった。しかも、その道しるべは疑いをまったくいだかせない形に作られていたから、聖職者たちは気づきもしなかった。イルミナティは、象徴学で言うところの〝ディスィムレイション〟という方法を使ったんだ」

「擬装――カモフラージュのことかしら」

ラングドンは感心した。「そのことばを知ってるとはね」

「〝擬態《ディスイムラツイオーネ》〟というのは、自然界の最強の防衛手段よ。海草のあいだに浮かんで倒立しているヘラヤガラは、なかなか見分けられないでしょう?」

「なるほど」ラングドンは言った。「イルミナティの発想もそれと同じだった。ローマの街の舞台背景に溶けこむような道しるべを用意したんだよ。アンビグラムや科学的な記号では目立ちすぎて使えなかったから、イルミナティに属するひとりの芸術家に依頼して——それは〝イルミナティ〟というアンビグラムの紋章を生み出した無名の天才と同一人物だが——四つの彫刻を造らせた」

「イルミナティの彫刻?」

「そう、ふたつのきびしい条件が課せられた彫刻だ。第一は、ローマにあるほかの芸術作品と同じふうに見えること……イルミナティのものだという疑いをけっしてヴァチカンにいだかせないことだ」

「宗教芸術だというわけね」

ラングドンはうなずいて、やや興奮気味にまくし立てた。「そして第二の条件は、四つの彫刻にきわめて特殊なテーマを持たせることだった。それぞれの作品が、科学の四大元素のどれかひとつをそれとなく讃《たた》えるものになっていなければならなかったんだ」

「四大元素?」ヴィットリアは言った。「元素は百以上あるわ」

「十七世紀にはそうじゃなかったろう? 初期の錬金術師は、全世界が四つの物質だけから成り立っていると信じていた。土、空気、火、水だ」

初期の十字架が四大元素を示す最も一般的な記号であり、四つの腕がそれぞれ土、空気、火、水を表していたことも、ラングドンは知っていた。さらに言えば、土、空気、火、水を象徴として利用した例は古今東西に見られ、何十にも及んでいる——ピタゴラス派の輪廻転生《りんねてんしょう》、中国の洪範、ユングの男性原理と女性原理、十二宮の四区分、そして、イスラム教徒までもがこの古代の四大元素を崇拝していた。もっとも、イスラムでは〝広場、雲、雷光、波〟として知られているが。けれども、ラングドンがいつも背筋に寒気を感じるのは、もっと近代的な利用例——フリーメイソンの秘儀伝授の四段階である土、空気、火、水の試練だった。

ヴィットリアは怪訝《けげん》な顔をしていた。「で、そのイルミナティの芸術家が、見た目は宗教芸術だけど、ほんとうは土と空気と火と水を讃える芸術作品を四つ彫ったってこと?」

「そのとおり」ラングドンはすばやく道を曲がり、記録保管所をめざした。「ローマを覆いつくす宗教芸術の海に溶けこむ作品だ。イルミナティは、慎重に選んだローマ市内の教会に匿名のまま作品を寄付し、陰で手をまわしてそれらの四つを設置させた。ひとつひとつが道しるべで……それとなくつぎの教会を指し示していて……つぎの教会には新しい道しるべが待っているという。宗教芸術作品の顔をしながら、道順の手がかりになっているわけだ。参入志願者が最初の教会と土の道しるべを見つけることができたら、あとはそれに従って空気へ……そして火へ……そして水へ……そして最後に啓示の教会へたどり着ける」

ヴィットリアはますます困惑していた。「それがイルミナティの暗殺者を捕まえることと何か関係があるの?」

ラングドンは最強のカードを出すかのように笑みを漂わせた。「あるとも。イルミナティは、その四つの教会を特別な名前で呼んだんだ。〝科学の祭壇〟とね」

ヴィットリアは顔を曇らせた。「ごめんなさい。それでもなんのことか——」そこで急にことばを切った。「科学の祭壇《ラルターレ・ディ・シエンツア》？」大声で言う。「イルミナティの暗殺者ね。あの男、枢機卿たちが科学の祭壇に捧げられる童貞の生《い》け贄《にえ》になると脅してたわ！」

ラングドンは微笑みかけた。「四人の枢機卿。四つの教会。四つの科学の祭壇」

ヴィットリアは驚愕《きょうがく》したようだった。「つまり、四人の枢機卿が生け贄にされる教会は、古《いにしえ》の〝啓示の道〟の目印になった四つの教会と同じだってこと？」

「そうだと思う」

「でも、なぜわたしたちにヒントを出したりしたのかしら」

「驚くことでもないさ」ラングドンは答えた。「その彫刻の話を知っている歴史学者はほとんどいない。実在を信じる者となるとなおさらだ。しかも、それらの場所は四百年間も謎だったんだ。あと五時間は謎のままだとイルミナティが信じていても不思議はない。それに、イルミナティはもう啓示の道を必要としていないんだよ。おそらく、秘密の隠れ家ははるか昔に消えているだろう。みんな現代の社会生活を送ってるさ。銀行の役員室で顔を合わせ、クラブで食事をし、会員制のゴルフコースをまわる。そして今夜、自分たちの秘密を世に知らしめるという宿願を果たそうとしている。最高の瞬間——壮大な除幕式だよ」

このイルミナティの除幕式に、まだ自分が説明していない特別な対称図形が現れるのではないかとラングドンは危惧《きぐ》していた。それは〝四つの焼き印〟だ。暗殺者は、枢機卿ひとりひとりに異なった焼き印を押すことをにおわせ、〝古来の伝説が真実だったと証明されるだろう〟と言っていた。アンビグラムになった四つの焼き印の伝説は、イルミナティ自体と同じくらい古くからある。土《earth》、空気《air》、火《fire》、水《water》——完全な対称図形に作りあげられた四つの単語。イルミナティという単語がそうだったのと同じだ。となると、それぞれの枢機卿に、科学の四大元素がひとつずつ刻印されることになる。四つの焼き印はイタリア語ではなく英語だとの風説があり、いまだに歴史学者のあいだで論争の的になっている。イルミナティの母国語がイタリア語であることを考えると、英語という選択は気まぐれな逸脱ではないかとも思える。イルミナティは気まぐれなことなどしない組織だった。

ラングドンは記録保管所の前の煉瓦《れんが》造りの歩道にはいった。恐ろしいイメージが心を占領している。イルミナティの策略がどれほど辛抱強く壮大なものだったのかが見えてきた。可能なかぎりの長きにわたって沈黙を守り、じゅうぶんな勢力と強さを蓄える誓いを保っていたのだ。ふたたび堂々と姿を現し、足場を固め、主義主張を公然と貫くために。イルミナティには、もはや隠れる意志はない。みずからの力を誇示し、陰謀の神話が事実だと知らしめるだけだ。そして今夜、世界じゅうの注目を一身に集めようとしている。

ヴィットリアが口を開いた。「ほら、わたしたちの付き添いが来たわ」ラングドンが目をあげると、ひとりのスイス衛兵がすぐそばの芝生を横切って正面の入口へ急ぐ姿が見えた。

衛兵はふたりに気づき、その場に立ち止まった。幻覚を目にしたかのようなまなざしでふたりを見つめた。ひとことも発さずに背を向け、無線機を取り出す。指示された内容が信じられない様子で、無線の相手と早口で話している。返ってきた怒鳴り声はラングドンには聞きとれなかったが、その意味は明らかだった。衛兵はがくりと肩を落とし、無線機をしまってから、不満げな顔をふたりに向けた。

全員が無言のまま、衛兵がふたりを従えて建物へはいった。鉄製の扉を四つ抜け、マスターキーで開く入口をふたつ過ぎて、吹き抜けの長い階段をおりたあと、暗証番号用のキーパッドを二個叩いて広間へ出た。ハイテクの電子ゲートをいくつも通り抜けながら長い廊下を進むと、オーク材の大きな両開き扉に突きあたった。衛兵はそこで立ち止まり、もう一度ふたりに目をやってから、小声で何やら言いながら、壁に取りつけられた金属の箱に歩み寄った。箱の鍵をあけ、中へ手を伸ばしてまた暗証番号を入力する。目の前の扉が低い音を立てて解錠された。

衛兵は振り向いて、はじめてふたりに話しかけた。「記録保管所はこの扉の向こうです。わたくしは、ここまでおふたりをご案内したら、別の任務に関する指令を受けるよう言われておりますので」

「帰るってこと?」ヴィットリアが声を荒らげた。

「スイス衛兵は記録保管所への立ち入りを許可されていません。あなたがたがここにいるのは、隊長がカメルレンゴからじきじきに指示を受けたからにすぎないのです」

「でも、出るときはどうするの?」

「防犯システムは一方向にしか作動しません。なんの問題もないはずです」会話はこれで全部だとばかり、衛兵はかかとでまわれ右をするなり、廊下を早足で去っていった。

ヴィットリアが何か文句を言ったが、ラングドンには聞こえなかった。ラングドンは目の前の両開き扉に気をとられ、この向こうにどんな神秘が隠されているのかと思いを募らせていた。

47

時間が迫っていることは知っていたが、カメルレンゴのカルロ・ヴェントレスカはゆっくりと歩いていた。開幕の祈りと向き合う前に、ひとりになって考えをまとめる時間が必要だった。あまりにも多くのことが起こっている。薄暗いなか、ひとりきりで北翼棟を進んでいくうち、この十五日間の試練が骨までしみ入る気がした。

きょうまで、聖なるつとめを完璧にこなしてきた。

教皇が息を引きとると、カメルレンゴはヴァチカンの伝統にのっとって、指を教皇の頸《けい》動脈にあて、呼吸に耳を澄まし、教皇の名前を三度呼んでみずから臨終を確認した。法令により、検死はおこなわれない。その後、教皇の寝室を封印し、教皇の〝漁夫の指輪〟をつぶしたり印章の打ち型を粉砕したりしたあと、葬儀の手配をした。それから、コンクラーベの準備に取りかかった。

コンクラーベか、とカメルレンゴは思った。最後の関門。コンクラーベはキリスト教世界で最も古い伝統のひとつだ。昨今では、コンクラーベの結果ははじまる前から予想がつくのがふつうなので、時代遅れで選挙より茶番劇に近いなどと批判されている。だがカメルレンゴには、それが世の認識不足のせいだとわかっていた。コンクラーベは選挙などではない。これは、力を譲渡する古来の神秘的な儀式なのだ。そこには不変の伝統が生きている。秘密主義、折られた紙片、投票用紙の焼却、古来の薬品の調合、煙による合図。

グレゴリウス十三世の柱廊を礼拝堂へ近づくにつれ、カメルレンゴはモルターティ枢機卿がパニックに陥っているかどうかと案じた。モルターティはプレフェリーティが行方不明だと気づいているにちがいない。あの四人がいなければ、投票は夜通しつづくだろう。モルターティが大選皇枢機卿に指名されたのはよい人選だった、とカメルレンゴは思った。あの人は頭が柔軟で、本心を語ることができる。今夜のコンクラーベでは、これまでにないほどリーダーが必要とされるだろう。

王の階段の上まで来ると、カメルレンゴは人生の崖《がけ》っぷちに立っている気分になった。この位置にいても、下のシスティナ礼拝堂からざわめきが聞こえてくる――百六十五人の枢機卿が不安げに話し合う声だ。

いや、百六十一人だったな、とカメルレンゴは訂正した。

つぎの瞬間、カメルレンゴの体は落下していた。その下に地獄がある。人々が泣き叫び、炎が自分を包み、空から石と血の雨が降っている。

そして静寂が訪れた。


その子供は、目を覚ますと天国にいた。まわりは何もかも真っ白だ。光はまばゆく清らかだった。十歳の子供に天国が理解できるはずがないと言う者もいるだろうが、幼いカルロ・ヴェントレスカにはとてもよく理解できた。自分はいま、天国にいる。でなければ、どこだというのだろう？　地上にはほんの十年いただけだが、カルロは神の威光をじゅうぶん感じて育った――鳴り響くパイプオルガン、そびえ立つドーム、高らかな歌声、ステンドグラス、きらめく青銅に黄金。母マリアは、カルロを毎日ミサに連れていった。教会がカルロの住まいだった。

「どうして一日も休まずにミサに出るの？」質問してみたが、ミサに出たくないわけではまったくなかった。

「神さまにそう誓ったからよ」母は答えた。「神さまへの誓いは、約束のなかでもいちばん大切なものなの。神さまへの誓いをけっして破ってはだめ」

破らない、とカルロは母に誓った。世界じゅうのだれよりも何よりも、母を愛していた。カルロにとって母は聖なる天使だった。母をマリア・ベネデッタ――聖母マリア――と呼ぶこともあったが、母はそれをとてもいやがった。母が祈りを捧《ささ》げるときにはいっしょにひざまずき、肌の甘い香りを吸いこんだり、ロザリオの祈りを繰り返すささやき声に耳を澄ましたりした――〝天主の御母聖マリア、罪人なるわれらのために、いまも臨終のときも祈りたまえ〟。

「お父さまはどこにいるの？」カルロは尋ねたが、自分が生まれる前に亡くなったことは知っていた。

「いまは神さまがあなたのお父さまよ」母はいつもそう答えた。「あなたは教会の子なの」

それを聞くのが好きだった。

「何かこわいことがあったときはね」母は言った。「神さまがあなたのお父さまなのだってことを思い出すの。神さまはずっとあなたを見ていてくださるし、守ってくださるわ。そして、あなたについてすばらしいご計画をお持ちなのよ、カルロ」少年には母の正しさがわかっていた。すでに自分の血のなかに神を感じていた。

血……

空から血の雨が！

静寂。そして、天国。

目のくらむ光の洪水が消えると、その天国が、実はパレルモ郊外のサンタ・クララ病院の集中治療室だとわかった。カルロは礼拝堂を襲った爆弾テロのただひとりの生存者だった。休暇中の旅先で、母親とともにミサに与《あずか》っていたときのことだ。カルロの母親を含む三十七人が亡くなった。新聞は、カルロの生存を〝聖フランチェスコの奇跡〟と報じた。カルロは、どういうわけか爆発のほんの少し前に母親のそばを離れ、堅牢《けんろう》な壁龕《へきがん》に歩み入って、聖フランチェスコの物語が織りこまれたタペストリーをじっと見つめていたのだ。

神さまがあそこへ呼んでくださった、とカルロは思った。神さまが救おうとしてくださったのだ、と。

痛みのせいで、頭は錯乱していた。会衆席でひざまずき、自分に投げキスをしてくる母の姿が見える。すると、あたりを激しく震わせる轟音《ごうおん》とともに、甘い香りのする母の肉体が引き裂かれる。人間の悪が感じられる。血の雨が降り注ぐ。母の血が！　聖母マリア！

〝神さまはずっとあなたを見ていてくださるし、守ってくださるわ〟。母はそう話していた。

でも、神さまはどこにいるの？

すると、母の真《まこと》がこの世に現れたかのごとく、ひとりの聖職者が病院にやってきた。ありきたりの聖職者ではない。司教だった。司教はカルロを前に祈りを捧げた。聖フランチェスコの奇跡。カルロが回復すると、司教はみずからが管轄する司教座聖堂に付属する小さな修道院に打診して、カルロがそこで生活できるよう手配してくれた。カルロは修道士たちとともに暮らしながら、個人教授を受けた。新たな保護者である司教の侍者にまでなった。司教は公立学校への入学を勧めたが、カルロはそれをことわった。この新しい住まい以上に幸福な場所はありえなかった。いまや、ほんとうの意味で神の家に住んでいるのだから。

毎晩、カルロは母のために祈った。

神は何かの理由があって自分をお救いくださった。どんな理由だろう？

十六歳になったとき、イタリアの法律により二年間の予備役訓練の義務が課せられた。神学校に入学すれば兵役を免除される、と司教は言った。カルロは、いずれ神学校には入学するつもりだが、自分はまず悪を理解しなくてはならないと答えた。

司教は納得しなかった。

これから悪と戦いながら教会で一生を過ごすのならば、まず悪について理解する必要がある。カルロは司教にそう説いた。悪を理解するのに、軍隊ほどふさわしい場所は思いつかなかった。軍隊では銃や爆弾を使う。聖なる母を殺した爆弾を！

司教は思いとどまらせようとしたが、カルロの心は決まっていた。

「息子よ、気をつけるのですよ」司教は言った。「それに、教会がおまえの帰りを待っていることを忘れないように」

兵役の二年間はひどいものだった。カルロの少年時代は静寂と内省の日々だった。だが軍隊には、内省できる静けさがまったくなかった。絶え間ない喧騒《けんそう》。いたるところで見られる巨大な機械。安らぐ時間はいっときもない。営舎では兵士も週に一度ミサを受けたが、カルロは仲間のだれの内にも神の存在を感じなかった。兵士たちの心はあまりに雑然としていて、神を見るどころではなかったのだ。

カルロはこの新しい生活を嫌悪し、帰りたかったものの、最後まで辛抱する腹を決めた。まだじゅうぶんに悪を理解していないと思ったからだ。銃の発砲を拒んだため、軍隊では救護用ヘリコプターの操縦を教わった。ヘリコプターの騒音とにおいはきらいだったが、それに乗れば少なくとも空をのぼって天国の母に近づけた。パイロットの訓練にはパラシュートでの降下演習も含まれると知らされたときは、恐怖に襲われた。それでも、選択の余地はなかった。

神が守ってくださる、と自分に言い聞かせた。

カルロにとって、はじめてのパラシュート降下は人生で最も心躍る体験となった。まるで神とともに飛んでいるようだった。いくら飛んでも飛び足りなかった……あの静寂……浮遊感……大地へ向かうとき、湧きあがる白い雲のなかに見えてきた母の顔。神さまはあなたについてすばらしいご計画をお持ちなのよ、という声が聞こえた気がした。

軍隊からもどると、カルロは神学校に入学した。

二十三年前の話だ。


いま、王の階段をおりながら、カメルレンゴのカルロ・ヴェントレスカは自分をこの尋常ならぬ岐路に立たせるに至った一連の出来事を咀嚼《そしやく》しようとしていた。

あらゆる恐れを捨て、今宵のすべてを神におまかせしろ、と自分に言い聞かせた。

システィナ礼拝堂の銅製の大扉が見えてきた。四人のスイス衛兵が忠順に守備を固めている。衛兵たちが閂《かんぬき》をはずし、扉を引いた。堂内で、すべての顔が振り向いた。カメルレンゴは眼前に並ぶ黒い法衣と赤い腰帯を見渡した。自分についての神のご計画が理解できた。教会の命運がわが手に委《ゆだ》ねられたのだ。

カメルレンゴは胸で十字を切ると、堂内へ足を踏み入れた。

48

BBCのレポーターであるガンサー・グリックは、サン・ピエトロ広場の東端に駐《と》めた中継車のなかで、汗をかきながらニュースデスクを罵《ののし》っていた。はじめての月間評定には最上級の賛辞ばかりが

――臨機応変だの、鋭敏だの、信頼できるだのと――書かれていたのに、ヴァチカン市国で〝教皇当番〟をさせられていたからだ。ＢＢＣの中継の仕事をすれば、《ブリティッシュ・タトラー》紙のためにネタをでっちあげていたころよりはるかに高い信用を得られると思ってはみるものの、これは自分の考えるレポーターの仕事とはおよそかけ離れていた。

任務は簡単だった。腹が立つほど簡単だった。ここにすわって、老いぼれの群れが老いぼれの親玉を選び終わるのを待ち、それから外へ出て、ヴァチカンを背景に十五秒間の〝生中継〟を撮ることになっている。

まったく、最高だよ。

こんなくだらない出来事を報道するために、ＢＢＣがいまだに現地までレポーターを派遣しているのが信じられなかった。アメリカの放送網なんか、今夜はひとつも姿が見えないじゃないか。ゼロだ！　お偉方が抜かりなくやったってことだ。ＣＮＮを観て内容を要約したあと、青いスクリーンの前で自分たちの〝生中継〟を撮り、手持ちのストックショットを背景に重ねて本物らしく見せればいい。ＭＳＮＢＣなどは、スタジオ用の送風マシンや降雨マシンまで使って、いかにも現場からの中継だという真実味を持たせようとする。視聴者はもう真実など求めていない。求められるのは娯楽だ。

フロントガラス越しに外をながめていると、刻一刻と気が滅入《めい》ってくる。眼前にそびえ立つヴァチカン市国の建造物の威容は、人間が本気になればどれほどのことを成しとげられるのかという見本のようで、見ていて憂鬱《ゆううつ》になった。

「おれはこれまでの人生で何を成しとげた？」グリックは疑問を声に出した。「なんにもなしだ」

「なら、あきらめなよ」背後から女の声がした。

グリックは飛びあがった。自分ひとりではないことを忘れかけていた。後部座席を振り向くと、女性カメラマンのチニータ・マクリが静かに眼鏡を拭《ふ》いていた。いつものことだ。マクリは黒人で——本人はアフリカ系アメリカ人と呼ばれたがっていたが——少し大柄の切れ者だった。しかも、そのことをけっして忘れさせてはくれない。変わり者だが、グリックはこの女を気に入っていた。それに、ぜったいに必要な連れでもあった。

「どうかしたのかい」マクリが訊《き》いた。

「おれたち、こんなところで何やってんだろうな」

マクリは眼鏡を拭きつづけている。「おもしろい大事件を見守ってるんだよ」

「暗闇に閉じこめられた老人なんかがおもしろいのか」

「自分が地獄に堕《お》ちるって、すっかり自覚してるようね」

「もう堕ちてるさ」

「話してごらん」母親のような口調だ。

「功績を残したいと思ってるだけさ」

「《ブリティッシュ・タトラー》紙に記事を書いてたじゃない」

「ああ、でも反響があったわけでもないし」

「ばか言わないで。聞いたよ、女王とエイリアンの秘密の性生活について斬新《ざんしん》な記事を書いたって」

「ありがとうよ」

「ほら、状況はよくなってるんだから。今夜は、はじめて十五秒間テレビに出演するんだろ」

グリックは鼻で笑った。番組のアンカーマンの台詞《せりふ》が聞こえてくるようだ——〝ありがとう、ガンサー、すばらしかったよ〟。そう言うなり、アンカーマンは目をそらせて天気のコーナーに移るわけだ。「おれもアンカーマンをめざすべきだったな」

マクリは声をたてて笑った。「経験もなしに？　しかも、そのひげ面で？　まさかね」

グリックは顎《あご》を覆う赤毛の茂みを両手でなでた。「利口そうに見えるんじゃないかと思ってるんだけどな」

慈悲深いことに、中継車の無線電話が鳴り、つまらない発言を重ねるのを防いでくれた。「編集部からかもしれない」グリックはにわかに望みをいだいた。「緊急生中継をするとでも言うんじゃないか」

「こんなニュースで？」マクリは笑い声をあげた。「ずっと夢を見てりゃいいよ」

グリックは最高にアンカーマンらしい声で電話に出た。「ＢＢＣ、ガンサー・グリックです。ヴァチカン市国より実況中です」

電話の相手は、きついアラビア訛りのある男だった。「しっかり聞け」男は言った。「いまから、おまえの人生を変えてやる」

49

ラングドンとヴィットリアは、ヴァチカン記録保管所の内奥へつづく両開き扉の前にふたりきりで立っていた。柱廊の装飾は、大理石の床に壁際まで敷き詰められた絨毯《じゅうたん》と、天井に彫られた智天使たちの脇に据えられた無線監視カメラという不釣り合いな組み合わせだった。ラングドンはこれに〝索然たるルネッサンス様式〟と命名した。アーチ型の入口の脇に、小さな銅製のプレートがさがっている。

ヴァチカン記録保管所《アルキーヴィオ・ヴァティカーノ》
所長《クラトーレ》　ジャクイ・トマゾ神父《パードレ》

ジャクイ・トマゾ神父。この所長の名前に見覚えがあるのは、わが家の机にはいっている却下通知の束のせいだ。〝親愛なるミスター・ラングドン。残念ながら、今回の申請には応じかねることを……〟。

残念だと？　白々しい。ジャクイ・トマゾが頂上に居座ってからというもの、非カトリック教徒のアメリカ人研究者で入場を許された人物にお目にかかったためしがない。歴史学者たちからは〝番人《イル・グワルディアーノ》〟と呼ばれている。ジャクイ・トマゾは地球上で最も頑迷な司書だ。

扉を押しあけてアーチ型の堂々たる入口を抜け、至上の聖域へ足を踏み入れるまでのあいだ、ラングドンはジャクイ神父が野戦服にヘルメットといういでたちでバズーカ砲をかかえて待っているのではないかと半ば予想していた。だが、そこに人気《ひとけ》はなかった。

静寂。柔らかな明かり。

ヴァチカン記録保管所。ラングドンにとって、生涯の夢のひとつだ。

その神聖な一室を目《ま》のあたりにしたラングドンが最初に感じたのは、ある種の気恥ずかしさだった。

自分がいかにロマンチックな青二才であるかに気づかされた。いま現実に見ているものは、長年この部屋にいだいてきたイメージとは似ても似つかない。想像していたのは、ぼろぼろの書物がうずたかく積まれたほこりだらけの書架や、蠟燭の火とステンドグラスの窓明かりを頼りに書誌を作る司祭たち、巻子本《かんすぼん》を読みふける修道士たちだったが……

まるでちがう。

一見したところ、暗い飛行機の格納庫のなかに、ラケットボールのコートが一ダース散らばっているような感じだ。もちろん、ガラスの壁に囲まれたそれらの小部屋の正体を、ラングドンは知っていた。たしかに、これがあっても不思議はない。古文書や羊皮紙は湿気や熱に腐食されるため、適切に保存するにはこのような書庫、つまり、空気中の湿気と酸を寄せつけない気密構造の小部屋が必要となる。ラングドンは密閉型の書庫に何度もはいったことがあるが、いつも不安で落ち着かなかった。酸素の調整が司書の手に委ねられた密室へはいるせいかもしれない。

書庫は暗く、幽霊でも出てきそうな雰囲気で、それぞれの書架の端に光る小さな室内灯がぼんやりと輪郭を浮かびあがらせている。どの書庫の暗闇にも巨人の幻影が潜んでいる気がした。歴史の重みを背負った書架が何列にもわたってそびえ立っている。とてつもないコレクションだ。

ヴィットリアも圧倒されているらしかった。ラングドンのかたわらに呆然と立ち、透き通った巨大な立方体を凝視している。

与えられた時間は少ない。一刻も無駄にしたくないラングドンは、ほの暗い室内を見まわして、蔵書目録――図書館が所蔵する書物を登録した大便覧を探した。目にはいるのは、部屋に点在するコンピューター端末から漏れる光ばかりだった。「どうやら図書館情報システムを導入しているらしい。

索引もコンピューター化されてるわけか」

ヴィットリアの顔が希望に満ちた。「作業が速くなるわね」

ラングドンは喜びを共有できたらと願いながらも、これが悪い知らせだと直感した。端末のひとつへ歩み寄り、キーボードに指を走らせた。直感の正しさがたちまち立証された。「昔ながらのやり方のほうがましだったな」

「なぜ?」

ラングドンはモニターから離れた。「冊子を見るのにパスワードは必要ないからさ。物理学者は生まれついてのハッカーじゃないのかい」

ヴィットリアは首を横に振った。「わたしがあけられるのは牡蠣《かき》ぐらいのものよ」

ラングドンはひとつ深呼吸をして、書庫の壁を透かして見える不気味な蔵書群に顔を向けた。手近の書庫に歩み寄り、目を細めて薄暗い庫内をのぞきこむ。ガラスの向こうに見てとれたいくつもの塊は、ふつうの書棚と、羊皮紙の大箱と、書見机だとわかった。それぞれの書架の端で照らされている分類札に目をやった。どこの図書館も同じだが、分類札にはその列にある書物の概要が記されている。ラングドンは、透明な壁に沿って移動しながら標目を読んでいった。

〝隠者ペトルス《ピエートロ・レレミータ》〟……〝十字軍《レ・クロチヤーテ》〟……〝ウルバヌス二世《ウルバーノ・セコンド》〟……〝レヴァント〟……

「分類されてる」ラングドンは歩を進めながら言った。「でも、著者名アルファベット順じゃないな」

驚きはしなかった。古文書は書き手が不明のものがあまりにも多いので、著者名順に並べられることはまずない。また、多数の歴史的文献が題名のない手紙や羊皮紙の断片であるため、題名順というのもむずかしい。そこで、たいていの目録は年代順になっている。しかし困ったことに、この並べ方は年代順でもなさそうだった。

　貴重な時間がどんどん失われていく、とラングドンは思った。「どうやらヴァチカンは特別なシステムを使っているようだ」

「それはびっくりね」

　ラングドンはふたたび分類札に目を凝らした。文書の年代は何世紀にもわたっているが、ふと、キーワードがすべて互いに関連していることに思いあたった。「たぶんテーマ別分類だ」

「テーマ別？」ヴィットリアは、異論を唱える科学者の口調で言った。「効率が悪そうね」

　そうだろうか……ラングドンはさらに深く考えてみた。これは、いままでお目にかかったことがないほど実用的な目録法かもしれないぞ。ラングドンがよく学生に勧めていたのは、日付や特定の作品といった些《さ》細《さい》なことに気をとられすぎず、その時期の美術の全体的な特色やモチーフの理解につとめることだった。ヴァチカン記録保管所はそれと似た考えに基づいて目録を作っているらしい。大きな流れ、か……

「この書庫にあるのは」ラングドンは確信を強めて言った。「何世紀にもわたるものだが、どれも十字軍に関連している。それがこの書庫のテーマなんだ」何もかもここにある、と思った。歴史的な記述、書簡、図版、社会・政治的資料、現代の分析結果。すべてが一か所に集められている……このほうが、一テーマに関する理解を深めやすい。みごとだ。

　ヴィットリアは眉をひそめた。「でも、ひとつの資料が同時に複数のテーマにまたがってる場合もあるでしょうに」

「だから目印を使って相互参照してるのさ」ラングドンは、文書のあいだにはさまっている色とりどりのプラスチック札をガラス越しに指し示した。「あの札が、副次的な文献がどの書庫に保管されているかを教えてくれるんだ」

「そうでしょうとも」ヴィットリアは投げやりな口調で言った。腰に手をあてて広大な空間を見渡し、それからラングドンへ目を向ける。「で、教授殿、いまから探すガリレオの本の名前は？」

ラングドンは頬のゆるみを抑えられなかった。いまだに自分がこの部屋に立っているとは信じられない。あの文献がここにあるとは。この暗闇のどこかで待っているとは。

「こっちだ」ラングドンは言った。軽快な足どりで最初の通路から進み、それぞれの書庫の分類札を順に確認していった。「啓示の道について説明したろう？　イルミナティがどうやって新しい会員を勧誘したか覚えてるかい」

「宝探しでしょう？」ヴィットリアはぴったりとついてくる。

「イルミナティが頭を悩ませたのは、道しるべを置いたはいいが、啓示の道の存在をなんらかの方法で科学者の社会に伝えなければならないことだった」

「当然よね。じゃなかったら、そんな道を探そうなんてだれも思わないもの」

「そう。それに、たとえ啓示の道の存在を知っていたとしても、どこからはじまるのか知るのは不可能だったろう。ローマは広い」

「たしかに」

ラングドンはつぎの通路へ移り、話しながら分類札を調べていった。「十五年ほど前、ソルボンヌ大学の何人かの歴史学者といっしょに、〝セーニョ〟に関する記述に満たされたイルミナティの一連の手紙を見つけたんだ」

「セーニョ、記号《サイン》ね。啓示の道の存在と、それがはじまる場所を知らせるものでしょ」

「そうだ。それ以降、わたしも含めて多くのイルミナティ研究者が〝セーニョ〟について書かれたほかの文献を発見してきた。現在の定説では、手がかりはたしかに存在し、しかも、ガリレオ一派がヴァチカンに気づかれることなく、その手がかりを科学者社会に広めたと言われている」

「どうやって?」

「はっきりとはわかっていないんだが、印刷された刊行物であった可能性が高い。ガリレオは長年にわたってたくさんの本や時事通信を発表したんだ」

「ヴァチカンの目に留まったんじゃないかしら。ずいぶん危険そうだわ」

「そのとおり。にもかかわらず、〝セーニョ〟は伝えられた」

「でも、まだだれも見つけていないのね」

「そうだ。ところが妙なことに、〝セーニョ〟にそれとなく言及している部分というのは――フリーメイソンの日記であれ、昔の科学雑誌であれ、イルミナティの手紙であれ――〝セーニョ〟をある数字で書き記している場合が多い」

「666?」

ラングドンは微笑んだ。「実は、503なんだ」

「どういう意味なの?」

「これまで解明できた者はいない。わたしも503に興味をそそられて、この数の意味を探ろうと、ありとあらゆる方法を試したよ――数秘学、地図の位置参照法、緯度」ラングドンはその通路の終わりにたどり着くと、話しつづけながら角を曲がり、急いでつぎの書庫の分類札を確認しはじめた。

「何年ものあいだ、唯一の手がかりは503が5という数ではじまることだと考えられていた……イルミナティの聖なる数字のひとつだからね」そこでひと息ついた。

「なんとなくだけど、あなたが最近その解明に成功したような気がするの。だからこそここに来たんじゃないかしら」

「ご明察だ」ラングドンは、自分の仕事を誇らしく語れる稀有《けう》の瞬間を楽しみつつ言った。「ガリレオの書いた『天文対話《ディアロゴ》』については知ってるかい」

「もちろんよ。科学者のあいだでは、科学に対する究極の裏切り行為だと言われてるわ」

〝裏切り行為〟というのは、ラングドンがここで使うことばではないが、ヴィットリアの言いたいことは理解できた。一六三〇年代初頭、ガリレオはコペルニクスの太陽中心説を支持する本を出版しようとしたが、ヴァチカンは、教会の地球中心説の——ガリレオには完全なまちがいであるとわかっていた説の——同等に説得力のある証拠が記されていることを刊行の条件とした。ガリレオは不本意ながら教会の要求に屈し、正しい説と誤った説に同じ時間を費やした本を出版するほかなかった。

「たぶん、きみも知ってるだろうが」ラングドンは言った。「ガリレオの譲歩にもかかわらず、『天文対話』はやはり異端と見なされ、ヴァチカンは彼を軟禁した」

「善行は割に合わないものよね」

ラングドンは笑みを浮かべた。「まったくだ。しかし、それでもガリレオはひるまなかった。軟禁状態のなかで、ある手稿を秘密裡《り》に書きあげたんだ。『天文対話』ほど知られていないから、学者がよく取りちがえるが、その本は『新科学対話《ディスコルスィ》』と呼ばれている」

ヴィットリアはうなずいた。「聞いたことがあるわ。『潮の干満についての対話』でしょ」

ラングドンは、惑星の動きと潮への影響について書かれたほとんど無名の出版物をヴィットリアが知っていることに驚嘆し、しばしことばを失った。

「ねえ」ヴィットリアは言った。「あなたと話してるのは、ガリレオを崇拝していた父を持つイタリア人海洋物理学者なのよ」

ラングドンは笑った。だが、潮の干満について書かれたのは別の本であるし、いま探しているのは『新科学対話』でもない。ラングドンはさらに、ガリレオが軟禁中に手がけた著作が『新科学対話』だけではなかったと説明した。歴史学者たちは、ガリレオが『図表《ディアグラッマ》』と呼ばれる世に知られていない小冊子も著したと考えている。

「〝ディアグラッマ・デッラ・ヴェリタ〟――『真実の図表』だ」

「聞いたことないわね」

「当然だと思うよ。『図表』はガリレオの最も謎めいた著作だからね。それは一種の論文で、本人が正しいと信じていながら公表を許されなかったいくつかの科学的事実について書かれたものらしい。それまでのガリレオの手稿の一部と同様、『図表』は友人の手でローマから人知れず持ち出され、オランダでひそかに出版された。この小冊子はヨーロッパの科学者の地下組織で異常な人気を博した。やがてヴァチカンが噂を嗅《か》ぎつけ、禁書という作戦に出たんだ」

ヴィットリアもようやく興味をそそられたらしい。「それで、あなたの考えでは、その『図表』のなかにヒントがあるのね？　〝セーニョ〟――啓示の道についての情報が」

「『図表』は、ガリレオが自分のことばを世に伝える手段だった。それはまちがいない」ラングドンは書庫に沿った三列目の通路にはいり、分類札を調べつづけた。「史料保管者たちは長年にわたって

『図表』を探しつづけている。しかし、ヴァチカンによる焚書《ふんしょ》やら小冊子そのものの永続性評価の低さやらで、この小冊子は地球上から姿を消してしまったんだ」

「永続性評価?」

「長持ちするかどうかだ。保管者は、史料の構造的な強さを十段階で評価する。『図表』はパピルス紙に印刷されたんだ。ティッシュペーパーみたいなものだよ。寿命はせいぜい百年だろう」

「なぜもっと強いものにしなかったの?」

「ガリレオ自身が強く望んだからだ。自分につづく者を守るためにね。そうしておけば、たとえ持っているところを見つかったとしても、水に落とせば勝手に溶けてくれる。証拠隠滅には最高だけど、史料保管者にすれば最悪だな。十八世紀以降も残った『図表』は、たった一部だと考えられている」

「一部?」その瞬間、ヴィットリアは憧《あこが》れのスターにでも会ったような顔で部屋を見まわした。「それがここに?」

「ガリレオの死後すぐに、ヴァチカンがオランダから没収したんだ。わたしはもう何年もそれの閲覧を要請している。中に何が書いてあるかに気づいて以来ずっとだ」

ラングドンの心を読んだかのように、ヴィットリアは通路を横切って、隣の書庫の区画を調べはじめた。これで速さが二倍になる。

「ありがとう」ラングドンは言った。「分類札を見て、ガリレオ、科学、科学者といった標目を探してくれ。行きあたったらわかると思う」

「了解。でも、『図表』に手がかりが隠されていることをどうやって解明したのか、まだ聞いていないわ。イルミナティの手紙に何度も出てくる数字と関係があるのよね。503だっけ?」

ラングドンは微笑んだ。「そうだ。多少時間がかかったけれど、やっと、503がある単純な暗号だという結論に達したんだ。それははっきりと『図表』を指し示している」

つかの間、ラングドンはそれが前ぶれもなくひらめいたときのことを追体験していた。八月十六日。二年前だ。ラングドンは同僚の息子の結婚式で湖畔にいた。水上にバグパイプの音が響きわたり、新郎新婦が一風変わった方法で披露宴に登場した。小さなボートで湖を渡ってきたのだ。ボートは花やリースで飾られ、船体には豪華なローマ数字が描かれている――DCII。

そのマークを不思議に思ったラングドンは、新郎の父親に尋ねた。「602というのはなんだい」

「602?」

ラングドンはボートを指さした。「DCIIはローマ数字の602だろう?(注 Dは500、Cは100を表す)」

父親は声をたてて笑った。「ローマ数字じゃないさ。あれは船名だ」

「DCII号?」

父親はうなずいた。「ディック&コニー二号だ」

ラングドンはばつの悪い思いをした。ディックとコニーというのは新郎新婦の名前で、ボートの名はふたりにちなんでつけられたわけだ。「DCI号はどうなったんだ」

父親はうなった。「きのう、リハーサルの昼食会をしたときに沈んじまってな」

ラングドンは笑い声をあげた。「それは気の毒だったな」それからボートに目をもどした。DCII号か。まるでQEII――クイーン・エリザベス二世号の小型版だな。そして、その直後にひらめいたのだった。

ラングドンはヴィットリアに顔を向けた。「503は、さっきも言ったように暗号だ。ローマ数字であることを秘匿するためのイルミナティの策略だよ。５０３をローマ数字で表すと――」

「DⅢね」

ラングドンは視線をあげた。「たいした速さだな。きみもイルミナティの会員だなんて言わないでくれよ」

ヴィットリアは笑った。「漂泳界の層区分にローマ数字を使ってるのよ」

そうだろうとも、とラングドンは思った。そりゃあ、だれもがやってることにちがいないさ。

ヴィットリアはあたりを見まわした。「で、DⅢの意味は？」

「DⅠ、DⅡ、DⅢというのは、非常に古い略語だ。昔の科学者たちはこの略語を使って、最も取りちがえやすいガリレオの三つの文書を区別したんだ」

ヴィットリアは息を呑《の》んだ。「『天文対話《ディアローゴ》』……『新科学対話《ディスコルスィ》』……『図表《ディアグラッマ》』」

「Dの１、Dの２、Dの３。いずれも科学書だ。いずれも物議を醸した。５０３はDⅢなんだよ。『図表』。ガリレオの三番目の本だ」

ヴィットリアは当惑顔だった。「でも、まだひとつわからないの。その〝セーニョ〟だか手がかりだか、啓示の道の存在を知らせるものが、ほんとうにガリレオの『図表』に記されていたのなら、なぜヴァチカンは小冊子を取り返したときにそれを目にしなかったのかしら」

「目にはしたけれど気づかなかったのかもしれない。イルミナティの道しるべの話を思い出すんだ。ふつうの景色のなかに隠したと言ったろう？　そう、擬装だよ。どうやら〝セーニョ〟も同じ方法で隠されたらしい――ふつうの景色のなかにね。探そうとしていない者には見えないんだ。そして、理解できない者にもやはり見えない」

「どういうこと？」

「ガリレオがうまく隠したということさ。記録によると、〝セーニョ〟はイルミナティが呼ぶところの〝リングア・プーラ〟という形で出てくるらしい」

「純粋な言語？」

「そうだ」

「つまり数学？」

「わたしもそう思ってる。確実じゃないだろうか。なんと言ってもガリレオは科学者だったわけだし、科学者のためにそれらを書いた。手がかりを入れこむのなら、数式という言語は理にかなった選択だろう。『図表』というくらいだから、数学で使う図や表も暗号の一部かもしれない」

ヴィットリアは、見通しはほんの少し明るくなっただけと言いたげだった。「ガリレオなら、聖職者に気づかれずにすみそうなある種の数学的暗号を作れたかもしれないとは思うけど」

「納得していないようだな」ラングドンは通路を移動しながら言った。

「してないわ。だいいち、あなた自身が納得していないようだもの。DⅢの話に確信があるんだったら、どうして論文にしなかったの？　発表していれば、記録保管所への出入りを認められた人がずっと前にここに来て、『図表』を調べることだってできたはずよ」

「発表したくなかったんだ。この情報を得るためにそうとうな努力をしたし――」きまりが悪くなって、ラングドンは口ごもった。

「栄誉がほしかったのね」

ラングドンは自分の顔が赤らむのを感じた。「ある意味ではね。ただ、それにしても――」

「そんなに恥ずかしがらないで。あなたと話してるのは科学者なのよ。〝業績をあげろ、さもなくば消えろ〟ですものね。セルンでは、〝実証しろ、さもなくば窒息しろ〟と言われてるわ」

「自分が一番乗りしたいというだけじゃないんだ。もし悪い相手が『図表』に記された情報に気づいたら、その情報自体が消えてしまう恐れがあることも気がかりだった」

「悪い相手って、ヴァチカンのこと？」

「彼らが本質的に悪いというわけではないんだが、教会はつねにイルミナティの脅威を矮小《わいしょう》化してきたからね。一九〇〇年代のはじめには、イルミナティは過剰な想像力が生み出した幻想だとまで言い張ったんだ。当時の聖職者たちは、非常に強力な反キリスト教勢力が銀行や政治や大学に潜入していたことを、まちがっても信者に知らせるべきではないと考えていたし、それも無理のない話だとは思う」現在形だぞ、とラングドンは自分に言い聞かせた。潜入は過去だけの話ではない。

「だから、イルミナティの脅威を裏づける証拠があれば、なんであれヴァチカンが葬り去ったろうというわけね」

「その可能性は高い。本物の脅威であれ想像上の脅威であれ、教会の力に対する信仰を弱めるものはすべて」

「あとひとつだけ訊きたいんだけど」ヴィットリアは急に立ち止まり、エイリアンでも見るようにラングドンをながめた。「本気なの？」

ラングドンも足を止めた。「どういう意味だ」

「ほんとうにこれでみんなを救うつもり？」

ヴィットリアの瞳の奥にあるのが冗談混じりの憐れみなのかまったくの恐怖なのか、ラングドンは決めかねた。「これというのは、『図表』を探し出すことかい」

「ちがうわ。『図表』を探し出し、四百年前の〝セーニョ〟を見つけ、数学の暗号とやらを解読し、とびきり優秀な科学者だけが最後まで行き着けたという古《いにしえ》の芸術の道を進むことよ……しかも、すべて四時間以内に」

ラングドンは肩をすくめた。「ほかに方法があったら聞かせてくれ」

50

ロバート・ラングドンは第九史料保管庫の前に立って、書棚の札を読んでいた。

〝ブラーエ〟……〝クラヴィウス〟……〝コペルニクス〟……〝ケプラー〟……〝ニュートン〟……

札の名前を読み返すうち、突然不安に襲われた。科学者が並んでいる……だが、ガリレオはどこだ？

すぐ近くの書庫を調べているヴィットリアを振り返って、ラングドンは言った。「テーマは見つかったんだが、ガリレオがないんだよ」

「そんなわけないわ」ヴィットリアは眉《まゆ》を寄せて隣の書庫へ移った。「こっちにいるのよ。拡大鏡があるといいんだけど。この書庫全部がガリレオよ」

ラングドンはあわてて駆けつけた。ヴィットリアの言ったとおりだ。第十史料保管庫の分類札には、すべて同じキーワードが書かれている。

イル・プロチェッソ・ガリレアーノ

ラングドンはガリレオ専用の書庫がある理由に気づき、思わず低く口笛を吹いた。「ガリレオ裁判か」驚嘆して、ガラス越しに暗い書棚をのぞきこんだ。「ヴァチカン史上、最も長期にわたり、最も高くついた訴訟手続きだ。十四年間、六億リラ。それが全部ここにあるんだ」

「ちょっとした量の法律文書ね」

「法律家は何世紀たってもあまり進化していないってことだろうな」

「鮫《さめ》もそうよ」

ラングドンは書庫の側面にある大きな黄色いボタンへ大股《おおまた》で歩み寄った。ボタンを押すと、一列に並んだ天井の照明が書庫内で低いうなりをあげた。明かりは真っ赤で、立方体の書庫が鮮やかな深紅の空間に変わった。そびえ立つ本棚の迷宮だ。

「まあ」ヴィットリアは度肝を抜かれたらしい。「わたしたち、日焼けしにきたの？　それとも仕事？」

「羊皮紙や上質皮紙は劣化しやすいから、書庫の照明は明るさを抑えるのがふつうなんだよ」

「こんなところにいたら、頭がおかしくなる」

もっと性質《たち》が悪いんだぞ、と思いながら、ラングドンは書庫の唯一の入口へ向かった。「ひとことだけ注意しておくよ。酸素そのものも一種の酸化性物質だから、密閉型の書庫には非常に少量の酸素しか入れておかない。中は不完全真空の状態だ。息苦しく感じると思う」

「だけど、年寄りの枢機卿《すうききよう》でもだいじょうぶなんでしょ」

ごもっとも、とラングドンは思った。われらにも幸運のあらんことを。

書庫の入口は電子式の回転ドアだった。見たところ、四つの仕切りのそれぞれについて、中心の支柱に通行用ボタンがひとつついている。ボタンを押すと、電動のドアが動きはじめ、ちょうど半回転してからゆっくりと止まる──内部の空気の状態を一定に保つ標準的な方法だ。

「わたしがはいったら、ボタンを押して中へ来てくれ。書庫内の湿度は八パーセントしかないから、口が渇いた感じになるのを覚悟して」

ラングドンは回転ドアの仕切りに足を踏み入れ、ボタンを押した。ドアが大きな機械音を立ててまわりはじめる。その動きに合わせて進みながら、いつも密閉型書庫へ歩み入って最初の二、三秒間に感じる身体的なショックに備えた。気密性の高い史料保管庫にはいるのは、海水面から二万フィートの高さまで一気に移動するようなものだ。吐き気やめまいも珍しくない。〝目がかすんだら、しゃがみこめ〟だったな。ラングドンは史料保管者のマントラを引用して自分に言い聞かせた。耳が抜けるのを感じた。空気の音がして、ドアの回転が止まった。

ついに自分は中にいる。

最初に気づいたのは、予想以上に空気が薄いことだった。どうやらヴァチカンは、古文書の保管についてよそより多少まじめに取り組んでいるらしい。吐き気反射に抵抗して胸の緊張を和らげようとしているあいだに、肺の毛細血管が拡張した。締めつけられる感じはすぐに去った。イルカを思い浮かべるんだ……ラングドンは瞑想《めいそう》をつづけつつ、日に五十往復の水泳も無駄ではなかったと喜んだ。呼吸もほぼ正常にもどり、書庫を見まわした。外壁は透明だが、おなじみの不安を覚えた。箱に閉じこめられている……血のように赤い箱に。

背後でドアの機械音がしたので、振り返ってヴィットリアがはいってくるのを見守った。書庫内にはいったとたん、ヴィットリアの目が潤みはじめ、呼吸が激しくなった。

「しばらくそのままでいるんだ」ラングドンは言った。「めまいがしたら、体をかがめて」

「これ……って……」ヴィットリアはむせた。「ちょうど……スキューバダイビングを……まちがった……混合ガスで……やってるみたい」

ラングドンはヴィットリアが環境に順応するのを待った。彼女なら問題はあるまい。ヴィットリアは見るからにすばらしい健康体で、以前ラングドンがワイドナー図書館の密閉型書庫を案内してやった、足どりのおぼつかないラドクリフ・カレッジの老女子卒業生たちとは大ちがいだ。あのときは、入れ歯まで吸いこみそうになっている老女にラングドンが口移しで人工呼吸をして見学を終えたのだった。

「気分はよくなったかい」と問いかけた。

ヴィットリアはうなずいた。

「きみの研究所のいまいましい宇宙航空機に乗せてもらったから、お返しをしないとな」

これは笑みを誘った。「やられたわ《トゥシェ》」

ラングドンはドア脇の箱へ手を伸ばし、中から綿の白手袋をいくつか引っ張り出した。

「正装でもするの?」ヴィットリアが尋ねた。

「指先の酸のためだ。手袋なしで史料にふれるわけにはいかない。きみも必要だよ」

ヴィットリアも手袋をはめた。「時間はどれだけある?」

ラングドンはミッキー・マウスの腕時計で確認した。「七時を過ぎたところだ」

「一時間で見つけなくちゃ」

「いや、そんなに時間はない」ラングドンは頭上のフィルター付ダクトを指さした。「ふつう、書庫にだれかはいっているときは所長なり館長なりが酸素供給システムのスイッチを入れるんだ。でも、きょうはちがう。二十分後にはふたりとも空気を求めてあえいでるはずだ」

ヴィットリアの顔は、赤い光のなかでもはっきりわかるほど青ざめた。

ラングドンは微笑んで手袋をしっかりはめた。「〝実証しろ、さもなくば窒息しろ〟だよ、ミズ・ヴェトラ。さあ、ミッキー・マウスがチクタク言ってるぞ」

51

BBCのレポーター、ガンサー・グリックは手のなかの無線電話を十秒見つめてから、ようやく電話を切った。

チニータ・マクリが中継車の後部からグリックを観察していた。「何があったんだい。だれから?」

振り向いたグリックは、クリスマスプレゼントを手渡されたものの、ほんとうに自分がもらえるのかと心配している子供の気分を味わっていた。「垂れこみだ。ヴァチカンのなかで何か起こってるらしい」

「それはね、コンクラーべっていうの」マクリは言った。「たいした垂れこみだね」

「ちがう、その話じゃない」すごい情報だぞ。グリックは、いま聞かされた話が真実だなどということがありうるのかといぶかった。真実であれと祈っている自分に気づき、後ろめたさを感じた。「四人の枢機卿が誘拐されて、今夜、別々の教会で殺される予定だと言ったら？」

「悪質なユーモアのセンスをした職場のだれかにからかわれてるってことだろうね」

「最初の殺人現場の正確な位置を教わることになってると言ったら？」

「いったいどこの馬の骨と話してたのか聞かせてもらいたいもんだね」

「名乗らなかった」

「たぶん、そいつがくそ野郎だからよ」

グリックは、皮肉を言われるぐらいのことは予想できたが、マクリにも見落としている点があると思った。嘘つきやいかれた連中を相手にする仕事こそ、グリックが《ブリティッシュ・タトラー》紙で十年近くたずさわってきたことだった。今回の電話の主は、そのどちらでもない。冷淡なほど正気で、論理的だった。〝八時直前におまえに電話する〟と、男は言っていた。〝そのとき最初の殺人現場を教えてやろう。そこで撮れる映像がおまえを一躍有名にしてくれるはずだ〟。情報をこちらへ流す理由を聞き出そうとしたときの相手の返答は、その中東アクセントに劣らず冷ややかなものだった。

〝マスメディアは無政府主義の右腕だからな〟。

「電話の男はほかの情報もくれたぜ」グリックは言った。

「なんだい。たったいまエルヴィス・プレスリーが教皇に選ばれたとでも？」

「ＢＢＣのデータベースと回線をつないでくれ」いまやグリックのアドレナリンは大量に放出されていた。「この連中についてうちで報道したものを観たいんだ」

「この連中?」

「頼むよ」

マクリはため息をつき、BBCのデータベースへ接続する準備をはじめた。「しばらくかかるよ」

グリックの心は宙を漂っていた。「やつはカメラマンがいるかどうかをひどく知りたがった」

「〝ビデオグラファー〟よ」

「それに、生放送ができるかどうかも」

「一・五三七メガヘルツ。いったい何をしようっていうのさ」データベースから信号音が響いた。

「よし、つながった。だれを調べるって?」

グリックはそのことばを口にした。

マクリは顔をあげて目を見開いた。「あんたが冗談を言ってると思いたいよ、ほんと」

52

第十史料保管庫内の配列はラングドンが期待していたほどわかりやすいものではなく、『図表』の手稿は、それと似かよったガリレオの出版物が置いてある場所には見あたらなかった。コンピューター化された情報システムと分類記号がなければ、ラングドンもヴィットリアもお手あげだ。

「『図表』がここにあるのはたしかなの?」ヴィットリアが尋ねた。

「まちがいない。ふたつの書目に確認済みとして載っていて――」

「わかったわ。あなたが信じてるならいいの」ヴィットリアは左へ向かい、ラングドンは右へ進んだ。

ラングドンは肉眼による検索をはじめた。つぎつぎ目に留まる貴重な書物をひとつ残らず読みたい衝動を抑えるのに苦労した。まさに驚異のコレクションだ。『偽金鑑識官』……『星界の報告』……『太陽黒点に関する書簡』……『クリスティーナ大公妃宛書簡』……『ガリレオの弁明』……。きりがない。

書庫の奥でついに金鉱を掘りあてたのはヴィットリアだった。喉《のど》から絞り出したような声が響いた。

「『真実の図表《ディアグラッマ・デッラ・ヴェリタ》』！」

ラングドンは深紅に煙る書庫内を走って、ヴィットリアに並んだ。「どこだ？」

ヴィットリアが指さしたとたん、ラングドンはなぜすぐに見つからなかったかを悟った。手稿は書棚ではなく、史料保存箱に収納されていた。保存箱は製本されていない文書を保管する一般的な方法だ。問題の保存箱は、前面のラベルを見ればその中身に疑いの余地はなかった。

ディアグラッマ・デッラ・ヴェリタ
ガリレオ・ガリレイ著　一六三九年

ラングドンは両膝《ひざ》を突いた。心臓が早鐘を打っている。「『図表』だ」ヴィットリアに微笑みかけた。「たいしたものだよ。箱を引き出すのを手伝ってくれないか」

ヴィットリアはラングドンの脇にひざまずき、いっしょに保存箱を引いた。箱が載っている金属製の台にキャスターがついていて、すんなり手前に出てきた。箱の上面が姿を現した。

「錠がないの？」ヴィットリアは簡単な留め金具を目にして驚いた様子だった。

「錠をつけたりはしないんだ。文書を緊急避難させなくてはいけない場合もあるからね。洪水とか火事とか」

「じゃあ、あけて」

言われるまでもない。学究生活を通じての夢を眼前にし、書庫内の空気も薄くなっている状況で、時間を無駄にするなどもってのほかだ。ラングドンは留め金具をはずし、蓋《ふた》を持ちあげた。箱の底に、黒いズック製の袋が平らに置かれている。布の通気性は、内容物をよい状態で保存するために欠かせない。ラングドンは両手を袋へ伸ばし、水平を保ったまま箱から取り出した。

「宝箱を期待してたんだけど」ヴィットリアが言った。「枕カバーって感じね」

「こっちへ来て」ラングドンは神への供物のように袋を捧《ささ》げ持ち、書庫の中央まで運んだ。記録保管所のたぐいでよく見かけるガラス天板の書見机が置いてある。書見机が中央にあるのは文書が書庫内を移動する距離を最小限にするためであるが、研究者にしてみれば書架に囲まれてプライバシーを守れるのはありがたいことだ。業績となりそうな発見は世界でも有数の書庫でなされるものであり、たいていの学者は、作業しているところを同業者からガラス越しに見られるのをいやがる。

ラングドンは机に袋を置き、開封口のボタンをはずした。ヴィットリアは立ったまま見守っている。ラングドンは史料閲覧用の道具箱を搔《か》きまわして、保管者たちが〝フィンガーシンバル〟と呼ぶ、先にフェルトのついた大きなピンセットを探し出した。ふたつの先端がそれぞれ円板状になっている。興奮が高まるにつれ、ラングドンは、いまにも自分が目を覚まし、気がつけば自宅で未採点の学生のレポートに囲まれているのではないかと恐れた。深く息を吸いこんで、袋を開く。ピンセットを差しこむとき、綿の手袋のなかで指が震えた。

「リラックスして」ヴィットリアが言った。「ただの紙なんだから。プルトニウムじゃないのよ」

ラングドンは中の文書をピンセットで包みこむようにはさみ、圧力が均一になるよう心がけた。そして、文書を引き出すのではなく、その位置に固定したまま袋のほうを後ろへ滑らせた。必要以上にひねらずに取り出すための、史料保管者独特の手さばきだ。袋を完全にはずし、机の下にある書見用の暗照明をつけるまで、ラングドンは息を凝らしたままだった。

ガラス天板の下から明かりを浴びて、ヴィットリアは幽霊のように見えた。「小さな紙ね」畏敬《いけい》に満ちた声だった。

ラングドンはうなずいた。眼前に現れた紙の束は、小型のペーパーバックからはずれたページに似ている。いちばん上の紙葉はペン画風の華麗に装飾された表紙になっていて、そこに書かれた題名、日付、著者名がガリレオ本人の筆跡であるのがわかった。

その瞬間、ラングドンはせま苦しい空間にいることも、疲れきっていることも、自分をここへ連れてきた恐ろしい状況のこともすべて忘れた。ただただ感嘆の思いで目を瞠《みは》った。歴史との対面を果たすとき、自分はいつも畏怖の念で思考停止に陥る……たとえば〈モナ・リザ〉の筆のタッチを見るときのように。

そのくすんだ黄色のパピルスを見れば、この文書が古い原本なのは明らかだが、避けられない劣化こそあるものの、それは最高の状態に保たれていた。顔料にわずかな退色が見られるようだな……パピルスにも若干の破れと固着があるか……でも全体として、なんともすばらしい保存状態じゃないか。ラングドンは、湿度不足でかすんだ目を凝らして表紙に刻みこまれた華やかな模様を鑑賞した。ヴィットリアは黙したままだった。

「へらをとってくれないか」ラングドンはステンレス製の専用道具が詰まった道具箱を指した。ヴィットリアがへらをよこした。それを受けとって握る。いいへらだ。表面を指でなでて静電気を逃がしてから、いっそうの注意を払いながら表紙の下にへらの先を差し入れる。そして、へらをあげて表紙を一枚めくった。

最初のページは、ほとんど解読不可能な手書きの細かい装飾文字で書かれていた。図表も数字もないことがひと目で見てとれる。文章ばかりだった。

「太陽中心説」ヴィットリアが一葉目の見出しを訳して言った。それから本文にざっと目を通した。「ガリレオは地球中心説をきっぱり否定してるみたいね。まあ、古イタリア語だから解釈には自信がないけど」

「いいんだ」ラングドンは言った。「探すのは数式、純粋な言語だ」へらを使ってつぎのページをめくった。また文章だ。数式も図表もない。手袋のなかで両手が汗ばみはじめた。

「惑星の運動」ヴィットリアが題名を訳した。

ラングドンは眉根を寄せた。別の日だったら夢中になって読んでいただろう。信じがたいことに、高倍率望遠鏡で観測して得られたNASAの最新の惑星軌道モデルは、当初ガリレオが予測したものとほぼ同じだと言われている。

「数式はないわ」ヴィットリアが言った。「逆行と楕円《だえん》軌道か何かの話みたい」

楕円軌道……ガリレオが訴訟問題に悩まされるようになったのは惑星の運動が楕円を描くと述べてからだったことを、ラングドンは思い起こしていた。ヴァチカンは円の完全無欠性を重んじ、天の運動は正円でしかありえないと主張した。しかし、ガリレオのイルミナティは楕円にも完全無欠性を見いだし、焦点をふたつ持つという二重性を崇《あが》めた。イルミナティの楕円は、現代フリーメイソンの敷物や敷石に描かれた寓意図《ぐうい》のなかでも傑出している。

「つぎ」ヴィットリアは言った。

ラングドンはページをめくった。

「月の位相と潮の変化。数字なし。図表なし」

ラングドンはさらにめくった。何もない。さらにつづけて十葉余りつぎつぎとめくった。なし。なし。なし。

「彼は数学者なんだとばっかり思ってたけど」ヴィットリアは言った。「文章だけね」

ラングドンは肺のなかの空気が薄くなりはじめているのを感じた。同時に希望も薄れかけている。紙葉の束が徐々に減っていった。

「ここにもなし」ヴィットリアが言った。「数式なんかどこにもないわ。日付が少しと、文中に出てくる数字が少しあるけど、手がかりと言えそうなものはひとつもない」

ラングドンは最後の紙葉をめくり、ため息をついた。最後もやはり文章だ。

「短い本ね」ヴィットリアは顔をしかめて言った。

ラングドンはうなずいた。

「〝メルダ〟ってローマでは言うわ」

まさに〝くそっ〟だな、とラングドンは思った。ガラスに映った自分の姿が、わが家の張り出し窓からけさ見返していた亡霊さながらにあざけっているように見える。衰えゆく亡霊。「ぜったいに何かある」必死のあまり出たひどいかすれ声に、自分自身が驚いた。「〝セーニョ〟はここにある。まちがいない！」

「もしかしたら、DⅢが勘ちがいだとか」

ラングドンは振り向いてヴィットリアの顔を見た。

「わかってる」ヴィットリアが同意した。「DⅢだという解釈は完璧《かんぺき》だと思うわ。だけど、手がかりは数学で書かれていないのかも」

「純粋な言語《リングア・プーラ》だ。ほかに何がある？」

「美術は？」

「この本には図表も絵もない」

「わかってるのは、純粋な言語《リングア・プーラ》がイタリア語以外の何かを指してるってことだけ。たしかに数学というのは論理的な答に思えるけど」

「賛成だ」

ラングドンはすぐに負けを認める気にならなかった。「きっと、数値がアルファベットで綴《つづ》られているんだ。計算も数式ではなく、文章で説明されているにちがいない」

「全部読むには時間がかかるわ」

「でも、われわれには時間がない。手分けして作業しよう」ラングドンは裏返した紙葉の束をもとへもどした。「わたしも数値を見分けられる程度にはイタリア語は知っている」トランプの山を分けるようにしてへらで上の六葉を取り分け、ヴィットリアの前に置いた。「このなかにかならずある。まちがいないんだ」

ヴィットリアはかがみこんで最初のページを手でめくった。

「へら！」ラングドンは、道具箱から別のへらをつかんでヴィットリアに差し出した。「これを使うんだ」

「手袋をしてるのよ」ヴィットリアはこぼした。「どれだけの被害を与えるっていうの？」

「いいから使うんだ」

ヴィットリアはへらを手にとった。「この感覚、あなたも感じてる？」

「緊張？」

「ううん。息切れ」

ラングドンも確実に息苦しくなっていた。予想よりも速く空気が薄れている。急がなくては。難解な古文書に取り組むこと自体は新しい体験でもなんでもないが、ふだんは解読にかける時間が数分にかぎられたりしない。ラングドンはひとことも発しないまま頭をさげ、自分の担当ぶんの一葉目を訳しはじめた。

どこに隠れてるんだ！　早く出てこい！

53

ローマのとある場所の地下で、黒い人影が石造りの坂をおりて地下道へと進んでいった。古い通路はたいまつだけで照らされ、空気が熱く重くなっている。通路の奥では大の男たちがいたずらに恐怖の叫びをあげ、その声がせま苦しい空間に響きわたっていた。

角を曲がったところで、置き去りにされたときとまったく同じ状態の男たちが目にはいった——怯《おび》えた四人の老人が、錆《さ》びた鉄格子の向こうで石造りの小間に閉じこめられている。

「あなたはだれですか《キ・エ・ヴ》」男のひとりがフランス語で尋ねた。「わたしたちをどうするつもりですか」

「助けてくれ《ヒルフェ》！」別のひとりがドイツ語で言った。「逃がしてくれ！」

「われわれが何者かを知っているのかね」ひとりがスペイン語訛《なま》りの英語で訊《き》いた。

「静かにしろ」耳障りな声が命令した。ことばに断固たる響きがある。

四人目の捕虜であるイタリア人は押しだまって思いに沈んでいたが、自分たちを捕らえた男のうつろな暗黒の瞳を凝視し、そこにたしかに地獄そのものを見たと感じた。神よ、お助けください、と心で祈った。

暗殺者は腕時計を一瞥《いちべつ》してから捕虜へ視線をもどした。「さあて、だれが一番手かな」

54

第十史料保管庫内では、ロバート・ラングドンが眼前の装飾文字に目を通しながら古イタリア語の数を読みあげていた。千《ミッレ》……百分の一《チエンティ》……一《ウーノ》、二《ドウエ》、三《トレ》……五十《チンクワンタ》。ああ、数字対応表か何かないのか！　どうにかしてくれ！

そのページの終わりに達すると、つぎをめくろうとへらを持ちあげた。先端を紙葉の下に差し入れようとしたが、水平に保つことがむずかしくてうまくいかない。数分後、ふと手もとを見ると、自分がへらを使うのをあきらめ、手でめくっていることに気づいた。しまった。罪の意識をかすかに覚えた。酸素不足が自制心を弱らせている。史料保管者に地獄の炎で焼かれることになりそうだな。

「そろそろ限界よね」ヴィットリアは、ラングドンが手で紙葉をめくっている姿を見て咳《せ》きこんだ。自分のへらをほうり出し、ラングドンにならう。

「何か見つかったかい」

ヴィットリアは首を横に振った。「純粋な数学と思えるものはないわ。ざっと読んでるんだけど……手がかりらしいものはなさそう」

ラングドンは自分の担当ぶんを訳しつづけていたが、困難は増すばかりだった。ラングドンのイタリア語力は心もとなく、細かい文字と古めかしい言語のおかげでいっそうはかどらなかった。ヴィットリアはラングドンより先に最後まで読み終え、がっかりした様子で紙葉を裏返してもとにもどした。それから前かがみになって、もう一度はじめからじっくり調べはじめた。

自分のぶんの最後まで来ると、ラングドンは小声で悪態をつき、それからヴィットリアへ目を向けた。ヴィットリアは怪訝《けげん》な顔つきで、目を細めて一枚の紙葉に記された何かを見つめている。「どうかしたのか」と、ラングドンは声をかけた。

ヴィットリアは顔をあげなかった。「そっちには脚注がついてた？」

「いや、気づかなかった。なぜだい」

「このページに脚注があるのよ。折り目のせいで見にくいんだけど」

ラングドンはヴィットリアが注視しているものを見ようとつとめたが、読みとれたのは右上の隅のページ番号だけだった。五ページ。その偶然に気づくまでに、多少の時間がかかった。気づいてからでさえ、その結びつきは漠たるものに感じられた。五ページ。五……ピタゴラス……五芒星《ごぼうせい》……イルミナティ。手がかりを隠すとしたら、イルミナティは五ページ目を選びそうな気もする。赤くかすむ書庫内に、ラングドンはひと筋のかすかな希望の光を見た。「その脚注は数式なのかい」

ヴィットリアはかぶりを振った。「ことば。一行よ。とても細かい字なの。読めないくらい」

ラングドンの希望は消えていった。「数学のはずなんだ。純粋な言語《リングア・プーラ》だよ」

「ええ、わかってる」ヴィットリアは言いよどんだ。「でも、これは聞きたいんじゃないかしら」その声音にラングドンは興奮を感じとった。

「聞かせてくれ」

ページに目を細めながら、ヴィットリアはその行を読んだ。「光の道が敷かれ、聖なる試練あり」

そのことばはラングドンの想像とはかけ離れていた。「なんだって?」

ヴィットリアは繰り返した。「光の道が敷かれ、聖なる試練あり」

「光の道《パス・オブ・ライト》?」背筋が伸びるのを感じた。

「そう書いてあるわ。光の道《パス・オブ・ライト》」

その意味が呑みこめると、ラングドンは混濁した意識が一瞬の光明に貫かれるのを感じた。〝光の道が敷かれ、聖なる試練あり〟。その一行が当時の志願者にどう役立ったかはわからないが、それが啓示の道《パス・オブ・イルミネーション》を指していることはあまりにも明らかだ。〝光の道〟。〝聖なる試練〟。自分の頭が、粗悪なガソリンで吹かしているエンジンか何かに思える。「訳にまちがいはないだろうな」

ヴィットリアは口ごもった。「実は……」奇妙な表情でラングドンに目を向ける。「厳密に言うと翻訳じゃないの。英語で書いてあるのよ」

つかの間、ラングドンは部屋の音響のせいで耳がおかしくなったと思った。「英語だって？」

ヴィットリアが紙葉をよこし、ラングドンはページのいちばん下に記された極小の文字を読んだ。

「〝光の道が敷かれ、聖なる試練あり〟。英語じゃないか。どうしてまた、イタリア語の本に英語が？」

ヴィットリアは肩をすくめた。ラングドンに劣らず、酔っているかのようだ。「ひょっとして、英語が彼らの言う〝純粋な言語《リングア・プーラ》〟なんじゃないかしら？　科学の世界では国際語とされてるもの。セルンではみんな英語で話すわ」

「しかし、これは十七世紀の話だぞ」ラングドンは反論した。「イタリアではだれも英語などしゃべっていなかった。たとえ――」自分が何を言おうとしているかに気づいて、ラングドンはしばし口をつぐんだ。「たとえ……聖職者でも」学者の頭脳が全速力で回転をはじめ、早口に変わる。「十七世紀には、英語はヴァチカンがまだ採用していない言語のひとつだったんだ。イタリア語、ラテン語、ドイツ語、それにスペイン語やフランス語までもが使われていたけれど、英語はまったくお呼びじゃなかった。チョーサーやシェイクスピアといった不届き者が使う、自由思想家の穢《けが》れた言語と考えられていたんだよ」ふいに、イルミナティの土《earth》、空気《air》、火《fire》、水《water》の焼き印のことが頭をよぎった。焼き印が英語だという伝説も、いまなら妙に納得がいく。

「つまり、英語だけはヴァチカンの管理できない言語だから、ガリレオが〝純粋な言語《リングア・プーラ》〟と見なしていたかもしれないってこと？」

「そうだ。あるいは、英語で手がかりを記すことによって、読者を限定しようという巧妙な意図がガリレオにあったのかもな」

「でも、これは手がかりでも何でもないわ」ヴィットリアは反論した。「〝光の道が敷かれ、聖なる試練あり〟？　いったいこれにどんな意味があるって？」

たしかに、とラングドンは思った。この一行はなんの役にも立たない。だが、心のなかでもう一度吟じてみたとき、奇妙な事実に突きあたった。こいつは変だ。これはひょっとして……

「もうここから出なくちゃ」ヴィットリアがかすれ声で言った。

ラングドンは聞いていなかった。〝光の道が敷かれ、聖なる試練あり《The path of light is laid, the sacred test》〟。「まさに弱強五歩格《アイアンビック・ペンタメター》じゃないか」突然声をあげ、音節を数えなおした。「弱勢音節と強勢音節が交互に五回繰り返されてる」

ヴィットリアは当惑顔になった。「アイアンビック──だれ？」

ほんのいっとき、ラングドンの心はフィリップス・エクセター・アカデミーへもどり、土曜の朝に英語の授業を受けていた。この世の地獄だった。高校野球のスターであるピーター・グリアが、シェイクスピアの韻文は一行にいくつの詩脚で構成されるかを思い出せずに苦しんでいる。英語の担当はビッセルという威勢のいい男性教師で、教卓に飛び乗って怒鳴りつけた。「五《ペンタ》歩格《メター》だよ、グリア！　ホームベースを思い浮かべてみろ！　五《ペンタ》角形《ゴン》だ！　五つの辺があるだろう！　ペンタ！　ペンタ！　ペンタ！　まったく！」

五つの詩脚か、とラングドンは思った。定義によれば、それぞれの詩脚はふたつの音節からなる。これまでに一度もそれを結びつけて考えたことのない自分が信じられなかった。弱強五歩格は五と二を基盤にした、対称性のある律格だ。両方ともイルミナティの聖なる数字じゃないか！

待て、結論を急ぎすぎだ！　ラングドンは自分に言い聞かせ、その考えを締め出そうとした。なんの意味もないただの偶然だ！　しかし、頭から離れなかった。五──ピタゴラスに五芒星。二──万物の二元性。

つぎの瞬間、新たな事実に気づいて、両脚にしびれるほどの刺激が走った。弱強五歩格は簡素であることから、〝純粋な詩行《ピュア・ヴァース》〟あるいは〝純粋な歩格《ピュア・メター》〟としばしば呼ばれる。〝リングア・プーラ〟？これがイルミナティの言う純粋な言語だというのか。〝光の道が敷かれ、聖なる試練あり〟……

「あら」ヴィットリアが言った。

ラングドンが振り向くと、ヴィットリアが問題のページを回転させて上下逆さにしていた。ラングドンは胃が締めつけられる思いだった。またなのか。「まさか、その一行がアンビグラムになっているのか？」

「ちがうの、アンビグラムじゃない……だけど、これ……」ヴィットリアは紙葉を九十度ずつ繰り返し回転させていた。

「どうした」

ヴィットリアは顔をあげた。「だけど、これ一行きりじゃないの」

「ほかにもあるのか？」

「余白ごとに一行ずつあるの。上、下、左、右。詩じゃないかしら」

「四行？」ラングドンは総毛立つほどの興奮を覚えた。ガリレオが詩を？「見せてくれ！」

ヴィットリアはその紙葉を放そうとしなかった。四分の一回転ずつ、何度もページを動かしている。「ふちぎりぎりのところに書かれてるから、さっきまで気づかなかったの」最後の行を見ながら首をかしげた。「へえ。ねえ、聞いて。これを書いたのはガリレオじゃないらしいわ」

「なんだって？」

「詩にはジョン・ミルトンと署名されてるの」

「ジョン・ミルトンだって?」『失楽園』を著したこのイギリスの大詩人は、ガリレオの同時代人であり、陰謀マニアによればイルミナティに属していた可能性のあるリストの筆頭にあがる学識者でもある。ガリレオのイルミナティとつながりがあったとする風評を、ラングドンは真実であってもおかしくないと思っていた。ミルトンは、記録にも残されているように、一六三八年にローマを聖地参拝して〝啓示を受けた者たちの共同体〟を訪れたばかりでなく、軟禁されていたガリレオと何度か面会を果たしている。面会の場面は数多くの絵画に描かれており、そのひとつ、アンニバレ・ガッティの有名な作品〈ガリレオとミルトン〉は、いまもフィレンツェの科学史博物館に展示されている。

「ミルトンはガリレオと知り合いだったんでしょう?」ヴィットリアが、ようやくラングドンのほうへ紙葉を押しやりながら言った。「贈り物として、この詩を書いたんじゃないかしら」

ラングドンは身を引きしめてそれを受けとった。机の上で平らにならし、上余白に書かれた行を読んだ。それからページを九十度回転させ、右余白の行を読み、さらに回転させて下余白を読む。最後の回転で一周した。全部で四行ある。ヴィットリアが最初に見つけた行は、実は第三詩行だった。ラングドンは口をあけたまま、つぎつぎ回転させてその四行を読みなおした。上、右、下、左。読み終えると、息を大きく吐いた。もうなんの疑いもない。「とうとう見つかったよ、ミズ・ヴェトラ」

ヴィットリアはぎこちなく微笑んだ。「よかった。やっとここから出られるのね」

「この詩行を書き写す必要がある。鉛筆と紙を探さなくては」

ヴィットリアはかぶりを振った。「もう勘弁して、教授。写字ごっこをしてる暇はないの。ミッキーもチクタク言ってる」ラングドンから紙葉を奪いとってドアへ向かった。

ラングドンは腰をあげた。「外へ持ち出しちゃだめだ！　それは――」
けれども、ヴィットリアはすでに姿を消していた。

55

ラングドンとヴィットリアは、決河の勢いでヴァチカン記録保管所の前庭へ飛び出した。肺に流れこんできた新鮮な空気が、ラングドンには麻薬のように感じられた。視野に散っていた紫の斑点《はんてん》もすぐに消えた。しかし、罪の意識のほうはそうもいかなかった。たったいま、世界一機密性の高い書庫からきわめて貴重な文化遺産を盗む犯罪に荷担してしまったのだ。カメルレンゴの〝あなたに全幅の信頼を置きましょう〟ということばが思い出された。

「急いで」紙葉を手に持ったヴィットリアが言った。オリヴェッティの執務室へ急ぎ足で向かっている。

「もしパピルスに水がかかりでもしたら――」

「気を静めて。暗号を解読してから、この聖なる五ページ目を返せばいいだけのことよ」

ラングドンは追いつこうと速度をあげた。犯罪者になった気分だが、それ以上に、この文書の持つ重大な意味合いに心を奪われていた。

ジョン・ミルトンはイルミナティの会員だった。ミルトンがこの詩を書き、ガリレオが五ページ目に載せて発表したわけだ……ヴァチカンの監視の目から遠く離れたところで。

前庭を抜けたところで、ヴィットリアはラングドンに紙葉を差し出した。「解読できると思う？

それとも、わたしたちはとんでもない数の脳細胞を意味もなく殺したの？」

ラングドンは両手で慎重に文書を受けとると、日光と湿気による被害を防ぐため、すぐさまツイードの上着の胸ポケットへしまいこんだ。「もう解読したよ」

ヴィットリアは急に立ち止まった。「なんですって？」

ラングドンは歩きつづけた。

ヴィットリアはあわてて追った。「一回しか読んでないのに！　むずかしいはずじゃなかったの？」

ラングドンも同じ気持ちだったが、一度読んだだけで〝セーニョ〟はたしかに解読できた。これは弱強五歩格による完璧な四行連詩で、第一の科学の祭壇のありかがまぎれもなく明確に示されている。実を言えば、あまりに容易に成しとげてしまったために、かえって不安に苛《さいな》まれていた。ラングドンは勤労を善とする清教徒の倫理観のもとで育った。父親がニューイングランドの古い格言を唱える声がいまも聞こえてくる。〝労なくして得られたものに福はない〟。その格言がまちがいであることを祈った。「解読したんだ」ラングドンは歩を速めた。「最初の殺人がおこなわれる場所はわかった。オリヴェッティに知らせなくては」

ヴィットリアが身を寄せた。「わかったって、どういうこと？　ちょっと、もう一回見せてよ」ボクサーのような早業でラングドンのポケットへ手を入れ、紙葉を引っ張り出した。

「気をつけてくれ！　そんなふうにしたら――」

ヴィットリアはおかまいなしだった。ラングドンと並んで軽やかに歩きながら、手にした紙葉を夕日にさらして余白を見つめている。ヴィットリアが朗読しはじめたとき、ラングドンは紙葉を取り返そうと動きかけたが、気がつくと、歩調に合った完璧なリズムで強弱をつけて音節を読むヴィットリアのアルトに聞き惚《ほ》れていた。
つかの間、詩の朗読に耳を澄ましながら、ラングドンは時間を飛び越えたような感覚に襲われていた。自分はガリレオの同時代人で、いまはじめてこの詩に聞き入っている。これこそが四つの科学の祭壇を——ローマを縦横に走る秘密の道をしるす四つの道しるべを——発見する試練であり、地図であり、手がかりであると知りながら。ヴィットリアの唇から流れ出る詩はまるで歌だった。

From Santi's earthy tomb with demon's hole,
'Cross Rome the mystic elements unfold.
The path of light is laid, the sacred test,
Let angels guide you on your lofty quest.

悪魔の穴開くサンティの土の墓より
ローマに縦横に現わる神秘の元素
光の道が敷かれ、聖なる試練あり
気高き探求に天使の導きあらん

ヴィットリアは二度朗読して口をつぐんだ。古《いにしえ》のことばが奏でる余韻を楽しんでいるふうだった。〝悪魔の穴開くサンティの土の墓より〟——ラングドンは心のなかで繰り返した。これについては、明快きわまりない。啓示の道はサンティの墓が出発点だ。そこからはじまり、ローマ各所に置かれた道しるべが進路を示すことになる。

悪魔の穴開くサンティの土の墓より
ローマに縦横に現わる神秘の元素

〝神秘の元素〟。これもはっきりしている。土、空気、火、水。科学の四大元素——宗教彫刻の姿をしたイルミナティの四つの道しるべだ。

「最初の道しるべはサンティの墓にあるようね」

ラングドンは微笑んだ。「ほら、たいしてむずかしくないじゃないか」

「で、サンティって何者?」にわかに興味を引かれた様子で、ヴィットリアは訊いた。「それに、その墓はどこにあるの?」

ラングドンは含み笑いをした。〝サンティ〟の名を知る人があまりに少ないのには驚かされる。それは、史上屈指の著名なルネッサンス芸術家のラストネームだ。ファーストネームのほうは世界じゅうに知れわたっている。二十五歳にして教皇ユリウス二世から招聘《しょうへい》された神童で、三十七歳の若さで没したときには、人類がかつて目にしたことのない最高のフレスコ画を多数遺していた。サンティは芸術界の怪物《ビヒモス》であり、ファーストネームだけで世に知られているのは、選ばれたひと握りの人間にのみ許される名声の証《あかし》だった。ナポレオンしかり、ガリレオしかり、イエスしかり……それにもちろん、ハーヴァードの学生寮から声が鳴り響く神格化された有名人たち——スティング、マドンナ、ジュエル、そして、かつてプリンスとして知られ、♀という記号に改名したことがあるアーティストも。ラングドンはこのアーティストを〝T《タウ》型十字と交差する両性具有のアンク十字〟と呼んでいた。

「サンティというのは」ラングドンは言った。「偉大なるルネッサンスの巨匠、ラファエロのラストネームだよ」

ヴィットリアは驚いた顔をした。「ラファエロ？　それって、あのラファエロ？」

「唯一無二のね」ラングドンはスイス衛兵隊警備本部をめざしてひたすら前進した。

「それじゃあ、啓示の道の出発点はラファエロの墓ってこと？」

「だとしたら完全に納得がいく」ラングドンは急行軍をつづけながら言った。「イルミナティは啓示の名のもとに、偉大な芸術家や彫刻家を名誉会員と考えることが多かった。ある種の敬意を表《ひょう》してラファエロの墓を選んでも不思議はない」多くの宗教芸術家と同じく、ラファエロが隠れ無神論者だった疑いがあることも、ラングドンは知っていた。

ヴィットリアは紙葉をていねいにラングドンのポケットへもどした。「で、どこに埋葬されてるの？」

ラングドンは深く息をついた。「とても信じられないだろうが、ラファエロはパンテオンに埋葬されている」

ヴィットリアは疑わしげな顔になった。「あのパンテオン？」

「あのラファエロが、あのパンテオンに埋葬されてるんだ」パンテオンが最初の道しるべのある場所らしく感じられないことは、ラングドンも認めざるをえなかった。第一の科学の祭壇ならば、どこか神秘的な雰囲気のある、静かで人目につかない教会を想像したくなる。十七世紀においても、中心に穴のあいた途方もなく大きなドームを持つこのパンテオンは、ローマでも有数の名所だった。

「そもそもパンテオンって教会なの？」

「ローマ最古のカトリックの教会堂だよ」

ヴィットリアは首を左右に振った。「だけど、ほんとうにひとり目の枢機卿がパンテオンで殺されたりすると思う？　ローマでも特に人気のある観光スポットよ」

ラングドンは肩をすくめた。「イルミナティは全世界に注目されることを望んでいる。パンテオンで枢機卿が殺されたら、確実に人目を引くさ」

「でも、パンテオンで人を殺して、だれにも気づかれずに逃げおおせると思ってるのかしら。不可能よ」

「ヴァチカン市国から四人の枢機卿を誘拐するのといい勝負だろう。この詩の意味は明らかだよ」

「それに、ラファエロがパンテオンのなかに埋葬されてるのもたしかなのね？」

「ラファエロの墓は何度も見学した」

ヴィットリアはうなずいたが、まだ不安げだった。「いま何時？」

ラングドンは腕時計を見た。「七時半だ」

「パンテオンって遠いの？」

「一マイルくらいだろうか。時間はある」

「詩には、サンティの土の墓と書いてあったわ。この点はどうなの？」

ラングドンはセンティネッラの中庭を早足で斜めに横切った。「土かい？　実のところ、パンテオンほど土にゆかりのある場所は、ローマじゅう探してもないだろう。パンテオンという名は、もともとあそこで奉じられていた信仰に由来する。多神信仰《パンテイズム》――つまり、万物の神、特に母なる大地の神々を祀《まつ》っていたんだ」

建築学の学生のころ、パンテオンの円堂部分の寸法にガイア――大地の女神――への賛美がこめられていると教わって驚嘆したものだ。比率が非常に正確で、巨大な球体が一ミリの隙間もなく建物のなかにぴったりおさまるという。

「わかったわ」ヴィットリアはいくらか納得したようだ。「それで、悪魔の穴のほうは？〝悪魔の穴開くサンティの土の墓より〟でしょう？」

それについては、ラングドンもあまり確信がなかった。「〝悪魔の穴〟は〝天窓《オクルス》〟のことにちがいない」妥当な推論だ、と自分では思った。「パンテオンの天井にあいた有名な円形の開口部だ」

「だけど、パンテオンは教会なのよね」ヴィットリアは苦もなくラングドンと同じ速さで歩いている。「それなのに、どうして悪魔の穴なんて呼ぶのかしら」

実は、ラングドン自身もその点を疑問に思っていた。〝悪魔の穴〟という言いまわしは初耳だったが、それでもパンテオンについて述べた昔のある有名な批評を思い出した。いま思うと妙に似つかわしく感じられる。それは尊者ベーダが書いたもので、あの穴は、パンテオンが聖ボニファティウス四世に献堂されたときに逃げ出そうとした悪魔らがあけたものだという。

「それに、なぜ」小ぶりの中庭へ進んだとき、ヴィットリアがさらに言った。「なぜイルミナティは、実際はラファエロで通っている人物をわざわざサンティなんて呼んだの？」

「きみはいろんな質問をするんだな」

「父にもよく言われたわ」

「考えられる理由はふたつある。ひとつ、ラ、ファ、エ、ロという単語には音節が多すぎる。詩の弱強五歩格が台なしになってしまう」

「なんだかこじつけみたい」

ラングドンも同感だった。「そうだな、じゃあ、〝サンティ〟を使ったのは手がかりをあいまいにするため、というのはどうだろうか。頭の切れる者でなければラファエロを指していると気づかない」

ヴィットリアはこれにも賛成しかねるらしい。「ラファエロ本人が生きてたころなら、ラストネームだって知れわたってたはずよ」

「驚くだろうが、そうじゃないんだ。ファーストネームだけで世に知られるというのは、ひとつのステータスシンボルだった。ラファエロは、近ごろの人気歌手と同じで、自分のラストネームを表に出さないようにしていたんだよ。マドンナがいい例だ。苗字《みょうじ》のチッコーネなんか、ぜったいに使わない」

ヴィットリアはおもしろがっているふうだった。「あなた、マドンナのラストネームなんか知ってるの？」

ラングドンは例が悪かったと後悔した。一万人もの若者と暮らしているうちに身につくがらくたには驚くばかりだ。

スイス衛兵隊警備本部までの最後の通路を過ぎたところで、ふたりの行軍はなんの前ぶれもなく停止した。

「止《パ》まれ《ラ》！」背後から怒声がした。

体ごと振り向いたとたん、ふたりはライフルの銃身をのぞきこんでいた。

「危ない《アッテント》！」ヴィットリアは叫んで飛びのいた。「気をつけて――」

「動くな《ノン・スポスタルティ》！」衛兵が怒鳴って撃鉄を起こした。

「おい！」中庭の向こう側から命令する声がした。オリヴェッティが警備本部から姿を現した。「ほうっておけ！」

衛兵は途方に暮れた顔をした。「ですが《マ》、シニョーレ、この女は《エ・ウナ・ドンナ》――」

「中にはいれ！」オリヴェッティは衛兵に命令した。

「シニョーレ、そんなわけには《ノン・ポッソ》――」

「急げ！　おまえには新しい指令がある。二分後にはロシェ大尉が全隊へ作戦説明をおこなう予定だ。捜索隊を組織することになる」

途方に暮れた顔のまま、衛兵はあわてて警備本部へ引っこんだ。オリヴェッティはきびしい怒りの形相でラングドンに近づいた。「われわれの最高機密の記録保管所に？　説明してもらおうか」

「いいニュースがあります」ラングドンは言った。

オリヴェッティは目を細めた。「よほどいいニュースなんだろうな」

56

四台の無標識のアルファロメオ155ツインスパークが、滑走路から離陸する戦闘機さながらの勢いでコロナーリ通りを飛ばしていた。乗っているのは十二人の私服スイス衛兵で、パルディーニのセミオートマティック、狭範囲用の神経ガス容器、長距離用のスタン銃を装備している。三名の狙撃《そげき》兵はレーザーサイトつきのライフルを携帯していた。

先頭の車の助手席にすわったオリヴェッティが、後部座席のラングドンとヴィットリアに顔を向けた。目が怒りに燃えている。「あなたは信頼に足る説明をすると約束したが、まさかいまの話がそうだとでも？」

ラングドンはせまい車のなかで押しつぶされそうな感覚を味わっていた。「おっしゃりたいことはよくわかり――」

「わかっていない！」オリヴェッティは語気を荒らげはしなかったが、声を三倍に強めて言った。「わたしはコンクラーベの夜に精鋭の兵士を十二人もヴァチカン市国の任務からはずしたんだぞ。それも、見も知らぬアメリカ人が四百年前の詩とやらについて垂れた講釈に振りまわされて、パンテオンに張りこませるためだ。おまけに、反物質兵器の捜索まで部下たちの手に委《ゆだ》ねてきたとは」

ラングドンは、五ページ目の紙葉をポケットから出してオリヴェッティの鼻先に突きつけたい衝動をどうにか抑えた。「わたしにわかっているのは、見つけた情報がラファエロの墓を指していること、そして、ラファエロの墓がパンテオンにあることだけです」

運転席の男がうなずいた。「それはほんとうです、隊長。わたしは妻と――」

「だまって運転しろ」オリヴェッティがぴしゃりと言った。それからラングドンに顔を向けた。「どうやったらあれほど人の多い場所で暗殺を成しとげ、だれにも見られずに逃げ出せると言うのかね」

「わかりません」ラングドンは言った。「しかし、イルミナティはずば抜けて頭脳明晰《めいせき》な連中です。セルンにもヴァチカン市国にももぐりこめたわけですから。最初の殺人がおこなわれる予定の場所がわかっているだけで儲《もう》け物ですよ。パンテオンが犯人を捕らえる唯一のチャンスです」

「それも話がちがう」オリヴェッティは言った。「唯一のチャンス？　さっきは道のたぐいがあると言っていたと思うがね。一連の道しるべがあると。もしパンテオンが正解なら、その道に従って道しるべをたどれる。捕らえるチャンスは四回あるはずだ」

「わたしも一度は期待をいだきました」ラングドンが言った。「そして、おそらく可能だったでしょう……一世紀ほど前だったら」

パンテオンが第一の科学の祭壇だと気づいたことは、すでにほろ苦い記憶に変わっていた。歴史はそれを追う者に残酷な仕打ちをすることがある。これほど長い年月を経たのちも啓示の道がそのままの姿で――彫刻がすべてしかるべき場所にある状態で――残っていると考えるのは無謀というものだ。にもかかわらず、ラングドンの心の一部分は、啓示の道を最後までたどってイルミナティの聖なる隠れ家に肉薄することを夢に描いていた。しかし悲しいかな、それはありえない。「ヴァチカンは十九世紀末にパンテオンのすべての彫刻を運び出して破壊したんです」

ヴィットリアはショックを受けたようだ。「どうして？」

「彫刻は異教のオリュンポスの神々だった。残念だが、最初の道しるべはもうないということだ……つまりそれは――」

「どうにもならないの？」ヴィットリアは言った。「なんとしても啓示の道やほかの道しるべを見つけなくちゃ」

ラングドンはかぶりを振った。「チャンスは一度きり。パンテオンだ。そこから先の道は見えてこない」

オリヴェッティはふたりの顔をしばらく見つめてから、首をまわして正面に向きなおった。「脇へ寄せろ」と、運転手に怒声を浴びせた。

運転手は車を路肩に寄せてブレーキをかけた。後ろの三台のアルファロメオが横滑りしてそれにつづく。スイス衛兵の車両隊列はきしみを立てて停止した。

「何してるのよ！」ヴィットリアがきびしい声で言った。

「自分の仕事をしている」オリヴェッティはすわったまま体を後ろに向けた。石のような声だ。「ミスター・ラングドン、事情は道々説明するとあなたが言ったとき、わたしはパンテオンに着くころには部下を同行する理由も明確になっていると考えていた。だが、そうではなかった。わたしがここにいることは重大な任務の放棄にほかならず、童貞の生《い》け贄《にえ》だの昔の詩だのに関するあなたの仮説も、とうてい納得できるものではない。これをつづけることはわたしの良心が許さない。ただちにこの作戦を中止する」オリヴェッティは無線機を取り出し、スイッチを押した。

ヴィットリアが後部座席から手を伸ばし、オリヴェッティの腕をつかんだ。「だめよ！」

オリヴェッティは無線機を乱暴に切ると、紅蓮《ぐれん》の炎を宿した目でヴィットリアをねめつけた。「パンテオンへ行ったことはあるかね、ミズ・ヴェトラ」

「ないわ、だけど――」

「ひとこと言わせてもらおう。パンテオンは全体がひとつの空間になっている。石とローマンコンクリートでできた円形の部屋だ。入口はひとつ。窓はない。せまい入口がひとつきりだ。そこには武装したローマ市警の警察官が常時四人以上立っていて、美術品を傷つける輩《やから》や、反キリスト教のテロリストや、観光客ねらいの占い詐欺師から神殿を守っている」

「何が言いたいの?」ヴィットリアは冷たく言い放った。

「何が言いたいだと?」オリヴェッティのこぶしが座席を握りしめた。「きみたちが起こるはずだと主張する出来事はぜったいに起こりえないということだ！　パンテオンのなかで枢機卿を殺害できそうなシナリオをひとつでも言えるかね?　何よりまず、いったいどうすれば、あの警備をくぐり抜けてパンテオンへ人質を連れこめる?　ましてや、実際に人質を殺害し、逃走することが可能だと思うのか?」オリヴェッティはシートから身を乗り出し、コーヒーくさい息をラングドンに吐きかけた。「どうだね、ミスター・ラングドン。そんなシナリオがひとつでもあるか」

このちっぽけな車が縮んでわが身を押しつぶしているような錯覚に、ラングドンは陥った。そんなもの、思いつくものか！　こっちは暗殺者じゃないんだから。やつがどうするつもりかなど知るものか！　わかるのは――

「あら、ひとつでいいの?」ヴィットリアがあてこすりを言った。落ち着いた声だ。「こんなのはどう?　暗殺者がヘリコプターを飛ばし、焼き印の押された泣き叫ぶ枢機卿を、屋根の穴めがけて突き落とす。枢機卿は大理石の床に激突して死亡」

同乗者全員がヴィットリアへ顔を向けた。ラングドンはどう考えるべきかわからなかった。いやはや、おどろおどろしい想像をしたものだ。それにしても、なんと頭の回転が速いことか。

オリヴェッティは眉をひそめた。「たしかに可能だ……しかし、そうは――」

「じゃあ、つぎ」ヴィットリアは言った。「暗殺者が枢機卿に薬を飲ませ、年老いた観光客であるかのように、車椅子に乗せてパンテオンまで連れてくる。車椅子を押して中にはいったら、静かに喉を切り裂いて立ち去る」

これでオリヴェッティも多少目が覚めたらしい。

いいぞ！　ラングドンは思った。

「でなければ、暗殺者が――」

「わかった」オリヴェッティは言った。「もういい」深く息を吸い、吐き出した。そのとき何者かが激しく窓を叩《たた》き、車内の全員が飛びあがった。別の車に乗っていた衛兵だ。オリヴェッティが窓をおろした。

「異常はありませんか、隊長」衛兵は平服だった。デニムシャツの袖《そで》を引きあげ、ストップウォッチ機能のついた黒い軍用腕時計をあらわにした。「七時四十分です、隊長。配置につく時間が必要です」

オリヴェッティはあやふやにうなずいたが、長々と黙したままだった。ダッシュボードに何度も指を走らせ、ほこりに線を描いている。それからサイドミラーに映るラングドンをじっくり観察し、ラングドンは身体測定をされている気分になった。ようやくオリヴェッティは衛兵に顔を向けた。声に不本意な思いがにじみ出ている。「分散して接近する。車をそれぞれ、ロトンダ広場、オルファニ通り、サンティニャチオ広場、サンテウスタキオ広場に向けろ。二ブロックより近づかないように。停車したら準備をして指示を待て。三分だ」

「了解しました」衛兵は自分の車へもどった。

ラングドンはヴィットリアにうなずいてみせた。ヴィットリアが微笑み返したそのとき、ラングドンはふいに心の結びつきを感じた……互いのあいだに磁力の糸があるかのように感じられた。

オリヴェッティは後ろを向き、ラングドンに目を据えた。「ミスター・ラングドン、あなたの面目がつぶれないことを祈るよ」

ラングドンは不安混じりに微笑んだ。そんなことがあるはずはない。

57

セルンの所長マクシミリアン・コーラーは、クロモリンと抗ロイコトリエン剤が冷ややかな流れとなって体内をめぐり、気管支や肺毛細血管を拡張させるのを感じた。正常に呼吸できる状態にもどっている。自分がセルン医務室の個室に寝かされ、ベッド脇に車椅子が置かれているのがわかった。

医務員が着せたらしい紙製の使い捨てガウンを見つめながら、思いをめぐらせた。服はベッド脇の椅子にたたんで置いてある。部屋の外から、看護婦の巡回する足音が聞こえた。コーラーはたっぷり一分間耳をそばだてていた。それからできるだけ静かにベッドの端まで体を運び、服を手にとった。利かない足と格闘しつつ、身支度をすませる。やがて、体を引きずって車椅子に乗った。

咳《せき》を押し殺し、ドアまで車椅子を走らせた。モーターを刺激しないように注意しながら手で車輪をまわす。ドアにたどり着くと、外の様子をうかがった。廊下にはだれもいない。

コーラーは音もなく医務室から抜け出した。

58

「七時四十六分三十秒……聞こえるか」無線機に向かっているときでさえ、オリヴェッティの声はささやきより大きくならないらしい。

アルファロメオの後部座席にハリス・ツイード姿でいるラングドンは、自分が汗ばんできたのを自覚していた。車はパンテオンから三ブロック離れたコンコルデ広場でアイドリング中だった。隣のヴィットリアはオリヴェッティに注意を奪われているらしい。オリヴェッティは最後の指令を無線で伝えている。

「八地点に展開して取り囲む。入口に重点を置き、建物を完全に包囲。標的が諸君を見て感づく恐れがあるから、姿を見せずに《パ・ヴィズイブル》行動すること。使用するのは非致死性兵器のみ。一名は屋根の監視につけ。標的の捕獲が最優先だ。無形財産は二の次でいい」

なんだって？　ラングドンは、枢機卿を犠牲にしてもよいといま部下に伝えたオリヴェッティの効率主義に寒気《さむけ》を覚えた。〝無形財産は二の次でいい〟。

「繰り返す。殺さずに捕獲しろ。標的を生かしておく必要がある。作戦開始」オリヴェッティは通話を切った。

ヴィットリアは啞然《あぜん》とし、怒っているふうですらあった。「隊長、中へはだれも行かせないつもり？」

オリヴェッティは振り向いた。「中だと？」

「パンテオンよ！　まさに事件が起こる現場でしょう？」

「慎重に《アッテント》」オリヴェッティの瞳《ひとみ》は化石のように硬くなっている。「もしわたしの隊に敵の息がかかっているとしたら、部下たちはひと目で正体を見破られかねない。たったいまあなたのお仲間から、これが標的を捕獲する唯一のチャンスだと警告されたばかりだ。部下を堂内へ送りこんで敵を退散させるつもりは毛頭ない」

「でも、すでに暗殺者が中にいるとしたら？」

オリヴェッティは腕時計を見た。「標的は明言していた。八時。まだ十五分ほどある」

「八時に枢機卿を殺すと言ってたわ。だけど、もう犠牲者を堂内へ連れこんでるかもしれない。標的が出てきたのを見ても、あなたの部下がそれと気づかなかったらどうするの？　だれかが中へ行って、問題がないかを確認すべきよ」

「現時点ではリスクが高すぎる」

「敵に見破られないような人間がはいればいいのよ」

「工作員を変装させるには時間がかかる。それに――」

「わたしが行くわ」

ラングドンはヴィットリアのほうを向き、まじまじと見つめた。

オリヴェッティはかぶりを振った。「とんでもない」

「あの男は父を殺したのよ」

「そうだ。だからあなたを知っている可能性がある」

「電話で話したのを聞いたでしょう？　レオナルド・ヴェトラに娘がいたことさえ知らなかったのよ。わたしの容姿がわかるはずはない。観光客のふりをして中にはいるわ。何か怪しいものを見かけたら、外へ出てあなたの部下たちに突入の合図をすればいいでしょう？」

「悪いが、それは許可できない」

「隊長《コマンダンテ》」オリヴェッティの無線機からノイズが響いた。「北の偵察地点で問題が発生しました。噴水が視界の妨げになっています。入口を監視するには広場に移動して姿をさらけ出す以外ありません。ご指示願います。危険を冒すべきかどうか」

ヴィットリアはがまんの限界に達したらしい。「これで決まりね。行くわ」ドアをあけ、外へ出た。

オリヴェッティは無線機を取り落として車外へ飛び出し、ヴィットリアの正面にまわった。

ラングドンも外へ出た。ヴィットリアは何をやらかすつもりなのか。

オリヴェッティはヴィットリアの行く手をさえぎった。「ミズ・ヴェトラ、あなたの直感はたいしたものだが、民間人の介入を許すわけにはいかない」

「介入？　あなたたちは視界ゼロの状態で飛行してるのよ。手伝わせて」

「内部に偵察地点があるのはありがたいと思う。しかし……」

「しかし、何よ」ヴィットリアは詰問した。「しかし、おまえは女だ、とでも？」

オリヴェッティは答えなかった。

「だとしたら損な考えよ、隊長。あなたにだってそれが名案だとはっきりわかってるはずだし、もしこの偵察を時代遅れでマッチョのむさい男に――」

「われわれの仕事はわれわれにまかせてくれ」

「手伝わせてもらいたいのよ」

「危険すぎる。連絡をとる方法もないじゃないか。無線機を持たせるわけにもいかない。正体を明かすことになるからな」

ヴィットリアはシャツのポケットに手を伸ばし、自分の携帯電話を取り出した。「たくさんの観光客がこういうものを持ち歩いてるわ」

オリヴェッティは眉間《みけん》に皺《しわ》を寄せた。

ヴィットリアは携帯電話のフラップをあけ、会話をするふりをした。「もしもし、ハニー、いまパンテオンの前にいるの。あなたにも見せたいわ！」フラップを閉め、オリヴェッティをにらみつける。「だれに感づかれるって？　なんの危険もない。わたしがあなたの目になればいいのよ！」オリヴェッティのベルトの携帯電話を指した。「あなたの番号は？」

オリヴェッティは返事をしなかった。

ずっと見守っていた運転手は、自分なりの意見を持ったらしく、車からおりてオリヴェッティを脇へいざなった。ふたりで十秒ほど小声で話し合ったのち、ついにオリヴェッティがうなずいてもどってきた。「この番号を記憶させてくれ」数字を口にした。

ヴィットリアは自分の電話に番号を覚えさせた。

「では、かけてみてくれないか」

ヴィットリアは自動ダイヤルボタンを押した。オリヴェッティのベルトの電話が鳴りはじめた。オリヴェッティは電話を手にとり、そこへ話しかけた。「建物へはいり、中をよく観察して、建物から出ること。それからわたしに電話をして、見たものについて報告するように」

ヴィットリアは電話をたたんだ。「ありがとうございます」

その瞬間、ラングドンは思いがけず保護本能が湧きあがるのを感じた。「ちょっと待ってくれ」オリヴェッティに向かって言った。「彼女をひとりきりで行かせるつもりなのか」

ヴィットリアは顔をしかめてラングドンを見た。「ロバート、わたしならだいじょうぶよ」

スイス衛兵の運転手がふたたびオリヴェッティに話しかけた。

「危険だよ」ラングドンはヴィットリアに言った。

「ミスター・ラングドンの言うとおりだ」オリヴェッティが言った。「精鋭の部下であっても単独では行動させない。いま部下が指摘してくれたのだが、どのみち仮装するのなら、きみたちふたりでやってもらうほうが本物らしいだろう」

ふたりでだって？　ラングドンはためらった。いや、言いたかったのはそういうことじゃなくて——

「ふたりいっしょなら、休暇中のカップルらしく見える。助け合うこともできる。こちらとしてもそのほうが安心だ」

ヴィットリアが肩をすくめた。「いいわ、でも急がなくちゃ」

ラングドンはうめき声を漏らした。

やってくれるじゃないか、運転手くん。

オリヴェッティが通りの先を指さした。「最初に突きあたるのはオルファニ通りだ。左へ向かえ。そのまま行けばパンテオンだ。歩いて二分もかかるまい。わたしはここで部下を指揮しながらそちらの電話を待つ。護身用に持っていってくれ」オリヴェッティは自分の拳銃《けんじゅう》を引き抜いた。「どちらか銃の扱い方を知ってるかね」

ラングドンの心臓は高鳴った。銃などいるものか！

ヴィットリアが手を差し出した。「揺れる船の舳先《へさき》から、四十メートル先でジャンプするイルカに標識をつけられるわ」

「よろしい」オリヴェッティは銃を手渡した。「隠しておく必要があるな」

ヴィットリアは自分のショートパンツを見おろした。それからラングドンの顔を見た。

おい、やめろ！　ラングドンはそう思ったが、ヴィットリアはあまりにすばやかった。ラングドンの上着を開き、片方の胸ポケットに銃を滑りこませた。ラングドンは上着のなかへ岩を投げ落とされた気分になった。『図表《ディアグラマ》』を入れてあるのが反対側のポケットだったのが、せめてもの慰めだ。

「ふたりとも危険人物には見えないわ」ヴィットリアが言った。「さあ、行くわよ」ラングドンの腕をとり、通りを歩きだす。

運転手が大声をあげた。「腕を組むのはいいね。観光客だってことを忘れずに。いや、新婚さんかな。手でもつないだらどうだい」

角を曲がるとき、ヴィットリアがほのかに笑みを浮かべているのを、ラングドンはその目ではっきりと見た。

59

スイス衛兵隊の〝準備室〟は兵舎の隣にあり、おもに教皇の出御やヴァチカンの一般向け行事に際して警備計画を立てる場合に使われる。しかし、きょうは別の目的で使用されていた。

集合した機動部隊を前に弁を振るっているのは、スイス衛兵隊副隊長のエリアス・ロシェ大尉だ。ロシェは胸の厚いがっしりとした男だが、顔立ちにいかつさはない。伝統的な大尉専用の青い制服を独特の感覚で――赤いベレー帽を斜めにかぶって――着こなしている。大男にしては声が驚くほど澄んでおり、話すときの声つきには楽器の音色を思わせる透明感がある。透き通った声とは裏腹に、目は夜行性動物のように濁っていた。部下たちはロシェを〝オルソ〟――灰色熊――と呼んだ。〝毒蛇の陰に隠れて歩きまわる熊〟だと言って笑い物にすることもあった。毒蛇とはオリヴェッティ隊長だ。ロシェも毒蛇と変わらず危険な存在だが、少なくとも、近づく気配は傍《はた》から察知できる。

ロシェの部下たちは直立したまま筋肉ひとつ動かさなかったが、いま耳にしたばかりの情報のせいで全員の血圧の合計が数千ポイント上昇していた。

部屋の奥に立っていた若いシャルトラン少尉は、ここでの勤務を許可されなかった九十九パーセントの志願者に自分も含まれていたら、と思わずにいられなかった。二十歳のシャルトランは衛兵隊のなかで最年少だった。ヴァチカン市国に来てわずか数か月である。仲間の衛兵と同様、シャルトランもスイス軍で訓練を受けたのち、ベルンで二年にわたって追加の教練《アウスビルドゥング》に耐え、ローマ郊外の秘密兵舎でおこなわれたヴァチカンのきびしい試験《プローヴァ》に参加する資格を得たのだった。それでも、今回のような危機的状況に対処する訓練はまったく積んでいなかった。

はじめシャルトランは、この作戦説明は一風変わった演習か何かだろうと考えた。次世代の兵器だって？　古《いにしえ》のカルト？　枢機卿が誘拐された？　それから、問題になっている兵器の生映像が全員に見せられた。どうやらこれは演習ではないようだ。

「一部の区域の全電力を落とす」ロシェが言った。「よけいな電磁波の干渉を排除するためだ。四人でチームを組んで行動しろ。視覚を確保するため、赤外線ゴーグルを着用すること。捜索には従来の盗聴探知機を用いるが、三オーム未満に調整して磁界を調べる。質問は？」

ない。

シャルトランの頭はパンクしそうだった。「時間内に発見できなかった場合は？」と口走った直後、後悔する羽目になった。

灰色熊は赤いベレー帽の下からシャルトランを見据えた。それから、陰気な挙手の礼とともに部隊を解散させた。「武運を祈る」

60

パンテオンから二ブロック離れた場所で、ラングドンとヴィットリアが一列に並んだタクシーの脇を建物へと歩いていた。運転手たちはみな運転席で眠っている。昼寝の時間は、永遠の都ローマでは永遠に変わらない――人々がいたるところでまどろんでいるのは、古代スペインで生まれた午睡《シエスタ》を完璧に受け継いだ習慣だ。

ラングドンは思考を集中させようとつとめたが、あまりに異常な状況のせいで頭がうまく働かなかった。半日前、自分はマサチューセッツ州ケンブリッジで熟睡していた。それがいまやヨーロッパで、大昔の巨人同士の現実離れした争いに巻きこまれ、ハリス・ツイードに拳銃を忍ばせるかたわら、出会ったばかりの女性と手をつないでいる。

ラングドンはヴィットリアに目を向けた。ヴィットリアは前方をまっすぐ見つめている。つないだ手には力強さがあった――独立心が旺盛《おうせい》で意志の固い女性の手だ。心地よさそうに握り合わせているのは、生来のおおらかさゆえだろうか。なんのためらいもない。ラングドンはしだいに惹《ひ》かれていく自分に気づいた。現実を見ろ、と心に言い聞かせた。

ヴィットリアはその落ち着かない気持ちを感じとったらしい。「リラックスして」顔を向けずに言った。「新婚さんに見えなくちゃいけないんだから」

「リラックスしてるさ」

「そんなに強く握ったら痛いわ」

ラングドンは赤面して手をゆるめた。

「目で呼吸するの」ヴィットリアが言った。

「なんだって?」

「そうすると筋肉の緊張がほぐれるのよ。プラナヤマっていうんだけど」

「ピラニア?」

「ちがう。呼吸法《プラナヤマ》よ。いいの、気にしないで」

角を曲がってロトンダ広場にはいると、パンテオンが眼前に姿を現した。ラングドンはいつものように、畏敬と感嘆の念をいだきつつその姿をながめた。パンテオン。万神の神殿。異教の神々。自然と大地の神々。外観は記憶より角張って見えた。垂直に立つ円柱と三角形の前室《プロナオス》が、後ろに控える円形のドームのほとんどを隠している。それでも、入口に刻まれた不似合いな銘文が目にはいると、正しい場所にいると確信できた。〝M AGRIPPA L F COSTERTIUM FECIT〟。例によって面白半分に翻訳すると、〝マルクス・アグリッパが三度目の執政官職《コンスル》において建造す〟となる。

敬虔《けいけん》な態度もここまでだ、と思いながら、ラングドンはまなざしを周囲へ向けた。ビデオカメラを持ったまばらな観光客があたりを歩きまわっている。〈ラ・タッツァ・ドーロ〉の屋外カフェで、ローマ随一のアイスコーヒーを味わっている者もいる。パンテオンの入口付近には、オリヴェッティが言ったとおり、武装した直立不動の警官が四人いた。

「ずいぶん静かね」ヴィットリアが言った。

ラングドンはうなずいたが、心は不安に苛まれていた。いざ現場に来てみると、このシナリオ全体が非現実的にも思えてくる。ヴィットリアは信頼してくれているようだが、ラングドンは自分が全員をあまりに大きな賭《か》けに出させたことに気づいていた。残存していたイルミナティの詩。〝悪魔の穴開くサンティの土の墓より〟。まちがいない、と胸に言い聞かせた。ここがその場所だ。サンティの墓。これまでに何度もパンテオンの天窓《オクルス》の下へ行き、偉大なるラファエロの墓所の前に立ったものだ。

「いま何時？」ヴィットリアが尋ねた。

ラングドンは腕時計を確認した。「七時五十分だ。開幕まであと十分」

「みんないい人だといいんだけど」パンテオンをめざすまばらな観光客を見つめながら、ヴィットリアは言った。「中で何かあったら、この人たちといっしょに面倒に巻きこまれるんですものね」

ラングドンは入口へ歩を進めながら大きく息を吐いた。ポケットの銃が重い。ボディチェックをされてこれが見つかったらどうなるかと心配したが、警官はふたりを一瞥したきりだった。演技はうまくいっているらしい。

ラングドンはヴィットリアにささやいた。「麻酔銃以外の銃を撃ったことはあるかい」

「わたしを信じてないのね」

「信じる？　きみのことをろくに知らないじゃないか」

ヴィットリアは眉をひそめた。「わたしたち、新婚夫婦じゃなかったの？」

61

パンテオン内部の空気はひんやりと湿っていて、歴史の重みを感じさせた。果てしなくひろがった天井が、重量などないかのように頭上に浮かんでいる。百四十一フィートの支間はサン・ピエトロ大聖堂の大円蓋《えんがい》よりもさらに広い。洞穴に似た堂内に足を踏み入れたとき、ラングドンはいつものように寒気《さむけ》を覚えた。工学と芸術の驚くべき融合だ。天井には有名な円形の穴があいていて、夕刻の陽光が細く差しこんでいた。天窓《オクルス》か、とラングドンは思った。悪魔の穴だ。

ついにやってきた。

ラングドンの視線は天井のアーチが描く曲線に沿って、柱の並ぶ壁へとしだいに移り、磨きこまれた大理石の床へついにたどり着いた。足音や観光客のささやき声がドームのなかでかすかに反響している。影になったあたりをぶらつく十人ほどの観光客を順に観察した。ここにいるのだろうか。

「ずいぶん静かね」ヴィットリアはまだ手を握っている。

ラングドンはうなずいた。

「ラファエロの墓はどこ？」

ラングドンは自分がなすべきことを整理しようと、しばし思案した。堂内全体を見まわす。墓。祭壇。円柱。壁龕《へきがん》。ラングドンは対面の左手にあるひときわ壮麗な墓を指し示した。「あれがラファエロの墓だったと思う」

ヴィットリアは堂内のほかの部分を見渡した。「これから枢機卿《すうききょう》を手に掛ける暗殺者って感じの人はいないわね。あちこち見てまわる?」

ラングドンはうなずいた。「唯一、人が隠れられそうな構造の場所がある。〝リエントランツァ〟を調べたほうがいいだろう」

「くぼみ?」

「そう」ラングドンは指さした。「壁龕だ」

堂の壁面には、墓と墓のあいだに半円形の壁龕が並んでいた。壁龕は巨大というほどではないものの、人がひとり身を隠せるくらいの大きさはある。かつてはこの壁龕にオリュンポスの神々が祀《まつ》られていたのだが、残念ながら、ヴァチカンがパンテオンをキリスト教の教会堂に変えたとき、それらの異教の彫刻を破壊してしまった。せっかく第一の科学の祭壇に来たのに大事な道しるべがすでに失われているということに、ラングドンはやり場のない苛立《いらだ》ちを覚えた。それはどの神の彫像で、どこを指し示していたのだろう。イルミナティの道しるべを——人知れず啓示の道へといざなう彫像を——見つける以上に胸の高鳴ることは思いつかない。あらためて、イルミナティの彫刻家とはだれだったのかという思いが胸に去来した。

「わたしは左の円弧を受け持つわ」ヴィットリアが円形の壁の左半分へ指を向けて言った。「あなたは右ね。百八十度の地点で会いましょう」

ラングドンは力のない笑みを浮かべた。

ヴィットリアが行ってから、ラングドンは得体の知れない恐怖が心にしみわたるのを感じた。右を向いて歩きだすと、暗殺者のささやきがあたりの死角から聞こえてくる気がした。〝八時。科学の祭壇に捧《ささ》げられる童貞の生《い》け贄《にえ》。死の等差数列。八時、九時、十時、十一時……そして十二時〟。腕時計を見た。七時五十二分。あと八分だ。

ひとつ目の壁龕へ向かう途中、あるイタリア国王の眠る墓の前を過ぎた。石棺《せっかん》はローマでよく見かけるように壁に対して斜めに置かれ、落ち着かない印象を与えている。その場に集まっていた観光客たちがこれにとまどっている様子だったが、ラングドンは立ち止まって解説するのを控えた。キリスト教の正式な墓が建物からみて妙な方向を向いている場合が多いのは、東向きになるように墓を設置するためである。この古代の迷信的な風習については、ほんのひと月前にラングドンの象徴学第二一二講座でも議論になった。

「ぜんぜんつじつまが合わないと思います！」最前列の女子学生がふいに言ったのは、墓を東向きに置く理由をラングドンが説明していたときだった。「キリスト教徒がなぜ墓を太陽ののぼる方角へ向けたがるんですか。キリスト教の話ですよ……太陽崇拝の話じゃないのに！」

ラングドンは微笑んで、黒板の前までゆっくりと歩きながらリンゴをかじった。「おい、ヒズロット！」

教室の後方で居眠りしていた若者がはじけるように立ちあがった。「え？　ぼくですか？」

ラングドンは壁に掛かったルネッサンス芸術のポスターを指した。「神の前でひざまずいている男はだれかね」

「ええと……聖人かな」

「すばらしい。では、どこで聖人だとわかったんだろうか」

「光輪があるから？」

「よろしい。それでは、あの黄金の光輪から何か思い出さないかね」

ヒズロットは顔をほころばせた。「そうだ！　前の学期にやったエジプトのあれです。あの……ええと……太陽円盤！」

「ありがとう、ヒズロット。居眠りをつづけてくれ」ラングドンはクラス全体に向きなおった。「光輪は、多くのキリスト教のシンボルと同じく、太陽を崇拝する古代エジプトの宗教からの借り物だ。キリスト教には太陽崇拝の例があふれている」

「そうですか？」最前列の女子学生が言った。「わたしは年じゅう教会へかよってますけど、太陽を崇拝してるところなんて見たことがありません！」

「そうだろうか。十二月二十五日にきみは何を祝う？」

「クリスマスです。イエス・キリストの降誕を祝います」

「ところが聖書によると、キリストは三月に生まれている。では、十二月の末に祝うのはどういうことだろうか」

沈黙が流れる。

ラングドンは微笑んだ。「十二月二十五日は、ソル・インウィクトゥス、つまり征服されざる太陽を祝う古代の異教の祭日で、冬至の日ともほぼ一致する。太陽がもどってきて、これから日が長くなろうというすばらしい時季なんだ」

ラングドンはまたひと口リンゴをかじった。

「ほかの宗教を制圧する場合」話をつづける。「すでにある祭日を取りこんで改宗の衝撃を和らげようとするのはよくあることだ。これは〝変容〟と呼ばれる。人々を新しい信仰に適応させやすくするわけだよ。礼拝者たちは、以前と同じ日を聖なる日として、同じ神聖な場所で祈り、似かよったシンボルを使っていればいい……ただ、祈る対象を別の神に取り替えるだけだ」

いまや最前列の女子学生は激怒しているふうだった。「つまり、キリスト教は単に……容器だけを替えた太陽崇拝だとでもおっしゃるんですか！」

「とんでもない。キリスト教が借り物をしたのは太陽崇拝だけではないよ。キリスト教の列聖式は、エウヘメロスが言う古代の〝神を創る〟儀式を借用したものだ。〝神を食べる〟慣わし――つまり聖餐《せいさん》のことだが――そちらはアステカ族からの借り物だ。キリストの死がわれわれの罪を贖《あがな》うという発想にしたって、どう見てもキリスト教だけのものではない。仲間が赦免されるように若い男が自己を犠牲にする話は、最古のケツァルコアトルの伝説にも見られる」

女子学生は目をぎらつかせていた。「では、キリスト教独自のものは何かあるんですか？」

「どんな組織的信仰にも、ほんとうの意味で独自のものはほとんどない。宗教というのは何もないところから生まれたりしないものだ。影響し合いながら大きくなっていく。現代の宗教はコラージュだよ……神を理解したいという人類の探求の歴史が同化されている」

「ええと……ちょっといいですか」ヒズロットが発言した。もう目は覚めたらしい。「キリスト教独自のものを思いつきました。神の姿というのはどうです？　キリスト教芸術では、ハヤブサの太陽神とかアステカの神々みたいな異形《いぎょう》の神を描くことはありませんよね。神はいつも、白い顎《あご》ひげを生やした年寄りの恰好《かっこう》で出てくる。だから、この神の姿は、キリスト教独自のものでしょう？」

ラングドンは笑みを浮かべた。「キリスト教への初期の改宗でそれまでの神を――異教の神々であれ、ローマの神々であれ、ギリシャ、太陽、ミトラ、なんであれ――捨てた人たちは、新たに受け入れたキリスト教の神とはどんな姿をしているのかと教会に尋ねたんだ。賢明にも教会は、有史以来もっとも恐ろしく、力強く……そしてなじみのある顔を選んだ」

ヒズロットは怪訝《けげん》そうな顔をした。「白い顎ひげを長く伸ばした年寄りが？」

ラングドンは壁に貼ってある古代の神々の序列を指した。頂点に座するのは豊かな白い顎ひげを生やした老人だ。「ゼウスの顔に見覚えは？」

講義はみごとなタイミングで終了した。


「こんばんは」男の声がした。

ラングドンは飛びあがった。ここはパンテオンだ。振り向くと、胸に赤い十字をつけた青いケープ姿の初老の男がいた。灰色の歯をのぞかせて微笑んでいる。

「英国のかたですね」きついトスカナ方言だった。

ラングドンは驚いて目をしばたたかせた。「いえ、ちがいます。わたしはアメリカ人です」

男はきまり悪そうだった。「これは失礼しました。ずいぶんきちんとした服装をなさっているので、つい……お詫《わ》びいたします」

「何かご用でも？」ラングドンは尋ねた。心臓が高鳴る。

「実はこちらこそご用があればうかがおうかと思いまして。わたくしはここの観光ガイド《チチエローネ》です」男は市の発行したバッジを自慢げに示した。「観光客のかたがたにローマを堪能《たんのう》していただくのがわたくしの仕事でして」

堪能？　じゅうぶんすぎるほど堪能させてもらっている、とラングドンは思った。

「あなたは非凡なかたとお見受けします」ガイドの男は追従《ついしょう》を言った。「多くのみなさまよりも文化に深い興味をお持ちにちがいありません。よろしければ、この魅力的な建物の歴史などをご説明いたしましょう」

ラングドンは愛想よく微笑んでみせた。「お気持ちはうれしいのですが、わたし自身が美術史家ですから――」

「それはすばらしい！」ガイドはあたりくじでも引いたかのごとく目を輝かせた。「では、この話を喜んでくださるにちがいない！」

「できればわたしは――」

「パンテオンは」ガイドは身にしみついた口上を滔々《とうとう》と述べはじめた。「紀元前二七年にマルクス・アグリッパによって建設されました」

「ええ」ラングドンはさえぎった。「そして紀元後一一九年にハドリアヌス帝によって再建されたんです」

「一九七五年にニューオーリンズに出現したスーパードームによって影が薄れましたが、それまでは、自立構造のドームとして世界最大のものだったのです！」

ラングドンはため息を漏らした。この男は止めようがない。

「そして、五世紀ごろのある神学者は、パンテオンを〝悪魔の家〟と呼び、屋根の穴は悪魔の出入口だと警告しました」

ラングドンはガイドを意識から締め出した。視線を上方へ滑らせて天窓《オクルス》を見たとたん、ヴィットリアの語った筋書きが骨をもしびれさせる映像となって脳裏に浮かんだ……焼き印を押された枢機卿が穴から落ちてきて、大理石の床に激突する。そんなことになれば、マスメディアは大騒ぎだ。気がつくと、ラングドンはレポーターの姿を求めて堂内を見まわしていた。いない。深く息を吸いこむ。ばかばかしい話だ。そんな離れ業を成功させるために策を練るとは、あまりにばかげている。

ラングドンが壁龕を調べようと歩きだしてからも、しゃべりまくるガイドは愛に飢えた子犬よろしく追ってきた。肝に銘じておくよ、とラングドンは思った。やたらに熱心な美術史家ほど厄介なものはないってことをね。

ドームの反対側では、ヴィットリアが探索に没頭していた。父についての知らせを耳にして以来はじめてひとりきりになってみると、この八時間の逃れようのない現実に押しつぶされそうに感じた。父は殺された——残忍かつ唐突に。それと同じくらいつらいのは、父の創造物が悪の手に利用されたことだった。いまやテロリストの道具に成り果てている。自分の発案が反物質の運搬を可能にしたと思うたび、ヴィットリアは罪の意識に苛《さいな》まれた。自分の開発した容器が、いまもヴァチカンの敷地内で秒読みをしている。真実の明快さを追い求める父親の役に立ちたかったばかりに……混沌《カオス》の共謀者になってしまったのだ。

妙なことに、この瞬間に自分の人生でただひとつ正しいと思えたのは、赤の他人といっしょにいることだった。ロバート・ラングドン。ヴィットリアはラングドンの瞳《ひとみ》に説明できない安心感を見いだしていた。それはけさ早くにあとに残してきた海洋の調べに似ている。ラングドンの存在がありがたかった。彼は強さと希望の源でありつづけるだけでなく、その鋭敏な頭脳で、父を殺した者を捕らえる一度きりのチャンスをつかんでもくれた。

ヴィットリアは深呼吸をしながら、円形の壁に沿って探索をつづけた。復讐《ふくしゅう》という思ってもみなかった考えが一日じゅう頭から離れない。生きとし生けるものを心から愛する自分だが、この暗殺者にはなんとしても死を与えたい。どれほど多くの善の〝業《カルマ》〟を積めると言われても、きょうはもう一方の頬を差し出す気になどなれない。そんな自分に愕然《がくぜん》としながらも、みずからのイタリア人の血のなかにこれまで感じたことのない何かが流れているのに気づいた。情け容赦のない正義で一家の名誉を守ってきたシチリアの祖先がささやいている。血の復讐《ヴェンデッタ》。ヴィットリアは生まれてはじめてそれを理解した。

報復という幻想がヴィットリアを前へと駆り立てた。ラファエロ・サンティの墓が近づいてくる。遠くからでもこの人物の偉大さが見てとれた。ほかとはちがって、ラファエロの棺《ひつぎ》はプレキシガラスの覆いで保護されて、壁のくぼみにおさめられている。覆い越しに石棺の正面が見えた。

ラファエロ・サンティ　一四八三―一五二〇

ヴィットリアは墓所全体を観察してから、墓の近くに添えられた説明プレートの一文を読んだ。

そして、もう一度読んだ。

そして……もう一度。

つぎの瞬間、ヴィットリアは戦慄《せんりつ》を覚えつつ堂内を全速力で駆けていた。「ロバート！　ロバート！」

62

ラングドンのほうは、すぐ後ろに付きまとうガイドに妨げられてなかなか探索が進まなかった。最後の壁龕を調べようかといういまも、疲れを知らぬ説明が延々とつづいていた。

「心ゆくまで壁龕を堪能なさっているようですね！」ガイドはさもうれしそうに言う。「壁が徐々に薄くなっているせいで、ドームに重量がないように見えるという点にはお気づきですか」

ラングドンはうなずいたがひとことも聞いてはおらず、別の壁龕へ向かう心の準備をしていた。ふいに、何者かが後ろから体をつかんだ。ヴィットリアだった。息を切らし、ラングドンの腕を強くつかんでいる。ヴィットリアの顔に浮かんだ恐怖の表情からラングドンが想像したのは、ただひとつのことだった。死体を見つけたのか！　不安が大きくふくらんだ。

「おや、奥さんですか！」明らかに客が増えたことに興奮したらしく、ガイドは声高に言った。ヴィットリアのショートパンツとハイキングブーツを手で示す。「こんどこそまちがえません。アメリカ人のかたですね」

ヴィットリアが目を細めた。「わたしはイタリア人よ」

ガイドの笑顔が消えた。「おやおや」

「ロバート」ヴィットリアは声をひそめ、ガイドに背を向けようとした。「ガリレオの『図表《ディアグラッマ》』を貸して。ちょっと見たいの」

「『図表《ディアグラッマ》』？」ガイドはまた媚《こ》びるような声で割ってはいった。「これはこれは！　おふたりともほんとうに歴史におくわしい！　残念ながらその文書をご覧になることはできないのです。密に保管されている場所というのが、ヴァチカン記録――」

「ちょっと失礼させてもらうよ」ヴィットリアの動揺ぶりに驚いて、ラングドンは言った。ヴィットリアを隅へ連れていき、胸のポケットに手を入れて紙葉をそっと取り出した。「何があったんだ」

「これ、日付はいつになってた？」ヴィットリアは鋭く言い、紙葉に目を走らせた。

またしてもふたりに近づいたガイドは、紙葉を見つめて口をあんぐりとあけた。「それはまさか……ほんとうに……」

「旅行者向けのレプリカですよ」ラングドンはとっさにごまかした。「どうもありがとうございました。あとは、妻とふたりきりで過ごしたいと思いますので」

ガイドは引きさがったが、その視線は紙葉から離れなかった。

「日付よ」ヴィットリアが繰り返した。「いつガリレオがこれを出版したのか」

ラングドンは紙葉の下側に記されたローマ数字を指さした。「これが発行年だよ。いったいどうしたんだ」

ヴィットリアはローマ数字を読み替えた。「一六三九年？」

「そうだ。どうかしたのか」

ヴィットリアの瞳が不安の色に染まった。「困ったことになったわ、ロバート。大変よ。日付が合わないの」

「合わないって、なんの日付の話だ」

「ラファエロの墓よ。ラファエロがここに埋葬されたのは一七五八年なの。『図表』が出版されてから一世紀もあとでしょ」

ラングドンはヴィットリアの顔を見つめ、ことばの意味をつかもうとした。「いや、ラファエロは一五二〇年に死んだんだ。『図表』よりはるか昔のことだよ」

「ええ、でもここに埋葬されたのはずっとあとだったのよ」

ラングドンは途方に暮れた。「いったいどういうことなんだ」

「いま読んだのよ。ラファエロの遺骸《いがい》は一七五八年にパンテオンに移されたんだって。歴史上の著名なイタリア人を讃《たた》える行事か何かの一環らしいわ」

ことばの意味が呑《の》みこめると、ラングドンは自分の下に敷かれていた絨毯《じゅうたん》がいきなり引き抜かれたような感覚に陥った。

「詩が書かれたときには」ヴィットリアは言った。「ラファエロの墓はどこかほかの場所にあったのよ。当時、パンテオンはラファエロとなんの関係もなかったんだわ!」

ラングドンは息ができなかった。「しかし……ということは……」

「そう。わたしたち、見当ちがいの場所に来てるってことよ」

ラングドンは体がぐらつくのを感じた。嘘だ……そんなはずは……

ヴィットリアが駆けていき、ガイドの腕をつかんで引きもどした。「シニョーレ、ごめんなさいね。ラファエロの遺体は、十七世紀にはどこにあったんですか」

「ウル……ウルビーノ」ガイドはとまどった様子で、口ごもりながら言った。「生誕地です」

「そんなばかな！」ラングドンは自分を罵《ののし》った。「イルミナティの科学の祭壇はこのローマにあったんだ。まちがいない！」

「イルミナティ？」ガイドは息を呑み、ラングドンが手にしている文書へふたたび視線を移した。

「あなたがたはいったい何者なんですか」

ヴィットリアが答えた。「わたしたち、サンティの土の墓と呼ばれるものを探してるんです。このローマで。何かお考えがあれば教えていただけませんか」

ガイドは落ち着かなげだった。「ローマではこれが唯一のラファエロの墓ですが」

ラングドンは必死で考えようとしたが、頭が働くことを拒んでいた。一六三九年にラファエロの墓がローマになかったのなら、この詩は何を物語っていたというのか。悪魔の穴開くサンティの土の墓？　いったいなんのことだ。考えろ！

「ほかに、サンティと呼ばれていた芸術家はいませんか」ヴィットリアが質問した。

ガイドは肩をすくめた。「わたくしの知るかぎり、いませんね」

「じゃあ、だれか有名な人で、いないかしら。科学者とか、詩人とか、天文学者とかで、サンティという名前の人は」

いまやガイドは立ち去りたそうなそぶりを見せている。「いいえ、奥さん。わたくしが聞いたことのあるサンティは、建築家ラファエロその人だけです」

「建築家？」ヴィットリアは言った。「ラファエロは画家でしょう？」

「建築家であり、もちろん画家でもありました。みんなそうです。ミケランジェロも、ダ・ヴィンチも、ラファエロも」

ひらめきのきっかけとなったのがガイドのそのことばなのか、まわりの壮麗な墓なのかはラングドン自身にもわからなかったが、そんなことはどうでもよかった。ふと考えが浮かんだのだ。そう、サンティは建築家だった。そこからはドミノ倒しのように思考が展開していった。ルネッサンス期の建築家の存在意義はふたつだけ——大きな教会を建立して神を賛美することと、贅沢《ぜいたく》な墓を造って貴人を賛美することだった。サンティの墓。そうか、ひょっとして……。イメージがつぎつぎ頭に浮かんだ。

ダ・ヴィンチの——モナ・リザ。

モネの——睡蓮《すいれん》。

ミケランジェロの——ダヴィデ像。

サンティの——土の墓。

「サンティはその墓の設計者だ」ラングドンは言った。

ヴィットリアが振り返った。「え、何?」

「ラファエロが埋められた墓じゃなくて、設計した墓を指してるんだ」

「なんの話?」

「手がかりをまちがって解釈してたんだよ。探すべきなのは、ラファエロが埋葬された場所じゃなくて、ラファエロがほかのだれかのために設計した墓だったのさ。そんなことも思いつかなかったなんて信じられない。ルネッサンス期、バロック期のローマで生まれた彫刻の半数は、葬儀のために造られたんだ」ラングドンはこのひらめきに笑みを漂わせていた。「ラファエロは何百もの墓を設計したと思う」

ヴィットリアのほうはうれしそうに見えなかった。「何百？」

ラングドンの笑みが消えた。「そうだ」

「そのなかに〝土の〟と言えそうなのはあるのかしら、教授殿」

ラングドンは急に無力感に襲われた。ラファエロの作品については恥ずかしいほどの知識しか持ち合わせていない。これがミケランジェロのことであれば役に立てるのだが、ラファエロの作品にはいままでどうも食指が動かなかった。ラファエロのものでも有名な墓なら二、三、名前をあげられるが、その外観となるとはっきりしない。

ラングドンの窮境を察したらしいヴィットリアが、じりじりと逃げ出そうとしていたガイドに向きなおった。その腕をつかみ、力強くたぐり寄せる。「お墓よ。ラファエロが設計したお墓。土の墓と言えそうなものはない？」

ガイドは困り果てている様子だった。「ラファエロ作の墓ですか。なんとも申せませんよ。あまりにたくさん設計していますからね。それに、あなたがたがおっしゃっているのは、おそらく墓ではなく、ラファエロ作の礼拝堂のことでしょう。建築家というのは墓とともに礼拝堂を設計するものですから」

ガイドの言うとおりだとラングドンも納得した。

「ラファエロ作の墓か礼拝堂で、〝土の〟と呼べそうなものはありませんか」

ガイドは肩をすくめた。「申しわけありません。どういう意味でおっしゃっているのか、よくわからないのです。〝土の〟と表現されそうなものにはまるで心あたりがありませんね。さて、そろそろ失礼しなくては」

ヴィットリアはガイドの腕をとったまま、例のページの上余白に記された一行を読みあげた。「悪魔の穴開くサンティの土の墓より。これに何か思いあたることはない?」

「まったくありません」

ラングドンは突然顔をあげた。そう言えば、しばらくのあいだ、この行の別の部分のことをすっかり忘れていた。悪魔の穴?「そうか!」ガイドに向かって言った。「ラファエロの礼拝堂のなかで、天窓《オクルス》があるものはありませんか」

ガイドはかぶりを振った。「パンテオンだけだと思います」そこで言いよどんだ。「ただ……」

「ただ?」ヴィットリアとラングドンは声をそろえて言った。

ガイドは小首をかしげ、ふたりへ一歩近寄った。「悪魔の穴?」そうつぶやいて、指先で歯を叩《たた》いている。「悪魔の穴……つまり……ブコ・ディアーヴォロ?」

ヴィットリアはうなずいた。「そうなりますね」

ガイドはかすかに笑みを漂わせた。「長いこと耳にしていなかったことばです。わたくしの思いちがいでなければ、ブコ・ディアーヴォロは教会の地下室のことですよ」

「教会の地下室?」ラングドンは訊《き》き返した。「地下聖堂のたぐいですか」

「ええ、ただし、特殊な地下聖堂です。悪魔の穴というのは古代の用語で、礼拝堂にある埋葬用の大きな穴……それも、別の墓の下にあるものを指します」

「増設の共同埋葬所ですか?」ラングドンはガイドが言わんとしているものを即座に理解して言った。

ガイドは感心したようだ。「そうです。そのことばを探していたんですよ」

ラングドンは考えをめぐらせた。共同埋葬所は、袋小路から脱するために編み出された安あがりな解決策だった。教会が著名な信者を祀るために聖所内に豪華な墓を設けると、たいがいその遺族は、みな同じ場所に埋葬されることを強く望んだ。そうすれば、教会のなかという垂涎《すいぜん》の埋葬地が自分たちにも保証されるからだ。しかし、一族すべての墓を造るだけの空間や資金が教会側にない場合、教会はときに共同埋葬所を地下に設けた——豪華な墓のそばの床に穴を掘って、あまり重要ではない家族をそこに埋葬したのだ。そして、ルネッサンス期のマンホールの蓋《ふた》とでも呼べそうなもので穴に蓋をした。共同埋葬所は便利だったが、大聖堂のなかにまでしばしば漂う悪臭が原因で、すぐにすたれた。悪魔の穴か、とラングドンは思った。耳にしたことのない言いまわしだが、不気味なほどぴったりくる。

　いまやラングドンの心臓は猛烈な勢いで鼓動していた。〝悪魔の穴開くサンティの土の墓より〟。残る質問はただひとつだ。「ラファエロが設計した墓で、その悪魔の穴があるものは?」

　ガイドは頭を掻《か》いた。「実は、残念ですが……ひとつだけしか思いつきません」

　ひとつだけ? それ以上すばらしい答は想像しようもなかった。

「どこなの!」ヴィットリアも叫ばんばかりの勢いだ。

　ガイドは妙な目でふたりを見つめた。「キージ礼拝堂と呼ばれています。アゴスティーノ・キージとその弟の墓です。兄弟ともに芸術と科学の裕福なパトロンでした」

「科学の?」ラングドンは言って、ヴィットリアと視線を交わした。

「どこなの?」ヴィットリアがもう一度訊いた。

　ガイドはその質問を無視し、人助けにふたたび情熱を燃やしはじめたようだった。「その墓が〝土の〟と言えるかどうかはわかりませんが、たしかにあれは……変わって《ディッフェレンテ》いるとでも言いましょうか」

「変わっている？」ラングドンは言った。「どんなふうに？」

「建築との調和がとれていません。ラファエロは設計を担当しただけで、内装を施したのは別の彫刻家だったはずです。だれだったか思い出せないのですが」

ラングドンはいまや全身が耳になっていた。ひょっとして、イルミナティの無名の巨匠だろうか。

「だれであれ、内装の記念碑を造った彫刻家は悪趣味でした」ガイドは言った。「いやはや《ディーオ・ミーオ》、ひどい《アトロ》話《チータ》です！ いったいだれがピラミッドの下に埋葬されたいと思うでしょうか」

ラングドンは自分の耳が信じられなかった。「ピラミッド？ その礼拝堂にはピラミッドがあるんですか」

「ええ、ええ」ガイドはあざけるような口調だった。「ひどいでしょう？」

ヴィットリアがガイドの腕をつかんだ。「シニョーレ、キージ礼拝堂はいったいどこにあるの？」

「一マイルほど北ですよ。サンタ・マリア・デル・ポポロ教会のなかにあります」

ヴィットリアは息を吐き出した。「どうもありがとう。じゃあ――」

「あ、そうだ」ガイドは言った。「いまごろ思い出しましたよ。わたくしはなんと愚かなのか」

ヴィットリアは動きを止めた。「お願いだから、まちがいだったなんて言わないでよ」

ガイドはかぶりを振った。「いえいえ。ただ、もっと早く気づくべきでした。キージ礼拝堂は昔からキージの名で通っていたわけではないのです。以前は、〝カペッラ・デッラ・テッラ〟と呼ばれていました」

「陸の礼拝堂？」ラングドンが尋ねた。

「ちがうわ」ヴィットリアは出口をめざしながら言った。「土の礼拝堂よ」

ヴィットリア・ヴェトラはロトンダ広場へ走り出ながら、携帯電話のフラップを勢いよく開いた。

「オリヴェッティ隊長、この場所はちがっていたわ！」

オリヴェッティの声には困惑の響きがある。「ちがっていた？　どういうことだ」

「第一の科学の祭壇はキージ礼拝堂だったの！」

「どこだって？」こんどは憤慨しているらしい。「しかし、ミスター・ラングドンは――」

「サンタ・マリア・デル・ポポロ教会よ！　北へ一マイル。いますぐ部下をそっちへやって！　あと四分だわ！」

「だが、いま部下たちはこの場で配置についているんだぞ！　そんなことはぜったい――」

「急いで！」ヴィットリアはフラップを力まかせに閉じた。

その後ろで、ラングドンがパンテオンから出てきた。呆然《ぼうぜん》としている。

ヴィットリアはその手をつかみ、路肩で無人のまま待っているかに見えるタクシーの列まで引っ張っていった。先頭の車のボンネットをこぶしで叩くと、眠っていた運転手が驚きの叫びをあげ、体を起こした。ヴィットリアは後部座席のドアをあけ、ラングドンを中へ押しこんだ。そして、自分もそのあとから車に飛び乗った。

「サンタ・マリア・デル・ポポロ教会へ」と指示を出す。「急いで《プレスト》！」

朦朧《もうろう》とした状態で半ば愕然としながらも、運転手はアクセルを踏みこんで、猛スピードで車を駆った。

63

ガンサー・グリックは、チニータ・マクリからコンピューターを奪いとって自分で操作しはじめていた。マクリのほうは、せまいBBC中継車の後部スペースで背を曲げて立ったまま、グリックの肩越しに当惑顔で画面を見つめている。

「な、言ったろ」グリックはさらにキーを叩いた。「《ブリティッシュ・タトラー》紙だけがこいつらの記事を載せてるわけじゃないんだぜ」

マクリは目を凝らした。グリックの言うとおりだった。BBCのデータベースによれば、この卓越した放送網でも、イルミナティと呼ばれる友愛組織について、過去十年間に六度報道している。お手あげね、とマクリは思った。「担当のジャーナリストはだれ？　低俗番組の司会者？」

「BBCはその手のやつを雇わないだろ」

「あんたを雇ったじゃないの」

グリックは顔をしかめた。「なんでそんなに疑り深いのか理解に苦しむよ。イルミナティは歴史を通じてきっちり記録に残されてるんだぜ」

「それを言うなら、魔女だって、UFOだって、ネス湖の怪獣だっておんなじだよ」

グリックは記事のリストを見て言った。「ウィンストン・チャーチルって男の名に聞き覚えはあるかい」

「いちおうね」

「BBCはしばらく前にチャーチルの生涯についての歴史番組をやってる。ついでに言うと、この男は筋金入りのカトリックだ。チャーチルが一九二〇年に、イルミナティを糾弾し、反道徳的な世界規模の陰謀があるとイギリス人に警告する声明文を発表したのは知ってたかい」

マクリは半信半疑だった。「どこが掲載したのさ。《ブリティッシュ・タトラー》紙？」

グリックは微笑んだ。「《ロンドン・ヘラルド》紙、一九二〇年二月八日付」

「まさか」

「自分の目でたしかめろよ」

マクリはその切り抜きをじっくり読んだ。《ロンドン・ヘラルド》紙、一九二〇年二月八日。まったくの初耳だ。「ま、チャーチルは被害妄想家だから」

「チャーチルだけじゃないぜ」グリックは先を読み進めながら言った。「ウッドロー・ウィルソンは、一九二一年に三回ラジオに出演して、合衆国の金融界に対するイルミナティの影響力が増大していると警告したらしい。ラジオのスクリプトをまるごと引用してあるやつを読むかい」

「別にいいよ」

グリックはそのまま読みあげた。「こう言ってる。〝その勢力はあまりにも高度に組織化され、洗練され、完成され、世に広く浸透しているので、だれであれ、非難のことばをけっして大声で口にしないほうが身のためだ〟」

「そんな話、いっぺんも聞いたことないね」

「一九二一年には、おまえさんもまだ子供だったからじゃないか？」

「言ってくれるね」マクリはグリックのジャブを軽くかわした。かなりの歳に見られることは自覚している。四十三歳にして、豊かな黒髪には白いものがずいぶん交じっている。染めるには気位が高すぎた。南部バプテスト派の母親は、マクリに満足感と自尊心を教えた。〝黒人の女なら〟と母親は言っていた。〝自分が何者かを隠すんじゃないよ。そんなことをするのは自分が死ぬときだ。自信を持って、堂々と立って、にっこり笑って、やつらを不思議がらせておやり。どんな秘密があんたを笑わせてるんだろうってね〟。

「セシル・ローズについてはどうだい」グリックが尋ねた。

マクリは顔をあげた。「イギリスの資本家の？」

「ああ。ローズ奨学金を設立した男」

「ちょっと、まさか――」

「イルミナティの会員だった」

「嘘《B》こ《S》け」

「いや、ＢＢＣだ。一九八四年十一月十六日付」

「セシル・ローズはイルミナティだって、うちが書いたの？」

「ばっちりね。それに、われわれのデータによると、ローズ奨学金は、世界各地の優秀な若者をイルミナティに勧誘するために、何世紀も前に設立されたんだとさ」

「ばかばかしい！　あたしの伯父《お》さ《じ》んはローズ奨学生だよ！」

グリックはウィンクをした。「ビル・クリントンもさ」

マクリは苛立ちはじめていた。いいかげんで人騒がせな報道にはがまんがならない性質《たち》だ。とはいえ、ＢＢＣについては、その報道がじゅうぶんに調査され、裏づけがとられていることを重々承知している。

「これなら覚えてるんじゃないか」グリックは言った。「BBC、一九九八年三月五日。イギリス議会のクリス・マリン委員長は、議会の全フリーメイソン会員に対して、所属を明らかにするよう要求した」

これはマクリも覚えていた。この命令は、ついには警察官や裁判官にまで適用されたのだ。「理由はなんだっけ？」

グリックは読みあげた。「……フリーメイソンの秘密の分派が政界や財界にかなり大きな影響力を持つようになったことを懸念して、だと」

「ああ、そうだったね」

「ずいぶんな騒ぎになったよな。議会のフリーメイソンたちは怒り心頭だった。当然だけどな。大半は人脈作りと慈善活動のためにフリーメイソンにはいっただけの罪のない連中だったわけだろ。友愛組織の過去の関係なんて何も知らないやつらだ」

「関係とおぼしきもの、だろ」

「なんでもいいさ」グリックはほかの記事にもすばやく目を通している。「ほら、見てみろよ。イルミナティの起源は、ガリレオやら、フランスの〝ゲリネ〟やら、スペインの〝アルンブラードス〟にまでさかのぼるって噂だ。カール・マルクスだの、ロシア革命まででてくるぜ」

「歴史ってのはいくらでも書き換えがきくものなのかもね」

「よし、じゃあ現在の話はどうだ。これを見ろよ。最近の《ウォール・ストリート・ジャーナル》紙からの、イルミナティに関する引用だ」

これにはマクリも耳をそばだてた。「あの《ウォール・ストリート・ジャーナル》？」

「いまアメリカで最も人気のあるゲームはなんだと思う？」

「〝パメラ・アンダーソンにしっぽをつけろ〟ゲーム」

「惜しいな。〈イルミナティ――新世界秩序〉ってゲームだ」

マクリはグリックの肩越しに読んだ。「スティーヴ・ジャクソン社が爆発的なヒットを飛ばしている……バヴァリアの古《いにしえ》の悪魔的友愛組織が世界征服に着手する擬似歴史アドベンチャー。オンラインのサイトは……」マクリは気分が悪くなって顔をあげた。「このイルミナティとかいう連中は、キリスト教に対抗して何をしようってわけ？」

「キリスト教だけじゃない。宗教全般だ」グリックは首を傾けてにやりと笑った。「だが、さっきかかった電話から察するに、連中はヴァチカンにひとかたならぬ感情を持ってるらしい」

「ちょっと待ちなよ。まさか、電話してきた男の正体が本人の主張どおりだとほんとに思ってるわけじゃないだろうね」

「イルミナティの使者だってことか？　四人の枢機卿を殺す準備をしてるって？」グリックは微笑んだ。「ほんとならいいって、心から思ってるよ」

64

ラングドンとヴィットリアのタクシーは、広いスクローファ通りを北上する一マイルの道のりを、一分少々で完走した。ポポロ広場の南側に横滑りして停車したのは八時直前だった。リラをまったく持っていなかったラングドンは運転手に米ドルで余分に支払い、ヴィットリアとともにタクシーから飛びおりた。広場は静かで、名高い〈ロザッティ・カフェ〉――イタリアの知識階級に人気のスポット――の屋外に腰かけている数人の地元客の笑い声だけが聞こえていた。そよ風にエスプレッソとペストリーの香りが混じっている。

ラングドンはパンテオンで犯した過ちの衝撃からまだ立ちなおっていなかった。けれども、広場を見渡したとたん、第六感がうずきはじめた。その広場は、どことなくイルミナティらしい雰囲気に満ちている。完全な楕円形に整えられているばかりでなく、中央にエジプトのオベリスク――先端が独特のピラミッド型をした石の角柱――がそびえ立っている。ローマ帝国による略奪行為の戦利品であるオベリスクはローマ市内の各所に散在しており、象徴学者たちは〝そばだつピラミッド〟と呼んでいた――神聖なピラミッドの形を縦長にしたものだ。

だが、オベリスクの下から上へと視線を動かしているとき、ラングドンの目は背景にある別のものに引きつけられた。それはオベリスク以上に目についた。

「われわれは正しい場所にいるよ」危険にさらされているという警戒心が急に働き、ラングドンは低い声で言った。「あれを見てくれ」堂々たるポポロ門――広場の反対側に立つ石造りの高いアーチを指さした。この半円筒天井の建物は、何世紀にもわたって広場を見おろしてきたのだ。中央の最頂3 0部に象徴的な彫刻が施されている。「見覚えがないか」

ヴィットリアはその大きな彫刻を見あげた。「三角形に積みあげた石の上方で輝く星?」

ラングドンはかぶりを振った。「啓示の源がピラミッドの上方にあるわけだ」

振り返ったヴィットリアの瞳は大きく見開かれていた。「ちょうど……合衆国国璽《こくじ》のように？」

「そのとおり。一ドル札に描かれたフリーメイソンのシンボルだ」

ヴィットリアは深く息をつき、広場を見まわした。「で、問題の教会はどこ？」

サンタ・マリア・デル・ポポロ教会は広場の南東端を占める丘のふもとに斜めに建ち、置き忘れられた戦艦のように目立っていた。この石造りの砦《とりで》は、正面に組まれた足場の塔のせいでいっそう不恰好に見えた。

建物をめざして駆けているあいだ、ラングドンの頭は朦朧としていた。不安なまなざしで教会を見あげた。ほんとうにあのなかで殺人が起こるのだろうか。ラングドンはオリヴェッティがすぐに来ることを祈った。ポケットの銃がどうにも荷厄介だった。

教会の正面階段はヴェンタッリョ――人を歓迎するように扇をひろげた形――になっているが、足場や建築用具や〝工事中《コストゥルツィオーネ》、立ち入り禁止《ノン・エントラーレ》〟と警告する標識で階段がふさがれているいまの状況では、それも皮肉じみて感じられる。

修復工事のために閉鎖されている教会なら、暗殺者は人目をまったく気にせずにすむ、とラングドンは悟った。パンテオンとはちがう。ここでは、手のこんだ策略は必要ない。中へはいりさえすればいい。

ヴィットリアが躊躇《ちゅうちょ》なく木挽《こび》き台のあいだをすり抜けて、正面階段に向かった。

「ヴィットリア」ラングドンは注意を促した。「もし、やつがまだここにいたら……」

ヴィットリアの耳には届かなかったらしい。正面の柱廊玄関をのぼり、教会の唯一の木製扉へ向かっていった。ラングドンもあとにつづいて階段を駆けあがった。声をかける間もなく、ヴィットリアは取っ手をつかんで引いていた。ラングドンは固唾《かたず》を呑んで見守った。扉は動かない。

「別の入口があるはずよ」ヴィットリアは言った。

「たぶんね」ラングドンは息を大きく吐いた。「でも、オリヴェッティがすぐに来るさ。中は危険すぎる。とりあえず外から様子をうかがって――」

振り返ったヴィットリアの瞳は燃えあがっていた。「ほかにはいる方法があるなら、出る方法もあるってことでしょう？　もし犯人が出たら、そのまま逃げられてしまう」

教会の右側の路地は、左右を高い壁にはさまれて暗くせまかった。小便のにおいがする――酒場と公衆便所の割合が二十対一である街ならではの臭気だ。

ふたりは悪臭の漂う暗闇へすばやく足を踏み入れた。十五ヤードほど進んだところで、ヴィットリアがラングドンの腕をつかんで何かを指さした。

ラングドンも気がついた。前方に、重厚な蝶番《ちょうつがい》のついた目立たない木戸が見える。ごくふつうの〝聖なる扉《ポルタ・サークラ》〟――聖職者専用の出入口だ。こういった通用口が使われなくなって久しいが、それはせまい土地にほかの建物がつぎつぎ増築され、不便な路地に接する形になってしまったからだ。

ヴィットリアが木戸に急いだ。たどり着いてノブを見おろしたその顔に、当惑の色が表れた。ラングドンが追いついて視線を向けると、ノブがあるべき場所に奇妙なドーナツ型の輪がぶらさがっているのが目についた。

「金環《アニュルス》だ」ラングドンはつぶやいた。手を伸ばし、金環を静かに持ちあげる。そのまま手前に引く。固定具がカチリと鳴った。ヴィットリアが急に不安げな表情を見せ、体を引いた。ラングドンは金環を静かに時計まわりにひねった。金環は手応《てごた》えのないまま三百六十度回転し、何も起こらなかった。ラングドンは眉間《みけん》に皺《しわ》を寄せ、反対側にもひねってみたが、結果は同じだった。

ヴィットリアが路地の先へ目をやった。「ほかにも入口があると思う?」

ないだろうな、とラングドンは思った。ルネッサンス期の大聖堂のほとんどは、都市が襲撃された場合に備え、当座しのぎの要塞《ようさい》として使えるよう設計されたので、入口の数は最小限に抑えられている。「仮にあったとしても、たぶん、背面の奥まったところに隠れてるだろう――入口と言うより、脱出経路だ」

ヴィットリアはすでに動きだしていた。

ラングドンもあとにつづいて路地を進んだ。両側の壁は空めがけてそびえ立っている。どこかで八時を知らせる鐘が鳴りはじめた……

ラングドンには、ヴィットリアの最初の呼び声は聞こえなかった。格子がついたステンドグラスの窓の横で歩をゆるめ、教会の内部をのぞきこもうとしていたときのことだ。

「ロバート!」ヴィットリアが強いささやき声で言った。

ラングドンは顔をあげた。ヴィットリアは路地の突きあたりにいた。教会の裏手を指さして、手招きをしている。ラングドンはどうにか小走りで進み、そこへたどり着いた。裏手の壁の幅木部分に石塁が張り出していて、せまい石窟《せっくつ》を隠している。窮屈な通路が教会の土台までじかに通じているのだろう。

「これが入口?」ヴィットリアは尋ねた。

ラングドンはうなずいた。正確には出口だが、細かいことは言うまい。

ヴィットリアはひざまずき、地下道をのぞきこんだ。「あの奥の扉を調べましょう。あくかどうか」

ラングドンは制止しようと口を開いたが、ヴィットリアに手をつかまれ、地下道の入口まで引き連れられていった。

「待つんだ」ラングドンは言った。

ヴィットリアはもどかしげな顔で振り向いた。

ラングドンはため息をついた。「わたしが先に行く」

ヴィットリアは驚いたようだった。「また騎士道精神？」

「美人より年寄りが優先、とよく言うじゃないか」

「お世辞のつもり？」

ラングドンは微笑み、ヴィットリアの脇を抜けて暗闇へ足を踏み入れた。「段差に気をつけろ」

ラングドンは片手を壁につけたまま闇をゆっくり進んだ。指先に石のざらついた触感が伝わる。つかの間、ラングドンはダイダロスの古い神話を思った。片手を壁につけたままミノタウロスの迷宮を歩いた少年は、壁からけっして手を離さなければ目的地にたどり着けると知っていた。ラングドンは前進しながらも、はたして自分は目的地に着きたいのだろうかという思いに襲われていた。

地下道が少しせまくなり、ラングドンは歩をゆるめた。ヴィットリアがすぐ後ろに来ているのがわかる。壁が左に折れたところで、地下道は半円形の壁龕に通じていた。奇妙にも、そこはぼんやりと明るい。薄明かりのなかにどっしりした木製の扉の外形が見えた。

「まずいな」ラングドンは言った。

「鍵《かぎ》がかかってる?」

「かかっていたらしい」

「かかっていた?」ヴィットリアは隣に並んだ。

ラングドンは指さした。内側から一条の光が漏れ、半開きの扉を照らしている。バールで壊された蝶番が扉にぶらさがったままだ。

ふたりは沈黙し、しばし立ちつくした。暗闇のなか、ラングドンはヴィットリアの両手が自分の胸をまさぐり、やがて上着の下へ滑りこむのを感じた。

「だいじょうぶよ、教授殿」ヴィットリアは言った。「銃をとろうとしてるだけだから」


そのころ、ヴァチカン美術館内ではスイス衛兵隊の特殊部隊が各所に散っていた。美術館は真っ暗で、衛兵たちは米国海兵隊採用の赤外線ゴーグルを装着している。ゴーグルをかけた者の目には、あらゆるものが濃淡の異なる不気味な緑色に見える。衛兵はそれぞれヘッドホンをつけ、そこに接続されたアンテナ状の探知機を体の前でリズミカルに振っていた。週二回、盗聴器などを探すときに使うのと同じ装置だ。全員が系統立って動き、彫像の後ろや、壁のくぼみや、戸棚のなかや、さまざまな家具の下を調べていった。どんなに微弱な磁場であっても、何かを探知すればアンテナが鳴る仕組みになっている。

にもかかわらず、いまのところなんの反応も得られていない。

65

サンタ・マリア・デル・ポポロ教会の内部は、ほの暗く照らされた洞窟のようだった。大聖堂というより、半分だけできあがった地下鉄の駅に見える。主祭壇の至聖所はさながら軍隊の障害物訓練場で、引き剝がされた床材、パレット積みにされた煉瓦《れんが》、土砂の山、一輪の手押し車、そして錆《さ》びついた大型の掘削機まである。床からは巨大な円柱が何本も伸びて丸天井の屋根を支えている。空中の粉《ふん》塵《じん》がステンドグラスの柔らかな光のなかで漂うのが見える。ラングドンとヴィットリアは、大きくひろがるピントゥリッキオのフレスコ画の下に立ち、内装が取り除かれた神殿を見渡していた。

動くものは何もない。静まり返っている。

ヴィットリアは両手で体の前に銃を構えている。ラングドンは腕時計を見た。午後八時四分。こんなところにいるなんて正気の沙汰《さた》ではない、と思った。あまりに危険だ。とはいえ、もし暗殺者が堂内にひそんでいるならどの扉から抜け出してもおかしくないし、そうなれば外で銃一挺《ちょう》が張りこんでいたところでなんの意味もない。堂内で捕らえるのが唯一の機会だ……と言っても、まだ男がここにいればの話だが。ラングドンは、全員の好機を奪ったパンテオンでの大失敗のせいで、強い自責の念に駆られていた。いまや、慎重を期してくれなどと言える立場ではない。みんなを窮地に追いこんだのは自分なのだ。

ヴィットリアは苦しげに堂内を見まわしていた。「さあ」とささやき声で言う。「キージ礼拝堂はどこ？」

ラングドンは幽霊でも出てきそうな暗がりに目を凝らし、壁に沿って最後部まで視線を走らせた。一般に考えられているのとは異なり、ルネッサンス期の大聖堂の内部にはかならず複数の礼拝堂がある。ノートルダムなどの規模の大きい大聖堂になると、礼拝堂の数は何十にも及ぶ。このような礼拝堂は、堂というよりむしろくぼみに近い。教会の壁に並ぶ半円形の壁龕のそれぞれに、墓が置かれているわけだ。

悪いニュースだな。両側の壁に四つずつ壁のくぼみがあるのを見て、ラングドンは思った。計八つの礼拝堂がある。八というのは取り立てて騒ぐほどの数ではないが、八つの開口部分はどれも、工事のために半透明の大きなビニールシートのカーテンで覆われていた。壁龕内にある墓を塵埃《じんあい》から守るために取りつけられているのだろう。

「シートで覆われた壁龕のどれかだよ」ラングドンは言った。「ひとつひとつのぞいてみないことには、どれがキージ礼拝堂か見当もつかない。やはりオリヴェッティを待ったほうが――」

「左側の第二小アプスってどれ?」ヴィットリアが尋ねた。

いきなり建築の専門用語が飛び出したのに面食らって、ラングドンはヴィットリアの顔をじっと見つめた。「左側の第二小アプス?」

ヴィットリアはラングドンの背後にある壁を指さした。一枚の装飾タイルが石にはめこまれ、外で見たのと同じシンボル――輝く星の下のピラミッドが刻まれている。その隣のほこりにまみれたプレートにこう書かれていた。

アレクサンデル・キージの紋章

墓所は大聖堂左側の第二小アプス内

ラングドンは首を縦に振った。キージ家の紋章がピラミッドに星だって？　突然、裕福なパトロンだったキージがイルミナティだったのかもしれないという疑念が湧いた。ラングドンはヴィットリアにうなずいてみせた。「たいしたもんだよ、ナンシー・ドルー」

「えっ、何？」

「いや、なんでもない。ちょっと――」

ほんの数ヤード先で、金属らしきものが床にぶつかった。鋭い音が堂内に反響する。音のした方向に勢いよく銃を向けて構えたヴィットリアを、ラングドンは柱の陰へ引きこんだ。静寂。ふたりは待った。また音がする。こんどは衣ずれの音らしい。ラングドンは固唾を呑んだ。こんなところにふたりだけで来るべきじゃなかった！　音が近づく。休み休み片足を引きずるような音だ。隠れていた柱の根元あたりに、ふいに何かが姿を現した。

「何よ、これ！」ヴィットリアが小声で悪態をつき、後ろに飛びのいた。ラングドンもいっしょにあとずさった。

柱のそばにいるのは巨大なネズミだった。紙に包まれた食べかけのサンドイッチを引きずっている。ふたりを見つけると動きを止め、しばし威圧するようにヴィットリアの銃をにらみつけていたが、それから平然とした様子でまた獲物を運んで教会の奥へ消えていった。

「ちくしょ……」ラングドンはあえぎながら言った。心臓が早鐘を打っている。

ヴィットリアは銃をおろし、すぐに平静を取りもどした。ラングドンが円柱の陰からのぞくと、作業員の弁当箱が床に散らばっているのが見えた。狡猾《こうかつ》なネズミが木挽き台から叩き落としたものらしい。

ラングドンは動きがないかと堂内を見渡し、それからささやいた。「やつがここにいるのなら、いまのは確実に聞こえたはずだ。ほんとうにオリヴェッティを待つつもりはないのか」

「左側の第二小アプス」ヴィットリアは繰り返した。「どこなの？」

ラングドンはしぶしぶ体の向きを変え、現在の位置を把握しようとつとめた。大聖堂の専門用語は舞台用語と似て、直感からかけ離れている。ラングドンは主祭壇に体を向けた。舞台中央というわけだ。それから左手の親指で、肩の上から後ろを指さした。

ふたりは振り向いて、ラングドンの指が示す方向を確認した。

キージ礼拝堂は、ふたりから見て右側に並ぶ四つの壁龕の、手前から三番目にあたるようだ。よいニュースは、ふたりが正しい側にいること。悪いニュースは、反対の端にいることだった。大聖堂を縦断し、半透明のカーテンで覆われた礼拝堂ふたつの前を通らなければならない。

「待ってくれ」ラングドンは言った。「わたしが先に行く」

「ご心配なく」

「パンテオンでしくじったのはわたしだ」

ヴィットリアは振り返った。「でも、銃を持ってるのはわたしよ」

その瞳にヴィットリアの本心が見てとれた……父親を失ったのはわたし。大量破壊兵器を生み出す手助けをしたのもわたし。この手であいつの膝《ひざ》を撃ち抜いてやる……

ラングドンは言っても無駄だと察し、好きにさせることにした。ヴィットリアの脇につき、用心深く大聖堂の東側を進んだ。覆いのかかった最初の壁龕を過ぎるとき、ラングドンの神経は限界まで張り詰めていた。異様なクイズ番組の出演者になった気分だ。さあ、三番目のカーテンに賭《か》けるぞ。

堂内は静かで、外の世界を連想させるあらゆるものが、厚い石壁にさえぎられている。つぎの礼拝堂の前を急いで通り過ぎるとき、すれる音を立てるビニールのカーテンの向こうで、白っぽい人影とおぼしきものが幽霊のように揺れた。大理石の彫像だ、とラングドンはみずからに言い聞かせ、自分が正しいことを願った。午後八時六分。暗殺者は時間を厳守して、ふたりがはいる前に脱出を終えたのだろうか。それとも、まだ中にいるのか。どちらの筋書きが望ましいかは決めかねた。

ふたつ目の小アプスを過ぎた。不気味に見えるのは大聖堂がしだいに暗さを増すせいだろう。蒼然《そうぜん》たるステンドグラスの窓に助けられ、夜の帳《とばり》がまたたく間におりていく。そのまま進むふたりの脇で、ビニールのカーテンが隙間風になびくように突然波打った。何者かがどこかの扉をあけたのではないかとラングドンはいぶかった。

三番目の壁龕が見えてくるにつれ、ヴィットリアは歩をゆるめた。体の前で銃を構えたまま、かたわらの石碑を顎で示した。その御影石《みかげいし》にはふたつの単語が彫られていた。

カペッラ・キージ

キージ礼拝堂。ラングドンはうなずいた。音もなくふたりは開口部の端へ移動し、太い柱の陰に身をひそめた。ヴィットリアは柱の陰からカーテンに銃を向けた。そして、ラングドンに引きあけるよう合図した。

祈りを捧げるにはちょうどいい時間じゃないか、とラングドンは思った。ヴィットリアの肩越しにおそるおそる手を伸ばす。そして、細心の注意をこめてカーテンを引きはじめた。それはほんの少し動いたあと、こすれる音を大きく響かせた。ふたりは凍りついた。静寂。つぎの瞬間、ヴィットリアがゆっくりとした動きで身を乗り出し、細い隙間から中をのぞきこんだ。ラングドンもその肩越しに様子をうかがった。

ふたりともしばし息を止めていた。

「だれもいない」ヴィットリアはようやく口を開き、銃をおろした。「遅すぎたんだわ」

ラングドンは聞いていなかった。畏敬《いけい》の念に打たれ、つかの間、別の世界へ心が飛んでいた。生まれてこのかた、こんなに美しい礼拝堂があるとは想像したこともない。褐色の大理石だけで仕上げられたキージ礼拝堂は、息を呑むほどのすばらしさだった。ラングドンはその豊かな鑑識眼で、夢中になってあたりを見つめた。これほどまで〝土の〟と呼ぶにふさわしい礼拝堂は考えられない。まさに、ガリレオとイルミナティが自分たちの手で設計したかのようだった。

頭上にはドーム状の丸天井がきらめき、輝く星と七つの惑星が描かれている。その下には十二宮の星座——天文学に起源を持つ素朴な異教のシンボル——がある。十二宮は土、空気、火、水とも直接結びついており、この四区分は、力、知性、情熱、感情を表している。たしか土は力だったな、とラングドンは思った。

壁のはるか下方へ視線を移すと、地上の四季——プリマヴェーラ、エスターテ、アウトゥンノ、インヴェルノ——をかたどった装飾が見えた。しかし、何にも増して目を瞠《みは》らされたのは、ふたつの大きな建造物の存在だった。ラングドンは無言のまま、驚嘆の面持ちでそれを見つめた。ありえない……

…こんなことは、ありえないはずだ！　だが事実だった。礼拝堂の両端に、みごとな対称をなして高さ十フィートの大理石のピラミッドがひとつずつ置かれている。

「枢機卿はいないようね」ヴィットリアがささやいた。「それに暗殺者も」カーテンをあけて中へ踏みこんだ。

　ラングドンの視線はピラミッドに釘《くぎ》づけになっていた。いったいどうしてキリスト教の礼拝堂にピラミッドが？　さらに信じられないことに、まだ先があった。それぞれのピラミッドの真ん中、手前側の表面に金色の円形浮き彫り《メダイヨン》がはめこまれている。これまでほとんど見たことのない、完全な楕円形のメダイヨンだ。その磨きこまれた円盤は、丸天井を通り抜けてくる夕日を反射してかすかに輝いている。ガリレオの楕円《だえん》？　ピラミッド？　星の丸天井？　ここは、ラングドンの想像の範疇《はんちゅう》をはるかに超えた、これ以上ありえないほどイルミナティらしい空間だった。

「ロバート」だしぬけに、ヴィットリアが鋭い声で言った。「見て！」

　振り返ってヴィットリアの指の示す先へ視線を落とした瞬間、現実がよみがえった。「そんなばかな！」ラングドンは叫んで後ろへ飛びのいた。

　床からふたりを見あげてあざ笑っていたのは、骸骨《がいこつ》の図案だった――大理石のモザイクで精巧に描かれた〝飛ぶ死神〟だ。骸骨は、さっき外で目にしたのと同じ、ピラミッドと星の模様の銘板をかかえている。だが、ラングドンの血を凍りつかせたのはその図案ではなかった。モザイクが施された円形の石――クペルメント――がマンホールの蓋のように床面からはずされ、暗い穴の横に置かれていたからだった。

「悪魔の穴だ」ラングドンは息を呑んだ。ずっと天井に心を奪われていて、目にもはいっていなかった。おずおずと穴に近づく。漂う悪臭は強烈だった。

　ヴィットリアは口を覆った。「ひどいにおい《ケ・プッツォ》」

「腐敗臭だよ」ラングドンは言った。「腐った骨から蒸気が立ちのぼってるんだ」袖《そで》で鼻を覆いながら穴の上に体を乗り出して、地下をのぞきこむ。真っ暗だ。「何も見えない」

「だれか下にいると思う？」

「さあね」

　ヴィットリアは穴の向こう側を指し示した。奈落《ならく》の底へおりていく朽ちかけた木製の梯子《はしご》が見える。

　ラングドンは首を左右に振った。「まるで地獄だな」

「あっちの工事道具のなかに懐中電灯があるかもしれないわ」ヴィットリアはこのにおいから逃れる口実がほしいらしい。「見てくる」

「気をつけて！」ラングドンは注意した。「ハサシンがいないかどうかは――」

　しかし、ヴィットリアはもういなかった。

　意志の強さは筋金入りだ、とラングドンは思った。

　穴に向きなおるや、臭気のせいでめまいがした。息を詰め、首を穴の上まで伸ばして、闇の奥を凝視した。目が慣れるにつれ、ぼんやりした形がしだいに見えはじめた。どうやら下は小さな部屋になっているらしい。〝悪魔の穴〟。キージ家の何世代の骸《むくろ》がここにぞんざいに投げこまれたのだろうか。

　ラングドンは目を閉じ、暗闇を見やすくするために、瞳孔《どうこう》が開くのを待った。ふたたび目をあけたとき、ぼんやりした人影らしきものが闇の底に浮かびあがった。体に震えを覚えたが、頭をあげたい衝動を必死で抑えた。幻を見ているのか？　あれは人間なのか？　映像が薄れていった。ラングドンはもう一度目を閉じ、ごくごく弱い光もとらえられるように、さっきより長めに待った。めまいがはじまり、思いがとりとめもなく暗黒をさまよった。あと数秒待とう。においのせいか頭の角度のせいかはわからないが、まちがいなく吐き気が襲ってきた。ついに目をあけて見たものは、なんとも奇怪な光景だった。

視界に飛びこんだのは、青みがかった不気味な光に包まれた地下聖堂だった。空気が漏れるようなかすかな音が耳に響く。光は勾配《こうばい》のきつい竪穴《たてあな》の壁に反射してちらついている。突然、ラングドンの背後から長い影が現れた。ぎくりとしたラングドンは体を起こした。

「危ない！」後ろで叫び声がした。

振り向く間もなく、ラングドンは首筋に鋭い痛みを感じた。後ろを見ると、ヴィットリアが火の点いたガスバーナーをあわててラングドンから遠ざけていた。高くかすれた音を立てて燃える炎が、礼拝堂に青い光を投げかけている。

ラングドンは自分の首をつかんだ。「いったい何をやってる」

「あなたのために明かりを掲げてたのよ」ヴィットリアは言った。「なのに、わたしの真ん前へあとずさるんだもの」

ラングドンはヴィットリアの持つ携帯用ガスバーナーをにらみつけた。

「窮余の一策よ」ヴィットリアは言った。「懐中電灯はなかったわ」

ラングドンは首をさすった。「きみの足音は聞こえなかったよ」

ヴィットリアは地下聖堂の悪臭にたじろぎつつ、バーナーを差し出した。「この蒸気、引火するかしら」

「そうでないことを祈ろう」

ラングドンはバーナーを受けとって、ゆっくりと穴へ向かった。慎重にふちまで行き、炎を穴の下へ向けて側面の壁を照らした。明かりを動かしながら、視線を壁に沿ってさげていく。地下聖堂は円形で、差し渡しが二十フィートほどある。三十フィート下で光が床をとらえた。底は暗くまだらになっている。土だ。そして、人影らしきものがある。

ラングドンは思わずのけぞりかけた。「いた」そう言って、顔をそむけないよう自分に強いた。土の床を背景に人の形がうっすらと見える。「服をとられて裸にされてるようだ」脳裏にレオナルド・ヴェトラの全裸死体が浮かんだ。

「枢機卿なの?」

ラングドンには見当もつかないが、かと言ってそれ以外だとも思えなかった。ぼんやりとした塊をよく見つめる。動かない。死体だろう。しかし、これは……ラングドンはためらった。その置かれ方があまりに異様に思える。まるで……

ラングドンは声をあげた。「もしもし?」

「生きてるの?」

下からはなんの返事もなかった。

「動かない」ラングドンは言った。「でも、どうやら……」いや、まさかそんな。

「どうやら、何?」ヴィットリアもふちから身を乗り出してのぞいている。

ラングドンは目を細めて闇を見つめた。「どうやら、立っているようなんだ」

ヴィットリアは息を呑み、もっとよく見ようと頭を低くした。しばらくして、体を起こした。「ほんとうだわ。立ってるのよ。まだ息があって、助けが必要なのかも！」穴のなかへ呼びかける。「もしもし！　聞こえますか？《ミ・プオ・センティーレ》」

苔《こけ》むした室内からはなんの反響も返らなかった。沈黙あるのみだ。

ヴィットリアはいまにも壊れそうな梯子に向かった。「おりるわ」

ラングドンはその腕をつかんだ。「だめだ。危ない。わたしが行く」

今回はヴィットリアも反論しなかった。

66

チニータ・マクリは怒っていた。BBC中継車の助手席にいるのだが、車はトマチェッリ通りの角でエンジンを吹かしたまま停車中だ。ガンサー・グリックはローマの地図を調べている。どうも道に迷ったらしい。マクリが恐れていたとおり、さっき謎の男がまた電話をよこし、今回は情報を伝えてきたのだった。

「ポポロ広場」グリックが言った。「探してるのはそれだ。そこに教会がある。中に証拠があるんだと」

「証拠ねえ」マクリはレンズを磨く手を止めてグリックに顔を向けた。「枢機卿が殺された証拠？」

「あいつがそう言ったんだ」

「あんたは聞いたことをなんでも信じるのかい」いつもながら、マクリは決定権を持っているのが自分だったらと心から思った。けれども、ビデオグラファーというものは、撮影してやるいかれたレポーターの気まぐれに振りまわされる運命にある。グリックがくだらない電話の情報を追いたければ、こちらは鎖につながれた犬になるしかない。

グリックは運転席に掛け、顎を引きしめている。息子にガンサーなどという大げさな名前をつけるなんて、この男の両親はコメディアンのなれの果てにちがいない、とマクリは決めつけた。どうりでこいつは自分の実力を証明しようと躍起になっているわけだ。とはいえ、こんなばかばかしい名前で、野心が鼻につくけれど、グリックはなかなかいい男だ……病的で気怠《けだる》げなイギリス人っぽい魅力がある。バルビタールを服用したヒュー・グラントというところか。

「サン・ピエトロ広場にもどったほうがいいんじゃないかね」マクリはできるだけ自分を抑えて言った。「その謎の教会についてはあとで調べればいいんだし。コンクラーベは一時間前にはじまってるんだよ。あたしたちのいない隙に枢機卿たちが結論を出しちまったらどうするのさ」

グリックは聞いていなかったらしい。「たぶん、ここで右へ行くんだと思う」地図を傾けてもう一度確認した。「そうだ、右に曲がって……すぐつぎを左だ」車を発進させ、目の前の細い通りへ出ようとする。

「危ない！」マクリは怒鳴った。ビデオ技術者だから目が速い。運よくグリックもかなり敏捷《びんしょう》で、思いきりブレーキを踏みこみ、交差点に乗り出さずにすんだ。ちょうどそのとき、四台のアルファロメオが列をなしてどこからともなく現れ、目にも留まらぬ猛スピードで走り抜けていった。交差点を過ぎると、車は滑りながら減速し、一ブロック先で左へ急カーブを切った。グリックが考えていたのとまったく同じ道順だ。

「スピード狂め！」マクリは叫んだ。

グリックは浮き足立っていた。「いまの、見たか？」

「ああ、見たさ。危うく殺されるところだった！」

「ちがう、車のことだよ」グリックの声が急に興奮でうわずった。「全部同じ車だった」

「想像力のかけらもないスピード狂なんだろうね」

「それに満席だった」

「だからなんだって？」

「まったく同じ四台の車に、それぞれ四人の乗客だぜ」

「相乗り通勤ってことばを聞いたことないのかい」

「イタリアでか？」グリックは交差点を見た。「無鉛ガソリンさえ知らない連中だぞ」アクセルを踏み、四台にならって車を急加速させた。

マクリの体が後ろにのけぞった。「いったいなんなのさ」

グリックは速度をあげ、アルファロメオを追って左へ折れた。「なんだか知らないが、いま教会へ行こうとしてるのはおれたちだけじゃない気がするぜ」

67

降下には時間がかかった。

ラングドンは足掛かりの横木を一段一段踏みしめ、きしむ梯子をくだっていた。キージ礼拝堂の床下をどんどんおりていく。悪魔の穴だ。側壁に体を向け、開けた空間を背負いながら、たった一日のうちにあとどれだけ多くの閉ざされた闇を経験しなくてはならないのかと思った。梯子は一段ごとにきしめき、腐った肉の強烈な悪臭と湿気が息を奪う。オリヴェッティはいったい何をしているのか。

頭上にはまだヴィットリアの姿が見える。ガスバーナーを穴に差し入れ、行く手を照らしてくれている。おりるにつれて、頭上からの青みがかった光が弱まっていくのをラングドンは感じた。強まったのはこの悪臭だけだ。

十二段おりたとき、腐って滑りやすくなっていた個所を踏みつけて、思わずよろめいた。あわてて体を前のめりにし、両の前腕で梯子を抱きかかえたので、底まで落ちるという事態は避けられた。打ちつけた腕がうずくのに毒づきながら、体勢をもどしてまた梯子をおりはじめた。

三段くだったところでまた落ちそうになったが、今回は横木ではなく、突然の恐怖のせいだった。おりる途中で壁のくぼみが目の前に現れ、いきなり髑髏《どくろ》の山と向き合う羽目になったのだ。息を呑んで周囲を見まわすと、その高さの壁には一面に棚状の穴――埋葬用壁龕――があいており、どれも遺骨に満たされているのがわかった。青白い光のなか、それは空っぽの眼窩《がんか》と崩れそうな胸郭が作る不気味なコラージュのようだ。

火影《ほかげ》に揺れる骸骨か。偶然にもほんのひと月前に同じような晩を耐え抜いたことを思い出し、ラングドンは苦々しく顔をゆがめた。〝骨と炎の夕べ〟。ニューヨーク考古学博物館での蠟燭《ろうそく》火による慈善晩餐会《ばんさんかい》――ブロントサウルスの化石の陰でサーモンのフランベを楽しむという趣向の企画だった。ラングドンはレベッカ・ストラウスの招きで出席していた。レベッカはファッションモデルの経歴を持つ《ニューヨーク・タイムズ》紙の美術評論家で、ブラックベルベットを飲んで煙草を吹かし、豊かな胸をこれ見よがしに際立たせる女傑だ。その後、二度電話をもらったが、こちらから折り返しの電話はかけていない。紳士とは言えないな、とラングドンは自分をたしなめた。それにしても、こんな穴のなかでレベッカ・ストラウスのことを思い出すなんて。

最後の横木をおりて穴底の柔らかい土を踏みつけた感触に、ラングドンは安堵《あんど》した。靴の下の地面は湿っているらしい。四方の壁に押しつぶされることはありえないと自分を納得させ、地下聖堂に向きなおった。聖堂は円形で、直径二十フィートほどだろう。また袖で鼻を覆い、例の人物に目を向けた。暗闇でぼんやりとしか見えない。白く肉づきのいい外形。反対側を向いている。動かない。何も言わない。

ラングドンは薄暗い空間を進み、目の前のものの正体を見きわめようとした。こちらに背を向けているので顔を拝むことはできないが、たしかに立っているように見える。

「もしもし？」ラングドンは袖越しに声を絞り出した。返事はない。近づくにつれ、男の背がずいぶん低いことに気づいた。低すぎる……

「どんな様子？」ヴィットリアが上から声をかけ、明かりを動かした。

ラングドンは返事をしなかった。いまやすべてが見てとれるほど相手に近づいている。強い拒絶感にわななきながらも、その光景の意味が察せられた。周囲の壁が自分に迫ってくるかに感じられる。地面から悪魔さながら姿を現したのは、年老いた男……正確には、男の上半身だった。腰まで土に埋まっている。下半身を地中にうずめて直立している恰好だ。服は着ていない。両手が後ろにまわされ、枢機卿の赤い腰帯で縛られている。力を失った上半身は背骨が反り返り、不気味なサンドバッグのたぐいを思わせる。頭がのけぞり、天に向けられた目は神に助けを求めているようだった。

「死んでるの？」ヴィットリアが呼びかけた。

ラングドンは男の体に近寄った。そう願いたい、本人のためにも。あと数フィートにまで迫ったところで、天を仰ぐその目と視線がぶつかった。突き出た眼球は青白く、充血している。かがんで呼吸に耳を澄まそうとしたとたん、ラングドンは飛びのいた。「なんてことだ！」

「どうしたの！」

吐き気がした。「まちがいなく死んでる。たったいま死因がわかった」恐ろしい光景だった。口がこじあけられ、そこに泥が詰めこまれている。「何者かが喉《のど》に大量の泥を押しこんだんだ。窒息死してる」

「泥？」ヴィットリアが言った。「つまり……土ってこと？」

ラングドンはそのことばにはっとした。〝土〟。忘れかけていた。焼き印。土《earth》、空気《air》、火《fire》、水《water》。暗殺者は、生け贄に科学の四大元素の焼き印をひとつずつ押すと脅していた。第一の元素が土だ。〝サンティの土の墓より〟。臭気にめまいを感じつつ、ラングドンは死体の正面へまわりこんだ。そのあいだも、ラングドンのなかの象徴学者は、伝説上のアンビグラムを創るのは技術的に非常にむずかしいと躍起になって主張していた。土？　どうやって？　だが一瞬ののち、それが目の前にあった。何世紀にも及ぶイルミナティの伝説が脳裏に渦巻いた。枢機卿の胸の印は、焼け焦げてただれている。肉が黒ずんでいる。〝純粋な言語《リングア・プーラ》……〟

焼き印を見つめているうち、周囲のものが回転しはじめた気がした。

「土《earth》だ」つぶやいてから頭を傾け、印を逆さに読んだ。「土《earth》」

そして、戦慄を覚えながら、ラングドンは最後にひとつ別のことに思い至った。これがあと三つあるのか。

(下巻につづく)

装画
SIGNORELLI Luca (c.1445-1523)
La Fine del Mondo, 1499-1503, Affresco
ORVIETO: DUOMO, CAPPELLA DI S.BRIZIO/W.P.S.

装丁　角川書店装丁室

天使《てんし》と悪魔《あくま》　上

2003年10月30日　初版発行
2005年４月20日　21版発行

著者／ダン・ブラウン
訳者／越前敏弥《えちぜんとしや》
発行者／田口惠司
発行所／株式会社角川書店
東京都千代田区富士見2-13-3　〒102-8177　振替　00130-9-195208
電話　営業03-3238-8521　編集03-3238-8555
印刷所／旭印刷株式会社
製本所／本間製本株式会社

落丁・乱丁本はご面倒でも小社受注センター読者係宛にお送り下さい。送料は小社負担でお取り替えいたします。

ISBN4-04-791456-8　C0397

フェルマーの鸚鵡《オウム》はしゃべらない

ドゥニ・ゲジ　藤野邦男＝訳

オウムがすべてを知っているのか？　世紀の難問「フェルマーの最終定理」をめぐって繰り広げられる極上の数学エンタテインメント・ミステリ。数学版『ソフィーの世界』！

オーガスタの聖者たち

J・マイケル・ヴェロン　楠木成文＝訳

球聖ボビー・ジョーンズのファイルから発見されたスコア・カード。そこには、名プレイヤーたちを次々と撃破したボウという男の存在が綴られていた。この男はいったい何者なのか？　ゴルフ版フィールド・オブ・ドリームス！

東京ジョー

ネット・トレーディングのいかさま師たち

ジョン・R・エムシュウィラー　栗原百代訳

急成長するネット・トレーディングの世界に跋扈する抜け目ないいかさま師たち。インターネットの匿名性と情報の即効性をみごとに手玉に取り、ボロもうけする連中の知られざる生態を克明に描いた驚愕のドキュメント。

東京アンダーワールド

ロバート・ホワイティング　松井みどり訳

日本在住の米国人ジャーナリストが追った一人の男ニック・ザペッティ――六本木の帝王として恐れられ、東京マフィアのドンとして暗躍しつづけた男の生涯が知られざるニッポンの裏世界をあぶり出す。

悪魔とプリン嬢

パウロ・コエーリョ　旦　敬介＝訳

山間の平和な町を、金塊を背負った旅人が訪れる。七日以内に町で殺人が起きれば、金塊を町に提供しようという旅人の提案に、住民達の秘められた欲望が喚起され――。異常なまでの緊張感で、人間の本質に迫る衝撃作！

コララインとボタンの魔女

ニール・ゲイマン　金原瑞人・中村浩美＝訳

引っ越してきた古い家でコララインが見つけたのは、別世界へのドアだった！　秘密の扉の向こうの世界に住む、真っ黒なボタンの目の両親たちとの生活を楽しみ始めたコララインだが、やがてその世界に閉じこめられていることに気づいて……！　傑作ファンタジー、ついに日本上陸！

燃えるスカートの少女

エイミー・ベンダー　管　啓次郎＝訳

R・ブラッドベリ、R・カーヴァーの読者たちは、きっと彼女の虜になる。戦争で「唇」を失った夫、父が死んだ日に異常性欲に見舞われた図書館司書、せむし男と激しい恋におちた高校生……現実の世界を舞台に、どこかファンタジックな物語が、切なく、哀しく、痛々しく、けれど温かく描かれる、全11篇の短篇集。

王子と乞食

マーク・トウェイン　大久保　博＝訳

乞食のトム・キャンティとウェイルズ王子。戯れに衣服を交換すると、王子は乞食として追い払われ、乞食は王子と誤解される羽目に。子供の姿を通して富と貧困と心の尊さの根源を説く、マーク・トウェインの傑作。新訳にて感動を新たに。

解剖学者

フェデリコ・アンダーシ　平田 渡＝訳

文学か猥褻か。アルゼンチン文壇に論争を巻き起こしたインモラル・ノヴェル。16世紀イタリアを舞台に、ひとりの解剖学者がたどった受難の生涯。女の愛と欲望を支配する「ささやかな器官」の発見が、人間精神の根源を揺るがす。世界33ヵ国で翻訳、激賞された話題作。

エロイーズとアベラール
——三つの愛の物語——

アントワーヌ・オドゥアール　長島良三＝訳

時は十二世紀フランス。パリ随一の哲学者アベラールは、若き教え子エロイーズと恋に落ちる。激しい世俗の非難を受けながら愛を貫き、数奇な運命をたどった二人。その出会いから愛の昇華まで、すべてを見つめた男が紡ぐ、究極の愛の物語。

プラットフォーム

ミシェル・ウェルベック　中村佳子＝訳

男ミシェル、40代。美術省勤め、結婚歴なし、恋人なし。女ヴァレリー、28歳。旅行会社重役、美しく、控えめ。運命の二人の出逢いが、今世紀最大の悲劇を生み出す——。『素粒子』に続きフランス文壇に衝撃を走らせた、ウェルベックの真骨頂。

ヘヴン

クシシュトフ・キェシロフスキ
クシシュトフ・ピェシェヴィチ　坂倉千鶴＝訳

映画界において今もなおその名を轟かせる巨匠キェシロフスキ。壮大なる3部作「天国・地獄・煉獄」を執筆中、志半ばにして生涯を閉じた——その未完の遺稿『ヘヴン』がついに刊行！　永遠へと続く、至高の愛の物語。幻のインタビューも収録。

すべては傍受されている
米国国家安全保障局の正体

ジェイムズ・バムフォード　瀧澤一郎＝訳

冷戦以降、世界中の通信を傍受し半世紀にわたって戦争史をつくりあげてきた米国国家安全保障局（NSA）。綿密な取材と徹底した調査で、米国の野望と超機密機関の実態を白日の下にさらす衝撃のノンフィクション！　世界戦争は、ここから始まる……。全米ベストセラー。

金で買えるアメリカ民主主義

グレッグ・パラスト　貝塚　泉、永峯　涼＝訳

アメリカの茶番を痛烈に暴露したベストセラー！　〝アメリカ〟〝民主主義〟は大金持ちたちが集う金持ちクラブの連中に都合良く運営されている、金で買われた〝〝民主主義〟〟なのだ。アメリカ民主主義の茶番を辛辣に暴く、超辛口の暴露ノンフィクション。

リスキー・ビジネス

ジョン・スタウバー
シェルドン・ランプトン　栗原百代＝訳

もう騙されてはいけない!!　巨大組織（ブランド）と広告業界（ギョーカイ）の冷酷で巧妙な情報操作！　消費者が触れる情報は、つねに巧妙に操作されている。利益追求のために科学を逆手に取り、真実をねじ曲げ、未来を踏みにじる巨大組織。狂牛病問題をいち早く世に問うた著者が克明に綴る情報操作の実態。

人は嘘なしでは生きられない

エドゥアルド・ジアネッティ　山下篤子＝訳

自分にとって一番身近でありながら一番信用できない相手、それは他ならぬ自分自身。人は知らず知らずにだまして楽になる。誰もが陥る自己欺瞞のメカニズムを検証し、嘘が人に与えるパワーの秘密に迫る。

ダライ・ラマ、生命《いのち》と経済を語る

ダライ・ラマ＋ファビアン・ウァキ　中沢新一、鷲尾　翠＝訳

お金のこと、性のこと、教育のこと、子供たちの未来のこと、世界の経済システムのこと——生きることが困難な時代に、これまでにない直言にあふれた、真に満たされた生き方を説く現代の〝希望の書〟。

考える道具《ツール》

ニコラス・ファーン　中山　元＝訳

プラトンもデカルトもウィトゲンシュタインも、こんなにシンプルに考えた！　天才的な思想化たちの思想は、実はいろいろなところで役に立つ。哲学者たちの発想法を自分のものにするための思考の道具箱。絶好の哲学入門。

脳のはたらきのすべてがわかる本

医学博士　ジョン・J・レイティ　堀　千恵子＝訳

脳を発達させる究極の要因は意志である。大人の脳にも柔軟性と復元力がある。肉体を鍛えれば筋肉がつくように、脳も鍛えれば蘇る。病気さえしなければ、90代でも現役で活躍できるのだ……。最新脳神経科学が解き明かす脳のしくみ。

父の道具箱

ケニー・ケンプ　池　央耿＝訳

理不尽な人間関係から職場を追われ、いつも寡黙で、ガレージで日曜大工に没頭していた父。父のことを真に理解するには長い年月と父の死が必要だった——。当初、自費出版で刊行されながら、全米を感動と涙に巻き込んだメモワール。

あなたの周りの
困った人の攻略法
ウェス・ロバーツ　大城光子＝訳

あなたのストレスは、「あの人」のせい!?　どんな職場にも、他人の気持ちを逆なでし、仕事を滞らせる困った人たちがいる。困った上司、困った部下、困った同僚、15タイプの取り扱い説明書。

あなたを主役に変える本
ジェニファ・ブラント　法村里絵＝訳

女の子はだれだってトキメキの主演女優!!——友達や彼氏との関係、おしゃれにダイエット。女の子のあらゆる関心事に答え、今話題のハリウッド女優があなたの魅力の引き出し方をオチャメにアドバイスしてくれます。

歌舞伎町案内人
李　小牧　根本直樹＝編

歌舞伎町はもはや日本人の街ではない。急激に「中国化」するこの街で、一体何が起きているのか!?　北京語、広東語、湖南語を巧みに操り、歌舞伎町で13年にわたって外国人専門のガイドをしてきた著者が書き下ろす衝撃のノンフィクション！

活きる
余《ユイ》　華《ホア》　飯塚　容＝訳

すべてを失っても、時は流れ、人は活きてゆく——中国文革の時代、激動の歴史に翻弄された波瀾万丈の家族物語は、現代を活きる私たちに深く問いかける。名匠チャン・イーモウによって映画化された話題作。